窗户外的天空中慢慢消失了渐变的粉色，日落的时刻走到了尾声，一种独属于这几钟的蓝调时刻正在出现。世界陷入平静，好似只能够感知到心跳。

或许我会在蓝调时刻到来前就确认我的心意，然后带着思绪，陷入进晚风不会停止的夜晚。每一天都会不同，但在蓝调时刻出现的所有思绪是我确切不会改变的。"

周之川

欣梦享
ENJOY LIVING

奔向热爱的夏天

周至川 著

江苏凤凰文艺出版社

图书在版编目（CIP）数据

奔向热爱的夏天 / 周至川著. -- 南京 : 江苏凤凰文艺出版社, 2025.7. -- ISBN 978-7-5594-9744-4

Ⅰ. I247.5

中国国家版本馆CIP数据核字第2025NR9514号

奔向热爱的夏天

周至川 著

责任编辑	王昕宁
特约编辑	史振媛
装帧设计	沐 沐　仝雨荷
责任印制	杨　丹
特约监制	杨　琴
出版发行	江苏凤凰文艺出版社
	南京市中央路165号，邮编：210009
网　　址	http://www.jswenyi.com
印　　刷	三河市兴博印务有限公司
开　　本	880毫米×1230毫米　1/32　插页4
印　　张	8.5
字　　数	200千字
版　　次	2025年7月第1版
印　　次	2025年7月第1次印刷
书　　号	ISBN 978-7-5594-9744-4
定　　价	49.80元

江苏凤凰文艺版图书凡印刷、装订错误，可向出版社调换，联系电话 025-83280257

个人档案

姓名：周应
星座：白羊
MBTI：ENFJ
爱好：生物化学

爱好

幸运色：蓝色
最喜欢的天气：下雨天
用一部电影形容自己：《疯狂动物城》
单曲循环次数最多的音乐：《好久不见》

想说的话

或许，你会读懂我的暗号。

目录

▷ 第 一 章　遗忘的约定 001

▷ 第 二 章　海豚的雨季 039

▷ 第 三 章　像小雨天气 071

▷ 第 四 章　春日匿名信 101

▷ 第 五 章　在樱花林中 135

▷ 第 六 章　热爱的夏天 169

▷ 第 七 章　奔向十八岁 207

▷ 第 八 章　夏至时风起 235

▷ 番　　外　我听见树上夏蝉的声音 261

▷ 后　　记　或许青春和岁月会停留 267

第一章

遗忘的约定

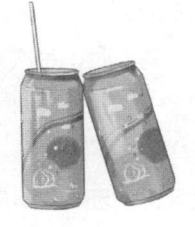

8月的长宜暑气未消,高温依旧。阳光透过云层,穿过树叶交织的罅隙洒在路面,炙烤着大街小巷里的空气,夏蝉趴在树上不停地抱怨着炎热。

长宜市执礼大学附属中学的操场上彩旗飘扬,高二年级的学生正坐在自己班级的区域,听学生代表在分班破冰活动开幕式上发言。

"大家好,我是来自高二(10)班的周应,很荣幸在此发言……"

台下掌声雷动,混杂着议论的声音——

"是周应,理科超厉害!"

"这是真的实力咖,高一时,每次月考后都能在理科的表彰榜上看见她的名字。"

"十班是实验班吗?"

"应该是。不过我听说十班不止有物理方向的学生,历史方向的也有。"

"啊?那他们怎么上课?"

"据说是语数英在一起上,其他的课实行走班制。这个班里的,要么是保送生,要么是竞赛生,特别卷……"

知道大家都不太喜欢听这种无聊的发言,所以周应准备的发言稿不长,没多久收了尾,落下一声"谢谢",在掌声中走下台。

刚回到后台,闺密李知予就给她递了一瓶水过来。李知予和

第一章 遗忘的约定

周应是在初三认识的,两人都喜欢看小说,熟悉之后更是无话不谈,很快就成了形影不离的好姐妹。

周应接过水,问:"你一会儿还要去拍照吗?"

两人自高一起就负责学校的宣传工作,大大小小的活动几乎都有参与,今年轮到高二年级做分班破冰活动,她们直接被安排成了宣传人员。据说还有一位同学和她们一起负责相关工作,不过,两人到现在都没看见那个人。

"去,不然另一位负责拍照的同学会累死的。"李知予整个人垮了下来,"但是我要休息一下,感觉自己要中暑了!"

"要不……"周应说,"我替你去?正好我想去操场上转转。"

李知予立刻从椅子上站起来,将刚刚关机的单反郑重地递到周应的手中,语气严肃地嘱咐:"交给你了,周应应!"

对于"周应应"这个叫法,周应早已习以为常。她接过相机,像是接受了重要任务,点点头:"嗯!保证完成任务!"

操场上,分班破冰活动开幕式还在继续,现在是表演节目的环节。执礼附中的各种典礼没有过多的领导致辞,以展示附中人文艺术文化为主。

周应带着相机绕到人群旁,拿出手机查看照片需求——需要拍摄学生群像和节目照片。她看了看周围,位置刚刚好,既可以拍到学生群像,也可以拍到台上的表演。她举起相机,将目光放到取景框中,开始找寻合适的角度。

调整好焦距,按下快门的瞬间,一名男生闯入了她的取景框,留在了她拍下的第一张照片中。周应注意到他手上也举着一台单反,猜测这位可能就是和她们一起负责这次活动宣传工作的同学。

既然这里有人,周应便想换个地方继续拍照,却隐隐约约察觉到那个男生正朝她走来。周应停下脚步,站在原地,眼睛看着

奔向热爱的夏天

取景框，假装不曾注意到他。男生越来越近，最后停在了她的镜头前，白色校服占满了取景框的画面。周应不禁深呼吸了一下，等她抬起头的时候，那个男生已经转身看向舞台方向，寻着角度拍照去了。

见男生拍得认真，周应打算离开，结果刚走两步，就听见后面传来男生的声音："喂！同学。"

她停下脚步，朝身后声音传来的方向看过去。那名男生向她走来，停在周应的面前，向她伸出手。周应低头看过去，发现他的手上安安静静地躺着一块校牌。

"你校牌掉了。"

"哦。"周应从男生手里拿过写着自己名字的校牌，"谢谢你。"

"没事。"男生说，"刚刚的发言很精彩，我给你拍了很多特写。"男生边说边把相机放在周应面前，给她看方才她发言时的照片。

"拍得很好看，同学，你技术太好了。"

"谢谢夸奖。"男生笑了一下，"同学，你也是负责宣传工作的吗？"

周应点点头："嗯。我主要负责写稿，你呢？"

男生说："我负责的是摄影。"

周应礼貌性地回话："那以后就是合作伙伴了。"

"嗯。"

这时，男生手中的相机忽然传来关机的提示音。

周应说："你相机没电了？"

男生尴尬地笑了笑："可能是用太久了。"

"那我们一起？"周应提议，她看向男生胸前的校牌，"你叫……杜子奕？"

第一章　遗忘的约定

男生愣了愣，低头看了看自己胸前的校牌，像是反应过来什么一样笑了一下："嗯。"

还没等继续说什么，他就听见周应说："走吧，拍图片去，杜同学。"

"嗯！""杜子奕"跟上了周应的步伐。

开幕仪式结束之后，学校还安排了很多活动，中午安排的是心理游戏，负责拍摄宣传图的三人带着相机去了活动现场。

李知予望着眼前来来往往的人群，一脸茫然地问道："这么多活动，我们主要采访和拍摄哪个好呢？"

"'国王与天使'，这个怎么样？""杜子奕"拿着活动安排表说，"听起来很有意思。"

周应回答："我觉得可以。"

李知予问："这个是哪个班的活动？"

"杜子奕"答："正好是我们十班的。"

周应抓住了对方话里的重点："你也是十班的？"

"周应应，你怎么连他是哪个班的都不知道啊？"李知予凑近，在她旁边耳语。

"看校牌的时候，我只注意到了他的名字，忘记看班级了。"

眼下刚分班，周应对其他人没什么印象，不知道对方是不是自己班的同学也正常。在她看来，他更像个不熟悉的转学生。

"杜子奕"站在两人旁边问："活动要开始了，要不我们现在过去？"

"好的好的。"李知予连忙应道。

高二（10）班的教室里，名为"国王与天使"的心理游戏刚刚开始，班主任秦宋正在解说游戏规则。教室的后门没有关，三人带着设备"狗狗祟祟"地溜进了教室。秦宋注意到他们后,只瞥了他们一眼,便继续说规则了。

"我们今天要玩的是改编版的'国王与天使'。现在,请大家看向坐在自己对面的同学,从此刻开始,你和你对面的同学互为对方的国王与天使,一会儿自由聊天时,你们可以进行简单的自我介绍,也可以自行选择和创造附加规则。注意,你们的任务是在今天到明天晚上这段时间内,通过交流,猜猜对方想要什么礼物。当然,不能直接问。游戏中,大家需要填写一张问卷,你是猜的还是问的,通过问卷就能看出来,所以还请大家自觉遵守游戏规则。明天晚上安排的依旧是心理活动,到时我们就在这里交换礼物。"

"老师!"座位上的一名男生举起手,"我对面和旁边没人怎么办?"

李知予还在抓拍男生举手的照片,一旁的"杜子奕"却默默笑了。

秦宋老师听完他的话,环顾了一下周围,最后将目光落在周应三人身上:"那三位负责拍摄宣传照的同学也是我们班的,给你们也留了位置。"秦宋笑着向他们招手说,"快过来。"

既然是自己班里的活动,眼下也没有什么其他的事情,三人互换了一下眼神,便走向了空座位。

李知予边走边凑在周应的耳边说:"周应应,刚才那个举手的同学有点帅,我待会儿坐他对面怎么样?"

"去吧去吧。"

周应在李知予旁边坐下,和"杜子奕"面对面,她偷看一眼对面的人,似乎也有点帅。但她总感觉坐在自己对面的这位"杜子奕"的眉眼间有几分熟悉。周应瞬间理解为什么小说里经常会

第一章 遗忘的约定

出现"我好像在哪儿见过你"这种话了。

李知予和对面的男生打完招呼,就朝周应那边凑过去,小声说:"没想到我们班还有这么帅的男生啊!"

"矜持,矜持。"周应说。

此时,李知予对面的男生也凑到了坐在周应对面的"杜子奕"旁边,小声地叫了他的名字:"张亦然,幸亏你来了,我都快寂寞死了。"

张亦然和杜子奕是从初三一直玩到现在的好兄弟,两人今年都刚从外地回来。

"校牌还给你。"张亦然偷偷看了一眼坐在自己对面的周应,确认她在和李知予聊天,没有注意到自己这边之后,取下杜子奕的校牌,偷偷从桌子底下递了回去。

"说好的互换校牌一天的,这就不玩了?"杜子奕把张亦然的校牌还给他,"你得赔我一罐汽水。"

张亦然顺手将自己的校牌收回口袋:"幼稚。"

自由聊天时间结束,秦宋的声音再次落入众人耳中:"好了,时间到了,接下来,你们每人都会拿到一瓶刻着自己名字的汽水,如果你还没和你对面的小伙伴互换姓名,可以选择把名字藏起来。"

传到张亦然的时候,箱子里只剩下两罐汽水——一罐刻着他的名字,一罐刻着周应的名字。他把周应的那罐汽水递给她,顺道还叫了一声她的名字:"周应,汽水。"

周应抬起头看向眼前的男生,她接过汽水,说了句"谢谢"。

秦宋:"现在,大家可以继续了解你对面的同学了。"

教室里的聊天声渐渐大起来。

张亦然提议:"我们来玩个游戏怎么样?"

奔向热爱的夏天

"你说。"周应来了兴致，双手抱在身前，往前凑了凑。

"现在，忘掉之前的一切，假设我们都不知道对方的名字，纯靠感觉来给对方买礼物，怎么样？"

"当然可以。"

"好。"张亦然说，"我不叫杜子奕。"

"嗯。"周应回答，"我也不叫周应。"

话音落下的瞬间，汽水罐的拉环被打开，发出"刺啦"一声，气泡开始升腾。

次日上午，周应和李知予结束拍摄之后，就直接赶去了学校的办公室，她们要在今天傍晚之前写一篇推文出来。刚坐下，张亦然就走了进来，顺道关了门，他刚拍摄完其他班级的活动，正热得浑身冒汗。

李知予看向坐在沙发上的张亦然，问："你去过食堂了吗？听说食堂的人太多了，根本抢不赢。"

张亦然摇摇头："没有。"

"那中午怎么办？"

周应接话："要不我们写完推文一起出去吃？"

"好啊！"李知予兴奋道，"门口有家超好吃的店，我们去试一试！"

"我都可以。"周应又看向张亦然，"同学，你觉得怎么样？"

"我也没问题。"

李知予听出周应和张亦然对话中的一些不对劲，问道："你俩不是知道对方的名字吗？怎么叫对方'同学'啊？"

"这是我们之间的游戏规则，暂时忘记对方的名字，靠感觉给对方送礼物。"

第一章 遗忘的约定

"原来如此。"李知予边点头边鼓掌,"还是你们会。"

三人从办公室出来时,正是太阳最大的时候,走在路上直想往树荫下躲。张亦然边走边给杜子奕回复信息,走得慢了些,渐渐落在了周应和李知予的后面。

"周应应,我还叫了个人来,你不介意吧?"李知予询问道。

周应回答说:"当然不介意。"又问,"谁啊?"

"你猜猜?"

"你的'国王与天使'?"

"答对了。啊,他来了。"李知予看向教学楼的方向,朝正在向她走来的人挥了挥手,"杜子奕,这边!"

听到自己名字的杜子奕加快脚步,一路小跑过来,李知予也小跑着上前迎接,留下周应独自在原地一脸茫然:他叫杜子奕?那他又叫什么?周应迅速回头看向身后正在朝自己走来的人。

两人的视线撞在一起,张亦然问道:"怎么了?"

"你不叫杜子奕。"周应指向杜子奕所在的方向,"他才叫杜子奕。"

"你发现了?"张亦然坏坏地笑了一下,"其实我昨天就说了。"

昨天?周应回忆了一下昨天和他的对话,忽然想起来了那句"我不叫杜子奕"。

"所以你昨天说你不叫杜子奕,不是因为游戏?"

"当然。"张亦然用欠欠的语气说,"我从没说过是游戏。"

周应在心里咬了咬牙。可恶,居然被他给耍了,自己往他挖好的坑里跳!

"聊什么呢?"李知予走过来,说,"吃饭去吧,别在这儿站着了,我好饿啊。"

"走吧走吧。"杜子奕搭上张亦然的肩膀,招呼着大家离开。

奔向热爱的夏天

周应挽着李知予的胳膊，心里依旧气鼓鼓地，边走边想要送什么礼物给那人，才能让他为自己的行为付出代价！

谁知那人竟主动凑上前来，说："生气了？要不要告诉你我真正的名字？"

听到这句话，周应迅速用余光看了一眼他的校服校徽处……什么都没有！这家伙居然还取掉了校牌，真是够严谨的！

不想让我知道就别说，搞得好像谁想知道一样！

周应冷冷地丢下一句"不要"，撒开挽着李知予的手，快步往前走去。

李知予和杜子奕正聊得火热，全然没有注意到前面的二位正在暗自较劲。

张亦然跟上周应，问："真不要？"

"对。"周应突然停下来，双手抱在胸前，盯着张亦然道，"你要是说了不就破坏游戏规则了吗？"

张亦然"哦"了一声："那你还挺守规则的，这么理性，很像我以前认识的一个朋友。"

"我很理性吗？"周应继续往前走，"从来没有人这样说过。"

张亦然跟上周应的步伐："从来没有人和你说过，不代表你不是这样。"

周应再次停下脚步，看向张亦然，后者眨巴两下眼睛，似乎是在说"怎么了"。周应依旧是双手抱在身前的姿势，眼神冷冷的："我倒是觉得，你有点像我以前的一个朋友。"

"真的？"听完这句话，张亦然的眼睛瞬间亮了起来，他一脸好奇地看向周应，似乎是在等什么答案。

"对啊，一样欠欠的。"周应继续往前，"不过我好久都没有听到和他有关的消息了。"

"那你没找过他吗？"张亦然追问。

"以前想着找过，现在不找了。"

"为什么？"

"毕竟时间都过去那么久了，就当作……对他小时候'欠'多了、突然消失的惩罚了！"

小店的店面不大，装修陈设也不算太新，空调在呼呼吹着冷气。

"李同学，你来看看想吃什么。"杜子奕将一份菜单送到李知予的面前。

李知予客气地接过菜单放在二人中间："一起吧。"

对面的周应和张亦然一时间有点无语。沉默过后，两人各自拿起手机给自己的好友发起了消息。

周应：什么鬼？你怎么突然这么淑女？

张亦然：兄弟，你装什么呢？

然而杜子奕和李知予根本没有注意到这一切，决定好要吃什么，准备把菜单递给对面的二人时，才发现两人都在看手机。杜子奕和李知予默契地咳了一声，听到声音的张亦然和周应同时抬起头。

"点菜了，二位。"

两人同时把手机放在餐桌上，又同时伸手抓住了菜单，谁也不肯让谁。周应和张亦然扭头看向对方，表面一片风平浪静，暗地里却都在默默地使着劲。

"你们……这是在干什么？"李知予有些无语。

"较劲呢。"杜子奕回答说。

"给你。"张亦然率先放手，"男生不让女生是小狗。"

周应似乎没有听清，又问了一句："你说什么？"

张亦然转头看向窗外，脸上一副无事发生的表情："没什么，我说……院子里有小狗！"

周应朝着张亦然指的方向看过去，那里确实有条萨摩耶幼犬，此刻正歪着头，吐着舌头看着他们。周应皱了皱眉，难不成自己刚刚真的听错了？

对面的二位喝着可乐，看着两人的互动，仿佛在欣赏一场大戏。

杜子奕："他俩怎么回事？"

李知予："谁知道？两个幼稚鬼。"

午间的蝉鸣声高亢嘹亮，回荡在学校里，让人止不住地犯困。到了下午的合唱活动，整个过程才欢乐了起来。

很快就到了晚上的心理活动时间。同一时间，同一地点，同一位置，一切都和昨天晚上一样，只不过，每位同学的面前都多了一份要送给对面同学的礼物。

"好了。"秦宋说，"经过近二十四小时的接触，想必各位已经熟悉起来，现在大家可以开始送礼物了。"

教室里立即传来嘻嘻哈哈的声音。杜子奕和李知予热热闹闹地互换了礼物。

"哇！杜同学你也太有心了。"

"李同学也是！"

相较于他俩，隔壁二位的状态可谓是天差地别。

"谁先？"周应故作冷淡地问。

"都行。"张亦然回应。

做不到像其他人那样热闹亲近，这二位什么话都没说，只安静地把给对方准备的礼物递了过去。

张亦然准备的是一个小袋子,周应接过来,抬头偷瞄了一眼,见张亦然正在专心地拆着她为他准备的礼物,她索性也把自己的礼物拆了。撕开包装,一个小海豚玩偶的钥匙扣闯入了她的视线。她猛地抬头看了一眼对面的人,张亦然还在拆礼物,像是没有注意到她的注视。

许是周应的反应太大,被一旁的秦宋完完全全地看在了眼里。秦宋走上前来,站在周应旁边说:"看来周应收到了意料之外的礼物啊。"

周应点了点头,又立即摇了摇头。张亦然刚把自己的礼物拆开,还没来得及看,听到秦宋的话,偷偷观察了一下周应的反应,而后默默低下了头。

很快,周应的礼物出现在了他的眼前:一个一次性相机,以及……一套数学练习册。

教室里的声音越来越大,还没等两人说什么,就有人推开了教室的门,喊着:"快来!今晚的体育活动开始啦!"

秦宋示意大家可以去操场之后,教室里"轰"的一声,全班同学立刻起身,陆陆续续地往教室外走。周应看着对面的张亦然,像是静止了一般。

"走吧,和礼物有关的事情等会儿再说。"张亦然先开了口,随后起身准备往教室外面走。只是还没走出几步,就被周应给拽住了袖子。

其他人已经全部离开,空旷的教室里只剩下了张亦然和周应两人,空调也在此时进入休眠模式,"呼呼"往外输送冷气的声音消失后,周遭变得更加安静。

他们面对面站着,什么话都没有说。一种莫名的思绪在周应心底蔓延翻涌，她不知道自己现在应该说些什么，只感觉身体里像是有无数颗柠檬在跳跃，连方才拉住他袖子的动作也是出于本能反应。

张亦然看着她，笑着问："怎么了？"不等周应回话，他又看着自己的袖子，用眼神示意了一下，"手累不累？"

听到这话，周应立刻松开了手，尴尬地把手放到了身后。她注意到他又笑了，目光带着那种她无比熟悉的感觉。他大概早就料到是怎么一回事了，也并不是真的想要得到一个答案吧。

周应还沉浸在自己的思考中，教室外的走廊里忽然传来"嘀——"的一声，紧接着，教室里的灯全灭了，四周顿时变得漆黑一片。大概是因为现在是体育活动的时间，学校为了不浪费电，所以将教学楼都断了电。教室里再度安静下来，他们看不清彼此，只能够听见自己的呼吸声。

"我们先出去怎么样？"张亦然说，"这里什么都看不见。"说完，他立刻转身往教室前门走。他很想知道，她会有什么反应。

"张亦然！"他刚转过身，周应就叫住了他，"你又要这样什么都不说就离开吗？"

他背对着周应，笑了一下，而后转过身去，在一片漆黑中准确对上了她的视线。

"长大了，还会怕黑吗？"张亦然说。

"会。所以……"周应停顿了一下，转了话头，"走吧，一会儿要点名了。"

"好，我带你一起。"张亦然说。

周应抬眼看向张亦然："你带我？怎么带？"

"你可以继续拉着我的袖子，刚刚你不是拉得挺顺手的吗？"张亦然偏了偏头，嘴角扯起一个微笑，借着微弱的光，指了指自

第一章　遗忘的约定

己的衣袖。

"不要，我自己能走。"说完，她将双手抱在身前，目不斜视地从张亦然的面前走了过去。

张亦然怕周应走得太快，立即跟了上去："刚刚还说自己怕黑，现在不怕了？"

"不告诉你。"周应停顿了一下，"我在想一些事情，别吵。"

她在整理自己的思绪和记忆，一些关于他的思绪，关于他的记忆。张亦然点头"哦"了一声，没再说什么。他安安静静地走在她的身边，就像小时候那样。

事实上，体育活动开始后并没有点名，同学们可以自由活动。到了操场上，周应才发现李知予给她打了很多个电话，也发了很多条消息问她在哪儿。张亦然也接收到杜子奕的消息轰炸，但这会儿两人已经联系不上杜子奕和李知予了，手机上收到的最后一条信息，是说两人一起去了羽毛球馆。

张亦然和周应对打羽毛球并不感兴趣，打算先解决一下眼前的问题。

周家和张家算得上是世交。张亦然的母亲宋春柠和周应的母亲陈雪蕴从小便是好姐妹，后来还读了同一所大学。毕业后，两人买了上下楼的房子，住得很近。所以，在张亦然和周应还不记事的时候，他们就已经出现在对方的生活里了。

长大一些后，因为父母工作的关系，周应经常一个人在家。在那些孤独的时间里，是张亦然的陪伴填补了她的空白。打雷下暴雨的时候，他在；因为想看的电影太恐怖而害怕的时候，他也在。他们自然而然地成了一对形影不离的好朋友，每天一起上学、放学，一起看书、看电影、玩游戏。周应那时候就感觉到，张亦

奔向热爱的夏天

然于她而言，是一个任何人都无法替代的朋友。

十岁那年，学校组织去海洋馆。逛完最后一个馆出来的时候，周应被店铺里售卖的海豚小玩偶吸引住了。周应算了算手上的零花钱，又问张亦然借了一部分，打算美美地拿下那个海豚玩偶。可当他们穿过样品区，来到货架区时，那个海豚小玩偶的摊子前已经挂上了"售罄"的牌子。

张亦然怕周应哭，赶忙安慰说："没事没事，这里还有小海豚钥匙扣，我给你买。"

两人一齐看向下面的货架，发现小海豚钥匙扣也已经卖光了。

"没事没事！"张亦然赶紧找补，"以后我再带你来海洋馆，到时候我们再来买小海豚。"

"嗯！"周应说，"你说的，我们一定要一起再来一次海洋馆。"

只是那之后没多久，张亦然便离开了长宜，不告而别。

那天中午，张亦然请假回了家，周应有些担心，于是下午放学后直奔张亦然家。但无论她怎么敲门都没有人应答。没有办法，她只好先回去了。回到家里后，她看见自己书桌上放着一个小海豚钥匙扣和一个海豚玩偶。

她记得，那天的雨下得很大，像是不会停一样。周应拿着小海豚钥匙扣，听着雨滴拍打在树叶上的声音，像海浪翻涌……

后来周应才知道，张亦然一家出国了。

从那个落了大雨的春天开始，她一直将那个小海豚钥匙扣带在身边。

周应不知道张亦然是否还记得那个有关海洋馆的约定，过了这么多年，或许随着时间的推移，那份记忆早已消散在了无数个夜里，问不问，好像都没有什么意义。

第一章 遗忘的约定

周应找不到可以和他闲聊的话题，他们好像再也无法像以前那样无话不谈了。这是那个下着暴雨的春天所带来的距离。

两人来到一个远离操场的路灯下，光线拓下两人的影子，喧闹的蝉鸣冲淡了彼此的沉默。

张亦然率先开口："你为什么不说话？"

"在想问题。"周应实话实说。

张亦然忽然绕到周应的面前，看着她问道："我回来了，你不高兴吗？"

周应闷闷地哼笑了一声："那为什么你不在一开始就告诉我你是谁？"

"要不你猜猜？"

"不猜。"周应语气冷冰冰的。

"好吧，我就是想看看你能不能一下子认出我来……"

周应疑惑地看向张亦然："只是这样？"

"好吧，不是……"

"老实交代。"周应开口，语气带着"坦白从宽，抗拒从严"的意味。

"我就是想……想跟你开个玩笑……"

破冰活动结束之后，就是正式的开学日。

周应洗漱完出来的时候，餐桌上已经准备好了早饭。因为还要赶公交，周应怕来不及，准备提上早餐路上吃。

"慢点慢点。"母亲陈雪蕴说，"在家吃完再走啊。"

"不了。"

"那你把给然然准备的早餐一起带走，我帮他也做了早餐。他和你一起上学，你带给他。"

"什么？"周应提着早餐，回头看了一眼陈雪蕴。

"你不知道然然回来了？"

"知道……"

"那不就得了？然然说要和你一起上学，就跟以前一样。"陈雪蕴也在收拾自己，"你们俩一起上学，路上有个伴，我放心。"说完，陈雪蕴就往卧室里走了。

"那个……妈，我先走了，就不等张亦然了！"周应带上那份属于张亦然的早餐撒腿就跑。

只是刚一开门，一个高大的身影就出现在了她的眼前。周应抬头一看，张亦然正靠在门边，双手抱在身前，见到她之后还对她挥了挥手："嗨！"

"你怎么在这里？"周应随便说了句话来回应他的招呼。

"来找你一起上学啊。"张亦然说，"怎么，陈阿姨没和你说我会等你吗？"

周应认命地把手上的早饭递过去："给你的，早饭。"

"给我带的？"张亦然笑着接过了早饭。

"给狗带的……"

这些年，张亦然除了个子高了点，五官长开了点，浑身上下还是一如既往地"欠欠"的，居然还说什么装不认识她只是想开个玩笑，呵！

正值夏季的尾声，风经过身边，带着些许燥热。前往公交站的路上，张亦然一直跟在周应身旁，想找机会和她说话。红绿灯路口，周应趁机切换耳机里的歌单，张亦然抓紧空隙，试探着问："真不理我啦？"语气中夹杂着些许委屈。

周应"哼"了一声，看向张亦然，说："那天不是说要装作不认识吗？既然不认识，那就不要和我说话了。"

第一章 遗忘的约定

"我错了我错了!"张亦然求饶。

"认错也没用。"周应说,"毕竟我是个'理性'的人啊。"

"不说就不说……"张亦然佯装生气。

"还有,你今天在台上发言的时候,最好注意一下表情管理。"周应转换了话题。

张亦然心生疑惑:"你想干吗?"

"拍照啊。"

张亦然说:"不是说不认识我吗?不认识的人也拍?"

"你管我?"周应说,"我想拍就拍。再说了,是你不能和我说话,又不是我不能和你说话。"

"好好好!"张亦然笑了,确认周应没有真的生气,也恢复了以往的语气,"就你那技术,别给我拍……"丑了。

后面两个字还没说出口,周应就打开了手机,把张亦然小时候的照片找出来,说:"怎么?就你这样,还打算立一个帅哥人设?"

张亦然看到照片,立刻要去抢周应的手机,结果手还没伸出去,周应就眼疾手快地把手机给收了回去。他只能顺着周应的意思说:"是啊,有我这么一个帅哥弟弟,别人羡慕你还来不及,你就好好珍惜我待在你身边叫你'姐姐'的日子吧。"

"你没生病吧?"周应的手朝张亦然的额头摸去,"是挺烫的,看来病得不轻。"

张亦然把周应的手移开:"那是热的……我没生病,好得很!"

清晨的太阳还未完全升起,晨风中带着些许温柔。执礼附中的校园里格外热闹,操场上,开学典礼正在筹备中,代表席上摆满了桌椅,周围挂满了彩旗和写了"欢迎新生"字样的横幅。一切准备就绪，广播开始通知各班排队下楼。

张亦然和老师对完流程，从台上走下来，找到了队列最右侧代表席里那个贴着"学生代表：张亦然"字样的椅子，而高二（10）班的队列就在代表席旁边。此时，高二（10）班的队伍走了过来，张亦然一转头就发现了举着班牌站在队伍前面的周应，他拿着演讲稿站起来，走过去与周应并排而立。

"可以啊。"张亦然靠近周应小声说，"成我们班的门面担当了。"

周应转头看向张亦然："同学你好，你谁啊？"

张亦然用胳膊撞了撞周应："喂，你来真的？"

周应看向前面继续道："同班的吧？你好啊。"她就是故意的，想气气他。

张亦然嘀嘀咕咕地似乎说了什么，但她没听清，于是用余光偷偷看了一眼身边的张亦然。张亦然一副气鼓鼓的样子，像个被耍了的小狗。要不……还是理理他吧。

她看了一眼周围，问："有椅子不坐？"

"不坐。"张亦然说，"想站着。"

这时，广播里响起了主持人的声音："金秋九月，丹桂飘香。在这个晴空万里的日子里，我们迎来了市执礼大学附属中学2022年秋季开学典礼……"

校长的致辞比较简短，饱含对新生的寄望。教师代表发言结束，就轮到张亦然了。听到自己的名字后，张亦然拿着演讲稿上了台。

张亦然站在台上，一下子就找到了人群里的周应。待台下的掌声停止，他才用平和的语气开始演讲。张亦然的稿子写得不是很长，同为学生，他清楚同学们肯定也不想在操场上站太久，所

第一章　遗忘的约定

以整个演讲很快就到了结尾："夏日的余温还未散去，空气里蝉鸣依旧，一切正热烈，一切正当好。祝各位新学期快乐！我的发言完毕，谢谢大家！"

下台后，张亦然回到队列中，路过周应时，两人对视了一下。这一幕恰好被负责拍摄宣传照片的秦宋拍了下来——男生手里拿着稿子，女生手里拿着班牌，两人对视一笑成为照片的焦点。

台上，主持人正说着典礼的下一个流程，当听到"烟花秀"这三个字时，操场上的人群立即沸腾了起来——

"怪不得今年的开学典礼不在报告厅。"

"执礼附中大手笔啊！"

"期待期待！"

天气太热，张亦然正用演讲稿给周应扇风，周应从口袋里拿出了一包纸巾递给他。

他接过纸巾，无奈地笑出了声："行，弟弟就是被用来使唤的。"说着，他抽出一张纸凑到周应面前，后者却拿过去，把它贴在了他的脸上。

周应说："我是让你给自己擦一下，你看你额头上的汗。"

张亦然："哦。"

"咻"的一声，台前的礼花被点燃，紧接着是一阵喧闹声。人群里有人欢呼："快看！太美了！"

五种颜色的烟花冲向天空，留下一道长长的彩雾，渲染着蔚蓝的天空。夏天在此刻变得更加热烈。

典礼结束后，学生们扎堆从操场往教室走，教学楼的楼梯上挤满了人，学生们肩挨着肩，只能小步挪动。人声嘈杂中，张亦然一手扶着栏杆，一手放在了周应的身后，怕她往后跌倒。

021

奔向热爱的夏天

"眼睛看路。"他看向周应手上的班牌,"拿着累的话就给我吧。"

周应闻言,把手上的班牌塞进张亦然手中:"你拿你拿。"这么有服务意识的弟弟,不用白不用。

回到教室时,秦宋已经站在了讲台上。有学生注意到,讲台上的一体机屏幕里放了张座位表。因为要换座位,教室里再次变得热闹起来。座位表不知道是根据什么安排的,周应发现,自己和张亦然居然是同桌,这也有点太巧了。

放完班牌,张亦然也看到了座位表,发现自己和周应是同桌后,赶忙走到她身边高兴地说:"你说是不是很巧?"

周应瞥了张亦然一眼,冲他"呵呵"一声,便去了原座位拿自己的东西。在安排座位之前,她是和李知予坐在一起的,现在李知予成了她的前桌。周应觉得,这会儿李知予应该已经高兴坏了,因为她的同桌是她一直念叨的帅哥杜子奕。

张亦然见周应离开,赶紧跟了上去,赶在她之前拿到了她的书包。看见张亦然的举动,周应心里不免泛起一阵疑惑,她看向张亦然,用眼神问:干吗?

张亦然立即解释说:"我帮你拿。"

周应感觉张亦然在献殷勤。行吧,爱献殷勤就让他献吧。

因为是刚刚开学,所以这周还没有安排晚自习,下午布置完作业就可以放学了。最后一节课下课铃响了之后,教室里顿时变得吵闹起来。在学校待了一整天,大家都迫不及待地想要赶紧回去休息。

张亦然收拾完书包,看向周应,问:"回家?"

"等下,我把这个化学作业写完,还剩一道选择题。"周应一只手按着肩膀,一只手拿着笔,边写边说,"这样就不用带回去

第一章　遗忘的约定

了。"直到做完题目，她才合上笔盖，把化学书放进抽屉："好了。走吧。"

周应把笔放进书包的侧兜，正要背起包，一只手伸过来拿走了她的书包。张亦然向周应靠近了一点，问："脖子不舒服？"

周应点点头："有点，落枕了。"

张亦然微微一笑："那书包给我背，走吧。"他转身往门外走去，左右两肩一边背着一个书包。

经过操场时，周应走在张亦然的右手边，调侃道："挺懂事啊，张狗。"

张亦然放慢脚步看向她："这么感激，不如……"话没说完，他突然一把拉住她的袖子，将她拽到自己的左边，右手挡住了迎面而来的球，将它挡了回去，"好险，差点你就被球砸到了。"

"幸亏你在旁边。"周应说了句"谢谢"。

走出校门，周应掏出手机，发现李知予发来了的消息。显然刚刚张亦然挡球的那一幕被李知予看到了，她发了一堆文字，一个劲儿地夸张亦然的反应特别快，像极了小说男主。

很快，李知予又发来一条链接。周应点开一看，发现是别人的空间分享，里面有一张照片。她点开李知予发来的语音："你快看这张照片，这是你和张亦然吧？这张照片在空间里面传疯了！"

周应点开图片放大看了一下，还真是他俩。她回了语音，问："这照片哪儿来的？"边说边往张亦然那儿看了一眼。他正在帮她注意周围的车辆。

李知予回复说："学校公众号里面发的。"

周应转头把手机递到张亦然的面前，张亦然接过手机一看，嘴角微微一笑："你之前不是还想着没拍到我今天发言的照片吗？这不就有了？不得不说，这照片拍得真不错。"

023

周应睁大了眼睛："你早就知道有这张照片？"

张亦然从容道："今天中午的时候我就看到了公众号的文章，还以为你也看到了，就没发给你。"

"这张照片在空间里传得挺厉害的，你可以去看看。"

周应将自己的空间界面给他看，空间里动态评论的数量越来越多，除了高中部的学生，还有初中分校的学生前来围观，有不少人发了评论：发言的男生声音有点好听。

开学第一周，周五下午放学的时候，周应的落枕已经好得差不多了。她收拾好了书包，对张亦然说："你先走吧，我今天和荔枝约好了要去矢量书店。""荔枝"是李知予的外号。

"谁说我要和你一起走了？"张亦然梗着脖子接话，语气里含着些许连他自己也没有意识到的失落，他一把搭上一旁杜子奕的肩，"我和杜子奕打算去打球来着，对吧？"他说着，朝杜子奕使了个眼色。

张亦然挤眉弄眼了好一会儿，杜子奕才恍然大悟道："对对对。"

周应："行，那正好，再见。"说完，她就背着书包和李知予走了。

周应走后，张亦然这才把搭在杜子奕肩膀上的手放下来。杜子奕凑上来问："我们什么时候说要在放学后打球了？"

张亦然边收书包边回答："就在刚刚。你去不去？"

"当然，反正也没什么作业。"杜子奕一边收拾一边说，"现在不去，等有了晚自习，作业变多了，想打球都没机会了。"

矢量书店离执礼附中不太远，走过两个路口就能到。书店里的氛围很好，书籍种类也很丰富。如果需要交谈，还可以去书店里的"YOUNG UP"咖啡小馆坐下来慢聊。

周应和李知予找了个空桌子坐下,点了两杯咖啡。

"《奔夏》杂志好像快上新了!"周应看着手机里面的信息说。

"周应应,你什么时候这么迷这个杂志了?"

"我发现了一个新作者,文风和文笔超级对我的胃口。"周应解释。

"谁呀?我认识吗?"

"叫亦夏。以前都没听说过他。"周应说着便点开了《奔夏》杂志电子版的页面,打开亦夏的专栏给李知予看。

李知予看过之后点了点头:"确实还不错,改天我也买一本看看。"

"最近你和杜子奕好像聊得很好啊。"周应突然八卦起来,"我坐在后面,看你们俩聊得可热火了。"

"我发现他就是个脑子很单纯的帅哥,和他说话还怪有趣的。"李知予说,"对了,你和张亦然的那张照片,我后来再看的时候,发现讨论得少了很多。"

"嗯,估计是大家觉得没什么意思了。"周应喝了口刚端上来的冰美式,"这种事情不需要太在意,过两天热度就会下去了。"

"心态不错。"李知予夸赞道。

"哦对,忘记告诉你了。"周应说,"我和张亦然……其实我们很早以前就认识了。"

"网友啊?"

"不是网友。"周应解释,"他……算是我发小。"

"啊?"李知予说,"怎么从来都没有听你提起过?"

"我十岁那年的春天,他们家突然举家去了国外。"

"啊?这么突然?"

"对啊，就是很突然，连个正式的告别都没有。"周应说，"后来我才知道，是因为他爸妈同时考上了国外一所大学的硕士，要去读书。他爸妈担心他一个人在这边会不开心，所以把他一起带走了。我妈觉得我年纪小，也没跟我解释前因后果。"

"那你们这几年都没有联系？"李知予问。

周应摇了摇头："他们一家很少回来，我也觉得很奇怪。这次他突然回来，感觉像变了一个人，我完全没认出来。"

"青春期嘛，突然长高长开、变帅了，很正常的。再说了，你们之间也没什么联系，连照片都没见过，你认不出他也很正常。"李知予说，"那你们这确实算是青梅竹马了。"

"嗯，他走的那天还给我留了小礼物。"周应说着，抓过自己的书包，把那个小海豚钥匙扣取下来，放在李知予的面前，"就是这个。"

李知予拿着那个小海豚看了看，说："怪不得从我认识你开始，你就一直带着这个。"

周应把小海豚钥匙扣重新挂在书包上："我们一起去过海洋馆，当时想买小海豚的周边，结果没买成，我们就约好了要一起再去一次海洋馆，买小海豚的周边。我是在他走后才发现了这个挂件，应该是他在走之前提前买好的。"

"哇！"李知予惊叹出声，"那这算是你们小时候的约定吗？"

约定……周应在心里默默念了一遍这个词，不确定地说："可能……算是吧。不过这家伙回来后居然装作不认识我！"

"啊？怎么回事？"

"破冰活动那天我们就遇上了，但他没告诉我他是谁，还和杜子奕互换了校牌，这多年没见，他长得和以前不一样了，我也就没认出来，一直以为他叫杜子奕！做心理游戏的时候，他还说什么要当作彼此不认识,凭感觉送礼物,所以我知道真相的时候特别生气。既然他说要当作彼此不认识,那就不认识好了。"

"所以,他和杜子奕互换校牌就是为了不让你发现他是谁吧?"

周应皱了皱眉:"你这么说,好像有点道理。我还没往这个方向想过。"

"肯定是了。"李知予笃定地说,"我听杜子奕说他俩早就认识了,之前在外地读书的时候就玩得很好。我估计张亦然是知道要和你读一个学校了,为了看看你能不能认出他,故意弄了这么一出。"

周应点了点头:"很有可能。"

"你等着,明天我就去拷问杜子奕。"李知予说,"话说回来,你俩小时候的那个约定还作数吗?"

周应拿起桌上的冰美式,用吸管随意地搅动着里面的冰块:"约定这种东西,往往就是一句话而已。这么多年过去了,我不清楚他还记不记得,就算不记得也很正常。"

"这样啊。"李知予帮她出谋划策,"你先观察一段时间,看看他后面还会有什么动作。如果他邀请你去海洋馆,就说明他是记得的。"

"好主意。"周应又喝了口冰美式,然后点了点头。

"不过,我觉得你们每天的话还是挺多的。"李知予说,"我没感觉你们像是在装不认识的样子。"

"有吗?"周应放下了手中的咖啡。

"嗯。"李知予肯定地点了点头。

周应仔细回想了一下,这些日子,他俩确实不像不讲话的样子,但这也很正常,毕竟同桌之间不可能真的一句话都不说。那

奔向热爱的夏天

她的那些豪言壮语算什么?

周一上午第一节是走班课,化学安排在高二(10)班上。化学老师高海燕走进教室的时候,里面还是吵吵闹闹的,直到第二遍上课铃响结束,教室里才逐渐安静下来。周应和李知予坐回自己的座位,从抽屉里翻找着化学书。

讲台上,高海燕开口道:"昨天让大家预习的实验,大家都看了没有?"

全班异口同声:"看了。"

"书上的步骤都弄明白了没有?"

接着又是一句整齐划一的"明白了"。

高海燕随即点开一个实验视频,视频的画质比较低,像是二十世纪传承下来的旧片子,配音字正腔圆,镜头剪切得也有点生硬。

"高老师,声音小一点!"一个学生说道。

视频播放完毕后,高海燕打趣道:"不瞒大家,我上高中的时候,化学老师给我们看的也是这个视频。等我成了老师,回去看她的时候,她把装着这些实验视频的U盘郑重地交到了我的手上,告诉我说,这视频至少要传三代。"

另一个学生说:"可这画质也太糊了,比我奶奶家的老年机都糊。高老师,咱什么时候能换个清楚点的?"

高海燕嘴角微微上扬:"快了快了,教育局最近在筹备拍摄新的实验视频了。"

李知予举手问:"高老师,那还能轮到我们看吗?"

高海燕说:"能,等教育局拍完,我就把视频给大家通通放一遍。"

第一章　遗忘的约定

走班课不能拖堂，下课铃一响就得下课。张亦然被刚刚那节自然地理课给"折磨"到了，回到教室，把书往自己的课桌上一放就趴了下来。

"要不要一起去接水呀？"周应整理着书本，对张亦然发出邀请。等她收拾好书，发现张亦然还没有反应，转过头一看，才发现他已经睡着了。

难怪刚刚什么动静都没有。周应拿起自己的水杯，起身准备去接水。旁边的张亦然却突然将自己的杯子精准地递到了她的面前，还附带了一句："帮我接水。"

有没有搞错？他不是在睡觉吗？既然没睡着，那刚刚为什么不回她的话？讨厌！周应干脆晾了他一会儿。

两人谁也不肯先说话，看谁先坚持不下去。但事实证明，手酸还是会影响对峙。张亦然坚持了没有半分钟就败下阵来。手中的水杯一直没有人接，他还以为周应已经不在教室里了，但等他抬起头，却发现周应依旧站在原地，双手抱在身前，安安静静地看着他。

"帮我接一下水可以吗，周应同学？"说完，张亦然把手往周应面前伸了伸。

周应无语地看了他一眼，最后还是接过了他的水杯，问："你刚刚为什么不回我的话？"

"很困。"张亦然打了个哈欠，"求你了，就这节课帮我接水，下个月我天天帮你接。"

"行吧。"周应说，"你先睡吧。"

再不快点去，就要上课了！

然而周应怎么都没想到，后面连续几天，张亦然都跟个霜打了的茄子一样，蔫蔫的，只要一下课，就自动进入睡眠状态。以前每次下了课，两人还会比拼写题速度。周应不清楚发生了什么，默默接下了帮他打水的任务。

晚饭过后，周应照常和李知予在操场上散步。她挽着李知予的胳膊问："你觉不觉得这几天张亦然很奇怪？"

"有吗？可能你俩天天待在一起，感觉比较清楚，我就没察觉到，会不会是你想太多啦？"

周应也希望这是自己的错觉，可这几天观察下来，张亦然下了课就睡，放学回家时在公交车上也在睡，就跟每天晚上不睡觉一样。周应暗下决心，一定要督促张亦然好好休息，不然继续下去的话，一旦遇上考试，那他可就要遭殃了。

中午休息前，高海燕批改完作业后去了一趟高二（10）班："课代表把作业发下去，我说一个事。"她环顾着全班，"上次上课时提到的要组织重新拍摄实验视频的事，大家还记得吗？根据刚刚发布的抽签结果，我们班的周应同学和张亦然同学被选为实验视频的出镜人员。"

话音落下的瞬间，全班不约而同地望向了最后一排的位置。两人在听见自己的名字之后迅速抬起了头，第一反应是茫然，而后是慌乱。他们感受到了前所未有的瞩目！

李知予和杜子奕的脸上带着坏笑，看着他们的眼神表达出了同一个意思：你们中奖了，天降大任！

接着，班上响起一阵掌声。

张亦然一阵疑惑，他选的是历史方向，怎么还要参加化学实验？却不知抽签是随机的，根本不分学科方向。

高海燕倒是对这个结果非常满意：第一，两人都很上镜；第二，周应是化学课代表，还是自己的得意门生，让她去拍实验视

第一章 遗忘的约定

频,自己很放心。至于张亦然,高海燕并不担心他会在实验中闹出什么问题,毕竟有周应在。

高海燕及时控制住了全班的秩序,在午休铃声响起前,让教室恢复了安静。

周应开始低头写字,张亦然却依旧沉浸在晴天霹雳之中。高一在外省读书的时候,化学这个科目对他而言就是一道酷刑。他原本以为结束高一的学考之后,自己就再也不用碰化学了,没想到回了长宜,自己还得做化学视频实验员。

他正撑着脑袋思考该怎么搞定那些学过和没学过的化学实验时,忽然感觉自己的手肘被什么东西给戳了一下。他往自己的右手边看去,发现是周应给他递过来了一张小字条。

你要是求我的话,我可以带你复习和预习实验。

这人是不是会读心术啊,不然怎么会知道自己方才在心里想些什么?但是,什么叫"求她"?这话听着真是充满了挑衅意味!不求,坚决不求!他要自己复习和预习清楚化学实验。于是,他工工整整地在小字条上写下了他的回复,然后把小字条给周应递了回去。

不要。我要自己学!

后面还跟了个小狗的简笔画。

周应看到那个简笔画,没忍住,笑出了声,没想到张亦然居然还有这么幼稚的一面。

"笑什么?!"注意到周应的反应,张亦然忍不住凑过来问,

"有什么好笑的！"

此刻的张亦然在周应眼中，就是一只一边龇着牙装生气，一边忍不住摇尾巴的小狗。为了配合他的表演，周应立马收起了自己的笑，秒变高冷。她把手中的笔放在桌上，不慌不忙地把手里那张小字条折好，放进了自己的口袋里，一个眼神都没有给他。

周应收好桌上的书本，丢给他一句："谁笑了？"

这下，张亦然更想"龇牙"了。这人怎么不按常理出牌啊？

周应不再关注他，趴下来准备睡觉。张亦然重新撕了一张草稿纸，写下四个大大的字和三个感叹号，又在那张小字条上画了个生气的小狗简笔画，然后给周应递了过去。

周应看见自己的桌角飞过来小字条，打开，高冷地瞥了一眼，上面写着：**明明就有！！！** 张亦然塞完字条，就转头看向了另一边，窗外的风景可比某人要好多了。

好家伙，这就不理她了？行吧。周应挑了一下眉毛，从口袋里拿出耳机，把左边的那只耳机递给张亦然："听歌吗？"她知道他这会儿肯定没有睡着。

看见出现在自己面前的耳机，"生气小狗"秒变吐舌头微笑的摇尾巴大狗，肢体先于理智接下了耳机，然后戴上。

周应小声说："反应这么快啊？"

张亦然转过头来小声接话："还不是怕你手酸。"他忽然往旁边看了一眼，然后让周应赶紧趴下，"嘘！老师来了！"

周应立刻趴下来。张亦然不再看向窗外，两人就这样面对面对视了五分钟，都没有听见有老师过来的动静。

张亦然实在是憋不住了，笑着说："骗你的。"

周应无语了："再骗我就绝交。"

张亦然立即收起得逞的笑，开口道歉："我错了。"

第一章　遗忘的约定

这周的课结束后，高海燕到教室找了周应一趟，同她说了关于竞赛的事情。

高海燕："你先回去看看，如果有兴趣参加这个化生竞赛的话，就来和我说。"

周应应下，谢过高老师后回教室找张亦然一起回家。这次两人不打算坐公交，决定一起散散步。

夏末傍晚，却感受不到一点凉意，气温依旧如同盛夏时节。学校旁的小路上没什么人，抬头就可以看见路尽头的晚霞，淡红淡紫的渐变渐渐消失，蓝调一寸寸浸染着天空。

"你……还在生我的气吗？"张亦然小心翼翼地试探着问。

闻言，周应停下脚步转头看着他："在你心里，我就是这么一个爱生气的人？"

两人的视线在空中交汇。张亦然深呼吸一口气，调整好自己的思绪，郑重地回答："不是。"

"那还这么问……"周应打量着他，又问了一句，"你最近还好吧？这几天我看你一直昏昏欲睡，而且走路也怪怪的。"

张亦然有点语塞，上个星期打球，他不小心把脚扭了，现在已经不疼了，不过倒是还可以借着这个事情转移话题。他索性开始演了起来，装作吃痛的样子"嘶——"了一声，然后放慢自己的脚步，说："我就是脚扭伤了，没休息好。"

这一连串的操作让周应心生疑惑，她慢下步子，问："还疼吗？"

"嗯。"张亦然继续表演着。

"哪儿疼？"周应关心地问道，同时手伸进校服口袋找起了东西，还没等张亦然想到怎么回答，他的眼前就出现了一个耳机，

"听歌吗？"

听歌？他是脚不舒服，听歌有什么用？张亦然带着满心疑惑，把耳机接了过去。下一秒，耳机里传来熟悉的歌声："该配合你演出的我演视而不见……"

"还听吗？"

张亦然一脸无语地摘下耳机，给周应塞了回去："不听了……"

周应用一副天真无邪的表情看着他，问："怎么不听了？是不好听吗？"

"我没在演……"张亦然解释，"那天下午打球的时候真的扭伤了。"

周应收起耳机，好奇地问："一周前的那场比赛？现在还疼吗？"

张亦然赶紧点了点头："就……微疼。"也不知道是不是脚踝接收到了他的求助信号，这会儿居然真的又有些隐隐作痛。

见状，周应没再继续开玩笑："真疼啊？"

"嗯！"张亦然点了点头，"骗人是小狗。"

"前面有家便利店。"周应说，"我们去那儿休息一下，买点冰块敷一敷。"

"好啊好啊！"张亦然应得极快。

周应大方地把耳机递过去："听歌吧。"

张亦然接过耳机戴上："那我能点歌吗？"

"不能。"周应操作着手机，"我想听什么就听什么。"

只是，耳机里响起的音乐让张亦然有些意外，因为周应放的歌正好是他想听的。

宁静的夏日傍晚和轻松的音乐搭配在一起，竟意外地契合。树上的夏蝉也安静下来，路边的小狗正趴着睡觉，天空中闪烁着零星的光点，一切都那么舒服，连步调都不由得慢了下来。

第一章 遗忘的约定

便利店里人不多，前面两个顾客结算完之后，店里就只剩下张亦然和周应了。

"怎么找不到冰块？"周应站在冰柜前正发着愁。

一旁的张亦然说："没事，我现在好多了。"

"真的？"

张亦然点了点头。

"那我们走吧。"周应移开视线，看向了路对面，"对面新开了家矢量书店，我想去看看。"刚到便利店门口的时候，她就注意到了。

"等等！"张亦然猛地伸手拉住了周应的书包肩带，迫使对方停下脚步。

周应转身看向张亦然，问："怎么了？"

"跟我来。"张亦然松开手，神神秘秘地往后面的货架处走去。

周应不明所以，只好跟了上去。刚到转角，张亦然忽然给她递来一袋柠檬糖。看到熟悉的包装，周应眨了眨眼睛，深呼吸调节着上涌的情绪。她很久没有吃过这种糖了，准确点说，自从张亦然走后，她就再也没有吃过了。

周应记得小时候第一次吃这种糖，也是张亦然给她的。那是个很平常的日子，放学后，两人站在路口的树下等红灯变绿。张亦然从口袋里拿出两颗柠檬糖，手心朝上摊开在她面前，说："给你吃糖。"

周应拿过一颗，问："好吃吗？"

"可甜了。"张亦然边说边拆开了糖纸。

"我不信。"周应仔细看了看包装纸，"柠檬糖哪有甜的？"

张亦然将糖塞进嘴里："那你今天就吃到了。这个柠檬糖超级甜，但它又有柠檬的味道！"

"真的？"周应有点心动了。

"真的。"张亦然肯定地说。

听他这么一说，周应立即撕掉糖纸，将糖放进嘴里。糖果和舌尖触碰的一瞬间，周应就知道自己上当了，她气鼓鼓地看向偷笑的张亦然："你骗我！"

"你不喜欢吗？"张亦然说，"我挺喜欢吃这种酸酸甜甜的糖果，真的很好吃！"

"胡说！酸的东西能叫糖吗！"

"多吃几颗，你就会喜欢了。"

周应没想到，后来她真的喜欢上了那种柠檬糖。此刻再次看见柠檬糖，周应有一瞬间的恍惚，一种熟悉的感觉涌上心头。她从张亦然的手中拿过柠檬糖，放在手心仔细看了看。

"你现在还会吃这种糖吗？"张亦然试探着问。

"很久没吃过了。"周应说。

"我还一直在买。"张亦然冲她笑了笑，"每次尝到那种熟悉的味道，总觉得就像回到了小时候。"

"你……还记得小时候的事情吗？"比如，那个和海洋馆有关的约定。

"如果你没忘记，那我也不会忘记。"张亦然说，"就像这么多年，我们都没忘记这颗柠檬糖。"

周应不清楚张亦然是否在和她说同一件事情。

从便利店出来，周应从张亦然的手中拿过一颗柠檬糖，小心翼翼地撕开包装纸送进嘴里。味道和很多年前她第一次吃的时候一样，没有丝毫变化。周应闭上双眼，静静地感受着那股酸甜。

张亦然离开之后，她再也没有吃过这种糖，怕自己会透过那柠檬的酸涩，想起某个早已离开的朋友。直到今天，她才意识到，她依旧喜欢这个味道，也无法做到忘记过去。

周应抬头望向天空，今夜的星星似乎格外多，夏夜的风吹过指间，一切都好得不像话，她很想把眼前的这一幕分享给张亦然，然而一个转身，对方的身影却已经消失不见。

周应慌张地看向四周，准备打电话给张亦然，一辆公交车从她眼前经过，带起的风将她的头发吹乱。她一边整理头发，一边单手操作手机，电话还没拨通，周应抬头，在公交车经过后，看见了站在马路对面矢量书店门口的张亦然，他正冲她笑着挥手。

这家伙什么时候偷偷跑过去的？没有迟疑，周应快步向过街天桥走去。碰面后，周应对张亦然方才的行为发起了"控诉"："你怎么丢下我自己走了？"

"没有丢下你。"张亦然边说边拿出自己的手机，将相册打开，"刚才觉得你站在便利店门口的样子挺适合拍照的，为了不干扰你就偷偷过来，给你抓拍了几张照片。"

周应接过张亦然的手机，看了看他拍下的照片，还挺不错。

"走吧。"周应把手机还给张亦然，"我们去书店里逛逛。"

书店门口挂着两张海报，一张是海洋馆的宣传海报，一张是电影的公示海报。电影的公示海报上说，书店内过两天会有免费的电影分享会，一共两场。

"看电影啊，你有兴趣吗？"周应翻出手机，看了一眼日期。

"当然。"张亦然说，"这两部电影都是经典老片，再看一遍也无妨。"

"你看过？"周应问。

张亦然点点头："嗯。"

周应抬头看向张亦然："那你陪我再看一次吧。"

第二章

海豚的雨季

这周末的天气还不错，正好也是那家矢量书店放映电影的日子。

周应起床后就在书房里写题，为了让张亦然多休息一会儿，她一直等到临近中午才上楼去找他。站在门前，周应还像模像样地整理了一下自己的衣服，对着手机前置摄像头检查了一下衣领，然后才敲响张亦然家的门。

敲第一次的时候没有反应，敲第二次依旧没有反应。这人不会还没起来吧？

她看了一眼时间，距离电影放映只剩下不到一小时，尽管那家书店离家不远，但他们还要找地方吃个午饭。周应知道张亦然家的门锁密码，为了节约时间，她轻车熟路地输入数字，打开门走了进去。令她没想到的是，房间里居然安静得出奇，如果不是看到门口还摆着张亦然的鞋子，周应真的会怀疑张亦然出门了。

周应蹑手蹑脚地走到张亦然的房门口，刚把手放到门把手上，就感觉到把手动了，接着，一个穿着浴袍的张亦然毫无预兆地出现在了她面前。

大变活人！空气中一片死寂，四目相对，尴尬的气氛在飞速蔓延。周应迅速转身背对，张亦然"嘭"的一下关上自己的房门，他完全没有想到周应会出现在自己房间的门口……

其实刚开门的瞬间还没这么尴尬，对视那两秒里，两人大脑

第二章　海豚的雨季

短路，一下子都不知道该如何是好。

两分钟后，张亦然从房间里走出来，周应正站在他家窗边看外面的天空。

"走啊。"

听到张亦然的声音，周应从窗边回头。张亦然今天穿得极其清爽，一条宽松的牛仔裤和一件干净的素色短袖。

或许是上天的偏爱，在周应的视线里，张亦然从房间里走出来的时候，窗外的阳光透过玻璃洒在了他的身上，一阵风从开着的窗户吹进来，正好吹起他的衣角。还挺帅的。

张亦然理了理自己被风吹起的衣角，走到了周应面前："你头发乱了。"

"哦。"周应立刻整理了一下自己的头发，"现在呢，好点了吗？"

看到周应的反应，张亦然抓了抓自己的头发，笑了一下说："骗你的，其实没乱。"

他们到得比较早，书店里还没什么顾客。周应走在张亦然的前面，正要进店，张亦然的手机响了。

"我去接个电话。"张亦然说，"你先进去找位置。"

"好。"周应推开书店的门，风铃"丁零零——"的声音响起。

店员小姐姐冲她打招呼："欢迎光临！"

周应笑着回应："你好！"

"到这边来签到吧。"

周应走到签到处，在自己和张亦然的名字旁画了个勾。刚放下笔，眼前就出现了一个小钥匙扣，是个小海豚。

"您是本店第十位预约电影分享会的顾客，这是送您的小礼物。"

周应接过小海豚钥匙扣,发现这个和她书包上的那个一模一样。算上张亦然在"国王与天使"游戏里送的那个,她现在一共有三个这种钥匙扣。

"你们店送小礼物为什么会选小海豚钥匙扣呀?"周应好奇地向店员小姐姐询问。

"因为……"店员小姐姐迟疑了一下,解释道,"门口不是挂了海洋馆的海报嘛,算是联名。"

还没等周应说话,店员小姐姐立即补充:"我们店长交代了,有且仅有第十名预约的顾客有,只有您这一份,全场独一无二。"

周应点点头,笑着说:"谢谢。"

"您这边请。"

分享会的座位不是固定的,周应选了个前排靠中间的位置,直到她坐下来,张亦然都还没有进来。不过,她现在没空关注张亦然,她正在疯狂给李知予发信息:我今天和张亦然来书店看电影,没想到书店给我送了个小海豚钥匙扣,和我书包上的那个一模一样。

周应还给李知予拍了张照片过去。

对面很快就给出了回复:这么巧?!

周应:张亦然这几天都没有和我提起海洋馆的事情,我估计这家伙已经忘记了!

荔枝:不会吧?

周应:那天我们在书店门口看见了海洋馆的海报,他一点反应都没有!

荔枝:今晚海洋馆好像有展览。

周应:是!我那天在海报上看见了,我超级想去!

第二章　海豚的雨季

荔枝：那你今晚有没有空呀？

周应：当然有！荔枝，我们去好不好？

荔枝：你要不再等等？万一他还记得你们小时候的约定呢？

周应：他这人藏不住事，要是还记得的话，早就和我说了。

荔枝：那他之前不是还在做游戏的时候送了你小海豚钥匙扣吗？也许人家还记得呢？

周应：有道理……我一直没提醒他这件事，他也没主动和我说，我想，说不定他只记得钥匙扣了。

荔枝：也有道理……

荔枝：你先看电影，我们晚上见！

发完消息的时候，张亦然正好在她旁边的座位上坐下来。

"谁的电话？"周应小声问。

"杜子奕的。"张亦然从容答道，他边说边把刚才的通话记录摆在周应面前。

"我随便问问。"周应特意把那个小海豚钥匙扣挂在了手上，然后用挂着钥匙扣的手去推张亦然的手机。她还是想试探一下，看看他到底有没有想起来。在周应看来，如果张亦然还记得，那么在注意到她手上的钥匙扣后，他应该立即询问这是从哪里来的，然而他没有任何反应，甚至看都没看它一眼。

"怎么了？"张亦然注意到周应目光不善，歪头问她，像正在认真听话的小狗。

"你没有想到什么吗？"周应打直球。

"什么？"张亦然还是那个姿势。

"算了。"周应不打算继续和他计较了，"电影快开始了。"

店里的灯光暗了下来。

整部电影一个小时左右，很快就结束了放映。走出书店，周应收到李知予发来的信息：晚上一起吃饭？

周应回了个"OK"的表情。

"你自己回去吧。"周应冷冰冰地说，"我晚上要和荔枝去看展。"

"几点结束？"张亦然说，"我去接你。"

"不用。"周应说，"你别来接我。"

张亦然隐隐约约觉得周应有点生气，但还是平和地回复她："那你注意安全。"

"行。我走了。"

"拜拜。"张亦然对她挥了挥手，"晚上见。"

"不见！"

吃完晚饭，周应和李知予就去了海洋馆。不知道为什么，平日里人来人往的海洋馆今天却看不到几个人。

"今晚的展览没什么人啊。"周应挽着李知予的胳膊，环顾着周围的环境。

"可能我们来早了。"

"有可能。"

"我们直接去海豚馆吧，万一一会儿要排队，得等好久好久。"李知予提议。

两人来到海豚馆，门口的工作人员说："您好，本场馆的特展可以凭海豚挂件或海豚玩偶提前入场。两位有吗？现场购买也是可以的。"

听完工作人员的话，周应和李知予对视了一眼。周应从口袋里拿出白天在书店里获得的小海豚钥匙扣。

"您好，我这里有一个，我们能一起进去吗？"

第二章 海豚的雨季

工作人员笑了一下,解释说:"一个小海豚钥匙扣只能供一人使用提前进入的权限哦。"

"这样,应应。"李知予说,"你先进去等我,我去旁边买一个小海豚就进来找你。"

"没事,我在这儿等你,一起进去。"周应说。

"你先去吧,找一个好一点的位置。"

"也行。"

周应独自走进展厅,视线中只剩下一大片蓝色。展厅里的光线不算太亮,因为太过安静,整个房间就像一处游离在世界之外的角落。周应走到玻璃前的时候,一条小鱼刚好游进她的视线范围。蓝色让人有种平静的感觉,在这种颜色的裹挟下,似乎能够短暂地忘掉和现实有关的一切,只一味地回忆起与从前有关的记忆。

其实当年张亦然离开长宜后,周应每年都会独自来到这里,每次她都站在同一个位置。她所追忆的不只是这一片深蓝,还有自己找不到的玩伴……

渐渐地,周应适应了这里的深蓝色和平静,没有让自己继续沉溺于过去。

"姐姐。"一个女孩走了过来,"你在看什么?"

周应朝声音传来的方向看过去:"你好呀。"她朝女孩挥了挥手,"姐姐在看小鱼游泳呀。"说着,她用手指了指上方的小鱼。

"姐姐,我看你一直站在这里,你是在等人吗?"

"嗯。"周应说,"我在等一位朋友。"

"我以为你迷路了。"

周应听完女孩的话笑了笑:"怎么会?我经常来这里,是不会迷路的。你呢?会在这里迷路吗?"

女孩抬头看向周应,摇了摇头,说:"我也不会,因为我也经常来这里。"

周应又笑着问:"你爸爸妈妈知道你在哪儿吗?"

女孩点点头:"他们知道。姐姐,你朋友知道你在哪儿吗?"

"当然了,我们刚刚一起过来的。"

"你以前为什么会经常来这里?"女孩好奇地说,"海洋馆只有这么大,经常来,不怕无聊吗?"

"姐姐以前总是会站在这里等人。"周应停顿了一下,她把视线从小女孩身上移开,看向眼前的水箱,"所以不会无聊,只有期待。"

"那他不会迷路,找不到你吗?"

"我相信他是不会迷路的。他应该知道,我会在什么地方等他。"

水箱的顶部散发出耀眼的光,有些许刺眼,周应下意识抬起手遮了遮,闭上眼睛适应着光线的亮度。过了一会儿,她缓缓睁开双眼。女孩已经不见了,只留下她一个人站在原地。

周应拿出手机准备给李知予发信息。刚点开微信,就收到了李知予给她发来的消息:**快看动态消息!**

周应不明所以,但还是按照李知予说的点到了首页,张亦然的头像出现在顶部。她好奇地点开,一张深蓝色的照片出现在她眼前,是她站在海洋馆水箱前的背影,配文只有简简单单的三个字:回头看。

周应转过身,看见他的瞬间,视线也跟着模糊起来。

这一年夏末,那个从未被忘记的约定,不顾一切地再次朝她奔来!

第二章 海豚的雨季

第一次月考结束后，拍摄化学实验视频的事情便被正式提上了日程。这天下午第三节课结束后是两节连堂的周考，高海燕到高二（10）班把周应和张亦然叫了出来。

"下午四选二的周考你们就先不用参加了，一会儿我带你们去实验室。"

"那高老师，我们先去把资料拿过来吧。"张亦然说道。

"快去吧，一会儿你们两个就到电梯口那里找我。"

化学实验室在负一楼，实验室的旁边是信息中心，一般除了信息竞赛生和上实验课的学生，不会有什么人来。走廊里比较安静，灯光昏暗，高海燕推开门，打开了走廊里的大灯。

"这实验室跟密室一样，还挺有氛围感的。"周应四下打量了一番。

"密室比这儿恐怖，这里至少还有灯，顶多像个半夜的医院。"张亦然回复了一句，随后问道，"高老师，实验室怎么在这儿啊？"

高海燕正在刷卡开门："过渡一下，另一个实验室还在装修。"

进入实验室，拉开全部窗帘，室内瞬间变得亮堂了起来，眼前不再昏暗。

实验室虽在负一楼，窗外却是执礼附中的下沉花园。打开窗户，树枝在随风飘动，夏末的蝉鸣伴随着微热的风跑了进来，斜阳透过玻璃照在窗边的桌上，映下窗棂的影子，光线在空气中好似有了形状，可以看见尘埃正慢慢飞扬。

周应看去，赞道："今天的阳光真好。"

"丁达尔效应。"张亦然说。

高海燕正在调试一体机："还记得丁达尔效应是怎么形成的吗？"

张亦然说："胶体粒子对光线的散射。"

周应补充说:"或是光波偏离原来方向分散传播。"

张亦然对周应说:"你说,能不能在丁达尔效应中看见爱心的形状?"

周应说:"你可以创造,不过是要注意条件的。"

上一次有学生过来这边,还是在去年高一年级准备实验考察期间,于是趁着高海燕调试一体机的工夫,周应和张亦然拿着工具把实验室里里外外打扫了一下。

教育局已经把实验视频的拍摄脚本发了过来,高海燕去了文印室打印脚本,出门前,她叮嘱道:"我去打印个资料,你俩先在这儿把前几天发给你们的实验步骤看一遍。"

周应和张亦然一起点头说好。

实验操作手册几乎涵盖了高中阶段所有会接触到的实验。周应和张亦然需要负责必修一的内容。丁达尔效应、检验物质的导电性、钠的观察和钠的燃烧、钠与水的反应、焰色反应……能够接触到这么多平常只能看视频的实验,周应有点兴致盎然。张亦然坐在实验桌上翻动着书页,本想开口和周应聊天,见周应正看得起劲,便把话咽了回去。

高海燕回来的时候,手里拿着三本厚厚的脚本,她放下手里的东西,递来两件实验服和两副眼镜,对俩人说:"开始吧,从第一个开始,拍摄完晚自习的时候带你们出去吃。"

等张亦然穿好实验服,戴上眼镜,周应把手插在口袋里,看着他说:"这么一看,你还挺像个医生的。"

"帅吧?"

"别耍帅了,不然十二点都拍不完。"

高海燕先在一体机上放了之前的实验视频,依旧是字正腔圆的马赛克版本。新脚本的内容和先前比没什么变动,只是增添了一些新的细节，需要男生和女生轮流担任主实验员。看完一个视频，就按照流程来一遍。

窗外的太阳渐渐落山，俩人完成了实验的前半部分后，高海燕就带他们出校门吃饭去了。从校外回来时，距离最后一节晚自习下课只剩下十五分钟，为了不打扰教室里的同学，张亦然和周应打算在操场上散会儿步再回教室。

操场只开了几盏小路灯，夜色沉沉，月亮正挂在天边。

张亦然："我带了耳机，你要不要听歌？"

周应接过张亦然递过来的耳机："听。"

她把耳机戴在左耳，张亦然在手机上点了随机播放。

周应："另外那部电影，我已经看过一遍了。"

"你不是说没有看过吗？"张亦然接话，"你骗我？"他像只小狗一样看向周应，语气带着几分故意的调笑。

"没有！"周应解释说，"我没有骗你，当时是真的没看过。后来看见你在动态里面分享了这部电影，又一直没到矢量书店放映电影的日子，闲着无聊就提前看了一下。"

张亦然停顿一下才开口："那你看完这部电影感觉怎么样？"

周应："有点遗憾吧。男女主同名同姓，本身就很有缘分，但是最后却错过了。"

张亦然："我喜欢结尾那一幕，女主发现借书卡的后面是男主给她画的画像。书里是这么描写的：'我喜欢的围裙，上下没有一个兜。'直接把女主的心理写了出来。"

周应："我看完之后就在思考，遗憾是不是常有的主题。就算是命运交织在一起的两个人，也会错过。"

张亦然："这要看怎么理解吧。也许，他们在这段交织的命运里，注定就是要错过对方。"

周应:"太遗憾了。"

"你不是不相信爱情吗?"张亦然突然提起了周应通信软件上的个性签名。

"你偷看我个签?!"周应立即反应过来,像一只参了毛的小猫。

"怎么能叫偷看呢?"张亦然一脸坏笑,边说边拿出自己的手机,点开主页,"你看看,还是英文的,高级。"他对周应比了个点赞的手势,然后把手机收回口袋。

"所以你以后都不考虑恋爱吗?"

"不知道。"周应回答说,"我才多大,不着急考虑这种问题。"

张亦然点点头,"哦"了一声沉默下来。等走过半圈操场跑道,他忽然开口唤她的名字:"周应。"

"怎么了?"

"抬头。"

月亮忽隐忽现,微风吹过耳畔,带来交响曲。世界突然在一瞬间安静下来,好像周围的一切都与他们无关。

"喂喂喂!哪个班的学生啊?!晚自习不好好上课,跑出来玩!"巡查保安边跑边说,打破了这静夜。

没等周应反应过来,张亦然拉着她就跑。他跑在她的前面,周应回头看见保安在紧追不舍,嘴里还喊着要抓他们去教导主任办公室,忙加快脚步跟上了张亦然的速度。

两人跑进教学楼,来到二楼的水房。水房里没开灯,他们躲到饮水机后面。等了一会儿,张亦然微微站起,道:"我去看看。"

门外没人,但现在出去还有点冒险,张亦然和周应决定先在里面待一会儿。

月光透过玻璃窗户,悄悄落在他们的身上。除了耳机里的歌,

第二章　海豚的雨季

四周静悄悄的。等眼睛渐渐适应了黑暗，周应看向张亦然，第一次发现他的眼睛如此深邃清澈，像是藏了一片大海，又像是一颗星星。

张亦然被她盯得有些不自然，转头看向了一旁的墙："那个……要下课了。"

周应："哦，好。我们回教室吧。"

张亦然："嗯，我先出去。"他的话轻轻柔柔的，十六年来，周应第一次意识到，他的声音居然有一点好听。

这天早上，周应起得有点晚，匆匆忙忙洗漱完，已经接近六点五十。她习惯性地走到窗边，准备开窗通风。打开窗户看见张亦然正站在她家楼下。

这家伙平常都是在门口等她的，怎么今天忽然到楼下去了？

张亦然正抬头看着她。阳光落在他的校服短袖上。她注意到他的手上抱着一件秋季穿的外套。见到周应，张亦然笑了一下，他不知道，此刻他在她的眼里像一只正在摇尾巴的小狗。

"看什么呢？"张亦然说，"还不下来？要迟到了。"

"哦！"周应收回停在窗框上的手，转身拿起放在椅子上的书包冲出门。她在耳朵上戴好一只耳机，打开音乐软件点了随机播放，一蹦一跳地走向单元楼门。周应原本想把另一只耳机分享给张亦然，但不知道想起了什么，她忽然把剩下的那个耳机收回口袋。算了，还是不给他了吧。

她抬头看向前方，却没发现张亦然的身影。明明刚才还在门口等她，这会儿怎么不见了？别是又躲在墙后面，准备等她出去的时候吓她呢吧。周应故意放慢脚步，小心翼翼地探出头朝墙壁两边看了一眼。意料之外地，居然没有看见他。这货究竟去哪儿了？她看了一眼时间，快六点五十五了！真的要迟到了！

她刚把手摸向口袋，准备给他打个电话，左侧就传来了一阵"哔哔——"的鸣笛声。她顺着声音传来的方向看过去，张亦然正骑着车向她靠近，整个人看上去神清气爽的，散发着独属于高中生的活泼感。他额前的碎发被风吹乱，但乱乱的头发让他整个人看上去更加阳光了。

张亦然稳稳当当停在她面前，还没等她说话，就朝她抛来了一个头盔。周应拿着那个头盔看了一眼，发现上面印着一个小狗的简笔画，和他在字条上画的那个有点像。

"上车。"张亦然偏了偏头，"我们赶时间。"

周应担心今天真的会迟到，来不及想太多，立即听话地戴上了头盔，坐上了张亦然的后座。

"坐好了没？"

"嗯。"

张亦然突然往前开动了一下，周应下意识抓住了张亦然的校服。

"张亦然，你干什么？要吓死我吗？"周应有点生气地说。

"你说坐好了的。"张亦然说，"那你还不抓紧？"

"你能不能好好说话？"周应捶了他一拳。

"不能。"

"为什么？"

"因为你不把另一半的耳机给我，自己一个人听歌。"

观察得这么仔细的吗？

"本来是想给你的，这不是怕打扰你骑车嘛。"周应撒了个小小的谎。

"真的吗？"

第二章 海豚的雨季

"对啊。"周应立即接话,"坐在你后面人可是我,小心一点。"

"我会注意安全的,一定保护好你。"张亦然回了一下头,"所以耳机能给我了吗?"他的眼神里透露出一种渴望。

周应从口袋里拿出剩下的那只耳机,递到他的面前。谁承想,张亦然这家伙居然在看到耳机之后转过了头。周应心里飘过三个问号,这到底是要闹哪出?

"喂!逗我玩吗?"

"没有。"张亦然特别真诚地说,"我骑着车呢,没手了,你帮我戴上。"

周应:"求我!快!"

"求你。"他的话倒是接得很快。

周应从反光镜看到张亦然的嘴角正在隐隐上扬,为了不继续磨蹭,她连忙给他戴上了那只耳机,车子终于往学校的方向开去。早上的阳光还不算太热,风吹过两人的身边,周应压了压他的衣角,防止风灌进他衣服里。

感谢张亦然的车子,两人不仅没有迟到,还是到校比较早的一拨。

往教室走的路上,周应再次注意到张亦然手上拿着的秋季校服外套,她没忍住,问道:"天气这么热,你带衣服干什么?"

这两天,长宜的气温还是像盛夏时节一般,短袖校服依旧是大部分学生的选择。不过,一些学生倒是会带一件长袖,放在教室里备着,以防开空调的时候冷。

"怕冷。"张亦然简简单单地回了两个字。

"很冷吗?"

"不是我冷。"张亦然含糊地丢下这么一句话。

这时两人刚好走到教室门口,里面已经有同学在自习了。为

奔向热爱的夏天

为了不打扰他们，张亦然和周应在进教室之后没再说话。张亦然将外套搭在椅子的靠背上后，从书包里抽出资料开始记单词。周应也拿出了同款资料，她用余光瞥了张亦然一眼，从草稿本上撕下来一角，快速写好一张小字条。

张亦然刚看到第一个单词，就被突然丢过来的小字条给挡住了。

周应：你记到哪个 list（列表）了？

张亦然看了一眼自己的单词书，然后写了个数字"16"。

周应很快递来回复：好巧，我也是。

他回复：怎么了？

她回复：要不我们比一比谁记得快？

张亦然痛快地接下了战书。

很快，这场悄无声息的记单词之战就开始了。这个 list 有五十几个单词，有些是学过的，有些是没有学过的。比谁能够更快记完这个 list，实际上就是比谁的单词量更大，谁提前掌握的单词更多。

陆续有学生到达，教室里渐渐变得吵闹了起来。周应和张亦然自动屏蔽了周围的声音，专注地记着单词。能够在专注的时候忽略掉周围的一切，只注意自己眼前的事情，这大概是优等生的共同点。

李知予和杜子奕几乎是踩着早自习的上课铃进来的，还被年级的老师给了一记迟到警告。他们落座的时候，英语老师已经进来了，她在黑板上写下今天的早读任务。

2022.10.19

1. 预习选必一（选择性必修一）Unit 3 Reading；

2. 复习 Unit 2 Extended reading 部分的知识点；

3.《3500 词》list 16。

陈老师提醒大家安静下来的时候，张亦然和周应同时记完了 list 16，然后在同一时间把默写纸放到桌子的中间。

"我比你快！"

"我才比你快！"

声音被站在讲台上的陈老师给捕捉到："不要讲话，早自习开始啦！黑板上的任务大家自行完成，想读出声的去走廊，不想读出声的就在教室里安静完成。"陈老师说完就走出了教室，让同学们自由复习。

看到黑板上的英语早读任务，周应重新拿出那张纸，写完给他递了回去：记单词不算！还有两项任务，看谁先做完！后做完的要包一个月的早饭！

张亦然立即回复：比就比。但是貌似我们今天早上没吃早饭。

周应：忘了！我都没想起这件事！

张亦然：那你在想什么？

周应喝了一口水，回复：吹风听歌。

张亦然在纸上写下邀请：那我们下了早自习去食堂看看？

周应看完后没再回复，她偷偷把字条折好，收进了自己的口袋里。一旁的张亦然正在等她的回应，以至于她收好字条后一转头就看见了他那直勾勾的眼神。

她点了点头，小声说了句："复习吧，字条写不下了。"

张亦然点点头，去找英语教材，把书拿到书桌上的时候，发现周应已经拿着书走出了教室。奇怪，平常她都是在教室里面自习的呀。张亦然不明白周应今天为什么突然去了教室外读书，他只知道，自己今天绝对不能跟着她去教室外面。

　　李知予正在苦恼地看眼前的英语单词，见周应从教室里出来，她的脸上闪过一阵欣喜："周应应，你怎么来了？你不是喜欢在教室里自习吗？"

　　周应挽上好姐妹的手臂，见周围没有其他同学，她靠近李知予的耳朵小声说："在教室里有点没办法集中精神。"

　　一天的课程结束，晚上十一点，周应躺在床上失眠了。直到感觉一阵口渴，她打开床头的小台灯，起身去了客厅。爸妈都在外面出差，家里除了她没有其他人，这种一个人的生活至少要过一个星期。喝完一大杯冰水，困意可以说是彻底没有了，她索性回房间坐在了书桌前，准备做一套数学试卷，然后再记一记英语单词。

　　刚写完数学试卷的第一题，就传来了窗户玻璃被什么东西砸到的声音。周应抬起头，警觉地站了起来，发现一个纸团砸在窗户上，发出了和方才一样的声音。

　　周应皱了一下眉，谁家小孩这么不讲道理啊？她走到窗前，伸手推开窗户，又一个纸团飞了进来。周应走到窗边，低头一看，发现楼下路灯旁站着的不是别人，正是张亦然。他看见她时，还朝她挥了挥手。

　　也就是现在的时间已经不早了，不然她真的想冲楼下的张亦然喊一句：您有事吗？为了不扰民，她直接拿起放在书桌上的手机，拨通了张亦然的电话。

　　"喂。"对面很快就接通。

　　周应开口说："怎么了？"

　　"睡了没？"

第二章 海豚的雨季

"你看我像是睡着了的样子吗?"

"不像。"

"没什么事我就挂电话了,我在做数学题呢。"

张亦然笑了一下:"这么卷?大晚上的还做数学题?"

周应叹了口气,手指一下一下玩着身边的窗帘:"睡不着。"

"猜到了。"张亦然回答说,"现在时间不算太晚,明天又是休息日,睡不着的话,要不要下来走走?"

"现在?"

"嗯。"张亦然说,"带你去吃酒酿小汤圆,你最喜欢的桂花味的。"

"现在哪儿还有小店开门营业呀?"周应倒是很想去,但她还是犹豫了一下。

"你就说吃不吃吧。"张亦然像一只正在摇着尾巴等待指令的小狗。

周应点了点头,说:"吃!"

"有点降温,外面冷,多穿一点。"张亦然叮嘱说。

周应"哦"了一句,挂断了电话。她简单收拾了一下自己就下了楼,走到楼下的时候,张亦然正低着头无聊地看着路灯下的小草。周应走过去,冲张亦然挥了一下手。

张亦然听到动静,抬起头:"下来得挺快的。"他招呼她,"走吧。"

小区里的路上几乎没有人,偶尔会路过一两只小猫咪。张亦然试探性地问:"我听说,你一个人在家?"

周应点了点头回答:"嗯。"

张亦然知道她是一个人在家,才跑到了楼下,想看看她有没有睡着。他记得小时候,只要是一个人在家,她总会睡不着。刚下楼的时候,他看见周应的卧室已经关了灯,还想着到底是长大了,可正当他准备上楼回家时,她房间的灯又忽然亮起。确定她没睡,他拿出口袋里的草稿纸,揉成团,朝她的窗户丢了过去。

"你刚刚丢的纸团捡走了没有?"周应问。

"嗯,已经全部丢进垃圾桶里了,除了那个不小心扔进你房间里的。"张亦然说。

"拜托,现在谁还用丢纸团的方式叫人啊?你没带手机吗?"

"带了。"张亦然老老实实地解释,"但是我突发奇想,想要这么叫你。"

"无聊……"

"听歌吗?"张亦然拿出耳机,"无聊的话可以听歌。"

这家伙……周应接过张亦然手中的耳机:"听!"

"你想听什么?"

"随便。你播你的歌单就好了。"

张亦然没有说话,点了随机播放。第一首歌的曲调比较安静,和这个夜晚还挺配。

风穿过稀疏的树叶,路灯下的树影摇摇晃晃,两人听着歌慢慢往前走,没多久就到了小区附近的那家书店。

店里的灯不算太亮,和外面的夜色相互映衬。周应一开始不解张亦然为什么要带她来这里,直到她进去之后闻到一股甜甜的味道,看到了粉笔写着的招牌,才恍然大悟。这家店是二十四小时营业,但夜间小甜品是咖啡馆刚开的业务,顾客不算太多。周应和张亦然找了一个比较靠里的位置坐了下来。书店的小哥递上菜单,询问他们想要吃什么。

"一碗桂花酒酿小汤圆。"周应看了一眼菜单后立即做好了决定。

"我和她一样。"张亦然紧随其后。

小汤圆需要现煮，得等待一段时间。夜晚来看书的人并不多，书店的另一个小角落里放着一把吉他。张亦然指了指吉他问她："想听歌吗？"

"你会弹吉他？"周应说，"我不信。"

"那我必须证明给你看。"

张亦然走过去，抱起吉他轻轻唱起了歌。

吉他缓慢的曲调将回忆拉扯到很久很久以前，她第一次尝到桂花酒酿小汤圆的时候。那时两家的大人都不在，周应去了张亦然家，问他准备吃什么，打算和他一起吃饭。

那天张亦然说要自己进厨房做饭，等大人们都回来，他们就能拿一桌子菜向大人们证明，他们已经长大了。可是周应等了很久，肚子已经咕咕叫了，都没有看见张亦然做的菜。她从沙发上一跃而起，走进厨房，发现小锅里正咕噜咕噜地煮着小汤圆。

"我想了想，直接用小汤圆当午饭，一会儿我们就不用洗碗了，怎么样？"

"这好吃吗？"周应怀疑。

"绝对的。"

小汤圆煮得有点多，两人吃了挺久。那是周应第一次吃到桂花味的小汤圆，她一下子爱上了这种味道。后来，周应经常会想起那股甜甜的味道，隔三岔五就会去找有桂花酒酿小汤圆的小店。

两碗酒酿小汤圆被端上来的时候，张亦然正好唱完最后一句。最后一个音符落下，他从角落里走回来，站在她眼前，喊出她的名字："周应，好久不见。"

这句"好久不见"来得很迟，他们之前好像一直在等对方先开口说出这句话。

周应从座位上起身，看着他："一别经年，好久不见。"

好像此刻，他们才正式对过去未曾见面的那些年彻底说了再见。

"以后还会像从前那样不说一句话就离开吗？"

张亦然在周应对面坐下，回答："不会了，我以后都不走了。"

"那大学呢？以后你要去别的地方的话，又该怎么说？"

"不会的。"张亦然说。

周应又问："那你是为什么回来的呢？"

"回来参加高考啊。你忘了吗？我的户口还在长宜。"张亦然边说边舀起碗里的小汤圆，"尝尝看味道怎么样？"

他岔开话题，掩藏起那个问题的真正答案。

身处国外的时候，他没办法和她保持联络，回国后打去电话，曾经的电话号码却已经成了空号，他试着写信，却从未寄出……但好在，现在他回来了，他们还和以前一样，一起上学和放学，一起讨论做不出来的题，一起听音乐，一起去看同一场电影……

视线看向窗外的那一刻，周应才注意到下起了雨。人们有时候会自动忽略掉一些感受，在真正看见它之前，是感觉不到的，就像这夜的雨。

长宜的夏末是在雨季中度过的，有的时候长，有的时候短。不知怎么的，周应感觉自己也仿佛进入了漫长的雨季，思绪会时不时地泛起些许涟漪，一圈一圈，这是以前从未有过的感觉。让她无法忽视。

周应不再关注夜晚的雨，视线落在了桌子旁的杂志上，封面的标题上写着——

第二章 海豚的雨季

重磅推荐！新锐作家"亦夏"再发新作，感动《奔夏》杂志编辑部。

周应眼中闪过一丝激动，没想到《奔夏》杂志出了最新一期，而且她喜欢的那位笔名为亦夏的作者还发了新的作品。

耐不住心里的好奇，周应伸手去拿那本最新的《奔夏》杂志，手刚触碰到杂志一角，一旁就传来了张亦然的声音："周应！"

周应疑惑："怎么了？"

张亦然尴尬地张了张嘴，在脑海里快速组织语言。对面的周应直直地看着他。见他没反应，她歪了歪头，像一只正在等待回复的小兔子。

张亦然清了清嗓子，看了一眼时间，快要十二点了。这倒是个不错的切入点。他赶紧开口："我看外面的雨小了一点，时间也不早了，我们回家吧。"

听完张亦然的话，周应转头看了看外面。明明这雨一直就是这么大呀，哪里小了？不过时间确实不早了，也该回家了。周应点点头，说了句"好"。两人在书店里借了一把伞，往家的方向走。

路上，周应和张亦然聊起了那个作者："你知不知道那个叫作'亦夏'的作者？"

"怎么了？"张亦然的语气里带了一点迟疑。

"我超级喜欢他写的故事，每次看完都感觉心里暖暖的。"

"真的吗？"张亦然有一丝丝意外。

"真的。"周应说，"你说话怎么三个字三个字地往外蹦啊？"

"我有吗？"张亦然迅速接话。

"你看看。"周应指了指他。

"哈哈哈。"张亦然笑。

"你把伞拿过去一点。"周应看了一眼张亦然,"你肩膀都湿了。"

张亦然漫不经心地"哦"了一句,没有管自己已经湿了的肩膀,继续将伞往周应那边倾斜。

"张亦然,从回来到现在,你没有什么事情瞒着我吧?以前我们之间可是没有秘密的。"

"我好困啊。"张亦然打了个哈哈,试图转移话题,"晚安呀,周应应。"

"你听见我说的话了没?"

"听见啦,晚安。"

实验视频的拍摄定在了 12 月下旬,这段日子,张亦然和周应每周会去两次化学实验室,和高海燕一起按照实验视频的脚本拍摄,做实验练习。

趁着高海燕出去给学生讲题,张亦然凑到周应的身边:"周应应同学,你这周有时间吗?"

周应放下手上的实验手册,看向张亦然:"干吗?"

"我刚刚做实验的时候不太顺手,看在我是个文科生的份儿上,你就教教我化学实验呗,求你了。"

最后三个字,配上张亦然那故作可怜巴巴的动作,让周应心里微微一怔:"干什么?又不是不教你。"

张亦然比了个"OK"的手势说:"等的就是你这句话。"

第二天下课,张亦然还没收拾桌上的试卷,就迫不及待地朝周应那边凑了过去:"周应应老师,明天是周六,准备什么时间给我安排补习呀?"

周应收起刚发的语文试卷:"我都可以,什么时间都没问题。"

张亦然立即回话:"行,那我明天一早就来找你。"

听到这句话,周应转头看向张亦然:"行。"

"好。"

张亦然的话音刚落,前桌杜子奕就转过头发出邀请:"去打水吗?"

看着自己桌上已经空了的水杯,张亦然点点头:"走!"

还没离开自己的位置,就被周应给扯住了校服的衣角。张亦然看向周应,见她递来一个空水杯,说:"帮我打一杯,谢谢。"

"行。"前段日子她天天帮他打水,确实是要还一还了。张亦然接过周应的水杯,和杜子奕从后门走出教室。

杜子奕前脚刚踏出教室,李知予就回了头,她趴在座椅靠背上,看向周应,说:"周应应,杜子奕约我周六去看电影!"

周应抬起头,双手撑着下巴,看着李知予说:"那不就是明天了。"

李知予这会儿急得像个热锅上的蚂蚁:"你说我去还是不去?"

"看你自己啊,你要是想去的话那就去呗。"

"周应应!帮帮我,明天跟我一起去吧……"

"我答应了张亦然,明天帮他补习化学实验。"

"张亦然?他果然是我们闺密路上的绊脚石,居然抢我的人,好不爽。"

"哪有?"周应说,"他很认真的,他一个文科生,天天追问我这个实验怎么做,那个实验怎么做,可好学了。我跟你说……"

"停停停,你看,提到张亦然你话都多了,还说不是绊脚石。"

"什么跟什么呀？"周应说。

李知予提高了自己的语调："你就帮帮孩子吧。"

"你们明天几点见面？"周应向李知予问道。

"上午十点，先在 IFS 商场那边吃饭，然后下午两点去看电影。"

周应思索了一会儿："这样，明天你先去，我上午先和张亦然探讨一下化学。等弄完我跟他说一下杜子奕的事情，看他愿不愿意一起去。说不定杜子奕会主动告诉他呢。"

"周应应，拜托了！"

"明天你先加油。"

"感激不尽！你简直就是我的家人！"

水房里，杜子奕说："我叫了李知予明天去看电影。你要不要一起？"

张亦然疑惑："什么？"

"你和周应一起过来呗，正好李知予还是周应的闺密。"

"不去。"

星期六早上，才六点周应就醒了，她躺在床上，思绪异常清醒。按照往常来说，这会儿她还在做梦，此刻却怎么都睡不着了。是上学的缘故吗？被生物钟搞得到点就不困了。无奈之下，周应只好起身洗漱。

家里依旧是她一个人，爸妈还没回来。她还没来得及想今天早上要吃些什么，门铃就响了。周应去开门，意料之中，门口站着的人是张亦然，他手里还提着早点。

长宜正式入秋之后，风比较大。张亦然今天穿了一件黑色防风外套，一条宽松的灰色阔口休闲裤。他还挎着一个黑色的斜挎

第二章 海豚的雨季

包,整个人看上去松弛又有活力。

"你怎么搞得这么……"周应忍不住感叹。

张亦然很自然地走了进来:"什么?"

"没什么。还带了早饭,有心了哈。"周应为了掩盖自己心里的惊艳,应付了一句,顺手接过他手中的东西。

吃完早饭,周应和张亦然就去了书房,周应细心地给张亦然梳理着知识点。虽说是实验讲解,于她而言,相当于又复习了一遍。很快,时间过去两个小时。

周应看向张亦然:"最后一个实验,听懂了吗?"

"听……懂了吧……"

周应手上转着笔,一不留神,手上的笔旋飞,"啪嗒"掉到了桌子底下,两人几乎同时弯下身去捡笔,在摸到笔的瞬间,他们的手不小心碰到了一起。桌子底下的光昏暗极了,他们一起转头看向对方。

周应猛地把头抬起,结果"咚"地撞到了桌子上。张亦然迅速起身,看到周应正扶着自己的头,他忙伸手帮她轻轻揉了揉,希望可以缓解点疼痛。

"丁零零!"一阵突如其来的电话铃声响起,周应迅速接通电话:"喂,荔枝,怎么了?"

"电影快开始了,你们到哪里了?"

"我刚和张亦然探讨完实验。"周应回头看了眼张亦然。

"那赶紧出发吧!"

"我们这就来!"周应说完挂了电话。

"怎么了?"张亦然问道。

"哦,李知予让我们快点。我要去换衣服了!"周应大声说。

"那我出去等你!"张亦然回应着,跑出了周应的房间。

奔向热爱的夏天

周应关上房间门,背靠在门上缓了一会儿,揉了揉自己的头发,开始找衣服。

门外的张亦然用手扇着风。

没多久,周应换好衣服,拿着包走了出来,冲张亦然说:"走吧。"周应看着手机,"李知予在 IFS 商场等我们。"

为了解救尴尬的李知予,周应和张亦然打车火速赶到了目的地,根据李知予给的地址找到了那家电影院。杜子奕把票递给了两人,他们来得有些晚,进场的时候,电影就要开始了。李知予和杜子奕的位置在中间的一排,两人刚坐下,李知予就开始找周应:"周应他们呢?"

杜子奕:"哦,没什么好位置了,买的是最后一排。"

而此刻,张亦然和周应站在最后一排的座位前愣住了。这个厅的最后一排是两个座位连在一起的一个大座位,中间没有隔挡的扶手和放杯子的地方。张亦然手上提着两杯饮料,尴尬地看向周应。

周应看着张亦然,说:"坐吧,饮料放在中间,扶着点就是了。"

荧幕上,电影正式开场,影院里的嘈杂声渐渐小了下来。张亦然和周应悠闲地坐在座位上,中间隔了一段距离用来放东西。

电影看到一半,张亦然用气声吐槽:"你觉不觉得这个电影有点无聊?"

周应边打哈欠边小声说:"我好困,看得我想睡觉。"

张亦然无语:"杜子奕选的什么片子……"

后排座位比较高级,侧边还配备了毛毯,张亦然把毛毯递过去。周应接过,把它盖在了自己的身上。

第二章　海豚的雨季

无聊透顶的张亦然从口袋里拿出耳机，连上了手机蓝牙，准备听歌来消磨剩下的时间。周应把手伸了过来："给我一个，我要听着歌睡觉。"

张亦然把左边的那只耳机递了过去，自己则戴上了右边的那只。

周应把手搭在半边毛毯上，另一半毛毯她留给了张亦然。耳机里的音乐声响起，周应闭上眼睛。

中途，周应因为口渴醒来了一次。她借着微弱的灯光看见张亦然睡着了。他的头微微仰着，蓬松的头发散开，像只小狗一样靠在椅子的靠背上。她见张亦然没有盖毯子，于是把自己留出来的那一半给他盖好，又闭上了眼。

有人路过，碰了一下张亦然的腿，他在这动静中醒了过来，发现自己的身上多出了一半毯子。他转身看了看身旁的周应。此刻的周应刚刚睡着，他看了一眼手表上，电影还有半个多小时才结束。他本想试着看完，最终还是闭眼睡了过去。

电影终于结束，室内灯光亮起。李知予从前排的座位上起身，和杜子奕一起回头往后排找张亦然和周应的身影。

李知予拿起座位上的包和饮料架上的垃圾，问："他们俩怎么还没下来？"

杜子奕把她手里的东西接过去："去最后一排看看吧。"

两人来到最后一排，看见眼前的景象之后直接傻了眼——后排座位上，张亦然和周应盖着毯子，头仰靠在椅子靠背上，睡得十分熟。

"杜子奕，你过来。"李知予朝他招招手，待杜子奕走过来后，把自己的手机递给他，"趁着他俩还没醒，咱俩站在两边，你拿我的手机拍个照。"

"拍照？"

李知予点了点头。杜子奕听话地站在张亦然身边，举起了李知予的手机。镜头里，李知予比着耶，杜子奕灿烂地笑着，在胸前竖起大拇指。

"好了，待会儿给周应看，哈哈。"

见保洁员提着打扫卫生的工具走了进来，李知予说："该叫他们起来了。"

杜子奕推了推张亦然："喂！姓张的，醒醒。我们要走了。"

张亦然动了一下，迷迷糊糊地睁开眼睛。身上的毯子一动，周应也醒了。两人一睁眼，发现李知予和杜子奕正站在他们面前。

周应含含糊糊地问道："结束了？"

张亦然兴奋地说："结束了！"

"是，结束了。"李知予说，"你俩倒是睡得挺香……"

张亦然睡眼惺忪地对杜子奕说："你选的什么电影啊？也太催眠了。"

"哪里催眠了？我看得可起劲了。"

"喊。"周应和张亦然同时发出了不屑的声音。

走出电影院，李知予打开手机，拉着周应看刚刚拍的照片。周应接过手机，用手扒拉了两下，放大照片，停顿了一会儿，说："幸好，我的睡相没有任何问题。"

四人随便在 IFS 商场周边逛了一下就准备回家了。出租车上，周应望着窗外一个劲儿地发呆。

"想什么呢？"张亦然看着周应说。

"没……没什么。"复杂的思绪需要掩藏，否则会被轻松戳破。

出租车停在小区门口。上午出门比较急，张亦然的书落在了周应家，于是他跟着她上了楼。刚打开家门，周应就看到陈雪蕴

第二章 海豚的雨季

正坐在沙发上办公。

周应边换鞋边朝里面说:"妈,你出差回来了?"

"嗯。"陈雪蕴看向门口,"亦然来啦,快进来。"

"陈阿姨。"张亦然说,"我过来拿书。"

"不再坐会儿?"陈雪蕴说,"阿姨今天晚上做好吃的。留下来吃饭吧。"

"不了,阿姨,我回去点个外卖就行。谢谢周应帮我补课。"

周应说:"妈,你们先聊,我先回房间换件衣服。"

"大小伙子一天天地总吃外卖怎么长身体啊?再说了,外卖哪有阿姨做的菜好吃?你在这儿等着啊,阿姨今晚煲了汤。"

"那谢谢陈阿姨了。"

"谢什么?"陈雪蕴朝房间里望了一望,说,"周应,你好了没有?到楼下超市去一趟。"

周应打开房间门:"哦!我好了。"

"今晚亦然在家里吃晚饭,你到楼下帮妈妈买点东西,要买的我已经发你微信了。"

周应看了看旁边的张亦然:"走啊,下楼买东西。"

陈雪蕴说:"你一个人去就好了啊。"

"妈,张亦然现在长得这么高,不用来提东西可惜了。"

张亦然站在一旁说:"陈阿姨,我可以下去帮忙的。"

"也行,正好,你们再看看自己想吃什么,买就是了。"

超市里,张亦然在后面推着车,周应在前面拿东西。货架比较高的地方放着周应很喜欢吃的薯片。她踮起脚尖够了够,还是拿不到。

张亦然适时出现在她身后:"我来吧。"他一抬手,轻轻松松地就拿到了薯片,然后放进了购物车。

周应感慨:"长得高就是不一样啊。"

"拜托,你面前的这位弟弟也是会长大的好吗?"

买完东西,天色已经完全暗了下来。天边闪烁着来自亿万年前的光芒,月亮悬挂在夜空中,月色爬上窗棂,诉说着夜的故事。

周应看着张亦然长长的影子,想到刚刚在超市里的那一幕,忽然确认了一件事:张亦然说得没错,弟弟也是会长大的。

第三章

像小雨天气

新的一周，温度还停留在二十多摄氏度，仍然没有秋天的实感。长宜的天气就是这样，到了 11 月中旬，都还能穿短袖。

体育课上，老师突然组织了一场球赛，和高三学生 PK，赢的那个班，全班都能免费喝奶茶。挑选完队服颜色和号码，体育老师给了双方两分钟的准备时间。张亦然和杜子奕被安排上场。杜子奕把一部相机递给李知予，让她一会儿多拍点照片。

一旁的张亦然穿上队服后，特意转了一下身，将背后的号码亮在了周应面前，是十五号。

"怎么样？"张亦然说，"特意挑的我们的生日数字。"

还没等周应说话，张亦然就从旁边拿了瓶水，放到周应的面前，示意她接住。

周应拿过矿泉水，说："其实，你不用给我拿水的，我自己可以拿。"

张亦然无语地拍了拍周应的头："笨。我是想让你帮我拿着，等下我想喝水的时候，就来找你要。"

"哦。"她反应了过来，"那你得求我。"

"不求。"张亦然摆出一副欠欠的表情，双手叉腰，"不愿意的话还我。"

"哎哎哎，不就一瓶水嘛，帮你拿就是了。"周应答应了下来，她打算一会儿用这个作为条件去"坑"他一把。

第三章　像小雨天气

哨声一响，比赛正式开始了。加油声此起彼伏，响彻球场。这是周应第一次看张亦然打球，她以前从未见过他运动时的样子。此刻，风吹过他的头发，迎着光，明明是 11 月的天，却有一种盛夏的感觉，就好像他只属于夏天。

周应不自觉地深呼吸了一下，在心里默默提醒自己，现在是秋天！

"嘿！周应应，快看！"李知予把相机摆在周应面前，给她看自己刚才拍的照片，"怎么样，拍得好吧？"

周应低头看向李知予递过来的相机，显示屏里是自己站在阳光下，眼睛望向前方的球场的样子。

"我的技术怎么样？不错吧？"李知予边说边将放大的照片缩回原先的尺寸，"咦？好像把张亦然给拍进来了。"

周应："荔枝，你觉得这张图里面我有什么奇怪的地方吗？"

李知予听完周应的话后，重新放大这张照片，认认真真、仔仔细细地察看了一下周应，最后摇了摇头："没有。这不挺好的吗？绝美！执礼女神又降临了。"

"别夸了，荔枝，再夸我就要当真了。"

"本来就是。"李知予说，"你为什么突然问我这个？"

"我……随便问问。"周应拿起手中的水赶紧喝了一口。人在心虚的时候，最喜欢做的动作就是喝水了。

快下课的时候，球赛终于结束，高二（10）班赢了！虽然初期高三年级比分领先，但打到后半场，以张亦然为首的高二学生紧追不舍，连连拿分，最后靠着张亦然和杜子奕的配合，成功逆风翻盘，拿下了比赛。

高二（10）班顿时欢呼声一片，好动的男生们早早地把班旗拿了下来，现在正在张亦然和杜子奕他们身边挥舞着。女生们也

奔向热爱的夏天

在庆祝着胜利,不仅仅是因为那杯奶茶,更是因为那份集体荣誉感。

周应和李知予与女生们聊完天后,张亦然和杜子奕正好走了过来。杜子奕跑到一旁找李知予看照片去了,张亦然则径直走到周应的面前,朝周应伸出了手。

周应顺手把手里的矿泉水递了过去,等她察觉到不对的时候,张亦然已经把矿泉水拧开放到了嘴边。周应怕他呛到,把想说的话咽了下去。结果下一秒,一个空水瓶被递了过来。

张亦然奇怪地问道:"这水怎么有点少?"

周应抬头,眼巴巴地看向他,弱弱地问:"如果我说……这瓶水我喝过了,你会不会打我呀?"

张亦然:"啊?"

周应接过空水瓶:"我刚刚无意之中打开喝了几口,你过来的时候,我也没想起来这瓶水我喝过了。"

"哦。"张亦然立即换了个很委屈的表情,"所以,你把我忘记了?"

"不是……你在说什么啊,张亦然同学。"这是什么脑回路?

张亦然摊了摊手,摆出一个无可奈何的手势:"说实话啦。"

"我没有!"周应反驳道,看他现在这副样子,真的很想揍他。

"那你有没有看我打球?"

"当然有啦。"周应眨了眨眼睛,一把拉过旁边的李知予,"相机借我一下。"

李知予把相机递给周应后,又跑去了别处。周应拿过相机开始翻找,没一会儿就找到了照片,并把它放在了张亦然的面前:"你看,我是不是在看你比赛?"

第三章　像小雨天气

张亦然接过去，确认了一下，说："好吧。"

"你们俩聊什么呢？"李知予带着杜子奕凑了过来。

张亦然解释："我想看照片，就找周应要了相机。"

远处的老师吹响了哨声，同时，下课铃声响起，操场上的同学开始往教学楼走。路过一棵大香樟树的时候，几人慢了下来。

李知予问："怎么这么多人聚在公告栏前啊？"

杜子奕接话："是不是最近有什么活动？"

两人凑到公告栏前，周应和张亦然没有说话，莫名其妙地对视了一眼。

"你看我干吗？"周应先发制人。

"不是你先看的我吗？"张亦然紧追其后。

"你在想什么？看上去心事很重的样子。"

"没什么，在想下一次月考。"张亦然随便扯了个借口，"你在想什么，看上去也像有心事的样子。"

"巧了，"周应直接复制了张亦然的理由，"我也在想下一次月考。"

见对方都不想再继续较真下去，两人心里都默默地松了一口气。

"匿名信？"李知予念出了公告栏海报上的字。

杜子奕看着海报上的字念了出来："心理研究室即将联合各年级开展名为'漂流树洞·匿名信'的活动。活动有两种形式：一、不设定收件人邮箱，由参与者随机接收信件，展开交流。双方互不知道身份，交流心境。二、寄件人指定收件邮箱写信，匿名发送。注意：信件不会公开，仅用作课题研究使用，老师也不知你的信息。P.S. 有发必有回，留下邮箱的同学则视为报名。"

"挺有意思的！"李知予来了兴趣。

张亦然认真说:"如果有心事,那就把心事说给陌生人听,陌生人也不知道你是谁,但是会给你回信安慰你。想法确实不错。"

周应接话:"也就是说,不知道你是谁,但是知道你的烦恼,反而可能给出更加客观的建议。"

"听上去真的很有趣!"李知予拿出手机,准备扫码填写电子表单。报名表的形式也很简单,只有一个输入邮箱的地方。

另外几人也填写好了各自的邮箱,准备参加活动。了解完活动,已经快要上课了,他们只好匆匆忙忙地往教学楼上赶。

"这节课是什么课?"

"语文?"

"不是!语文已经上过啦!"

"那也不是数学和英语。"

"是走班课!"

"糟了!我还没收拾书,啊啊啊!"

晚自习结束的时候,作为语文课代表的张亦然还在办公室里帮语文老师批改早自习的默写作业。李知予想去吃东西,杜子奕就陪着她先走了。

过了五分钟,张亦然还没有回来。再不走,就赶不上最后一班公交车了,只能走路回家。想到这儿,周应直接朝楼上语文老师的办公室走去。一路上,她的脑袋里还在想着白天看到的漂流树洞活动。她在看到"匿名信"这三个字的时候,就已经想好要给谁写信了,关键是要在什么时候把信寄出去,她一路思考着这个问题走到了办公室门口。

周应刚想敲门,办公室的门突然打开,张亦然从里面走出来,周应刚要说话,眼前忽然一黑,断电的时间到了。

"我们回家吧。"张亦然锁好门跟周应说。

第三章　像小雨天气

"嗯。"周应的声音有点发紧。

漆黑的走廊上，张亦然用手机的手电筒灯照着前面的路，周应跟在他身边。

张亦然感觉到她在害怕，给她打气："你要是怕黑，我不介意你拉着我的袖子。"

"我才没有！你要是怕黑的话，可以拉着我的胳膊。"周应嘴硬道。

"那……听歌吗？"

"好。"

周应接过耳机，音乐开始播放。他们在歌声中向家的方向走去。

英语课的阅读训练时间，周应早写完了阅读题，正在发呆，忽然感觉左手被什么东西给戳了一下。周应扭头，见是张亦然给她递过来了一张小字条：你还有那天的那张照片吗？

周应一时间没明白张亦然在说什么：哪张照片？

小字条很快又传了回来：就是上次打球的时候，你给我看的那张。

周应恍然大悟，正要回复，后面突然伸出来一只手，把字条抓走了。

陈老师从两人的中间探出头来，小声说："题目都写完啦？"陈老师把小字条折好，收起来，并没有去看他们写了什么。

张亦然说："字条是我传给周应的，不关她的事。"

听到这儿，周应立即接话："没有没有，不怪他。"

还挺团结？

"上课要有上课的样子。你俩下次英语考到135分以上，我就把小字条还给你们,不和你们班主任说。要是没有考到,你俩就得注意注意了。"

陈老师给的条件不算太难,也算不上惩罚。周应和张亦然点了点头,答应了下来。

陈老师说完走到两人的前面。不巧的是,李知予和杜子奕因为英语阅读已经被瞌睡虫给打败了。陈老师看了他俩一眼,在李知予的身边拍了拍手,李知予和杜子奕同时惊醒。眼前的试卷上已经留下了打瞌睡时写下的歪七扭八的字符。

"都做完了吧?"陈老师问。

班上齐声传来了一句"做完了"。

陈老师边往讲台走边说:"来,我们来玩个小游戏。李知予和杜子奕,你们俩站起来。"

刚睡醒的杜子奕和李知予一脸蒙,迷迷糊糊站起身来,正好挡住了坐在后面的张亦然和周应。

"我来报题号,你们同时说出自己的答案,我会标记有争议的题号。"

完了,他俩就没写几道题!两人默不作声,根本不敢看对方的试卷,心里都在想该怎么办。没办法了,只能先把 A 篇给混过去,反正这篇阅读最简单,应该出不了什么差错。

"开始。"随着陈老师的一声令下,班上传来了翻书的声音。

"第四题。"

李知予和杜子奕的心里同时飘过一串问号,陈老师怎么不按套路出牌啊?居然跳过 A 篇的阅读,直接来到 B 篇。话音落下,教室里陷入了沉默。班上的同学一齐朝李知予和杜子奕的方向看过去。

正当杜子奕和李知予不知道该怎么办的时候,两人身后忽然

第三章 像小雨天气

传来一声微小的气音："选 C。"

如果只有一个人说话，那这声音完全不算大，正好能让前面的人听见。可两个人的声音叠加在一起，还是在这种特别安静的环境里，那这声音就蛮大了。张亦然和周应后知后觉地意识到声音有点大，迅速低下了头，李知予和杜子奕倒是反应迅速，为了不让陈老师发现异常，两人立即接话："C！"

恰巧此时下课铃响起，陈老师也不打算拖堂："下课吧，作业就是把这张试卷剩下的完形、语法填空和小作文练笔写完，明天收。李知予和杜子奕来一下办公室。"陈老师说完就从前门走了出去。

杜子奕和李知予两人一副如临大敌的样子。离开前，李知予还在周应面前停留了一下，做了个"哭"的表情，说："我再也不上课睡觉了。"

周应食指和中指交叉，对李知予做了个手势："好运。"

李知予和杜子奕从后门出去之后，张亦然就朝周应看了过来："所以那张照片你有没有啊？"

"你要那张照片干吗？"周应问。

"我喜欢，不行吗？"说完，他忽然意识到刚刚自己的那句话有点不太对，赶忙解释说："不是……我是觉得，那张照片的构图、光影什么的都很好，所以我很喜欢，想保留下来。"

好吧，这也算是个正常的理由。周应"哦"了一声，漫不经心地回了句："我回去找找。"

下午上课的时候，秦宋公布了下一次月考的时间安排，大概在 11 月底、12 月初的时候。为此，张亦然和周应两人还刻意规划了一下英语复习计划。

"每天完成半套试卷，这样到考前，就能写完七八张。"张亦然数着数计算道。

　　周应对这个计划很是满意，她点了点头："外加每天的单词复习和题型训练，包括阅读、七选五、完形、语法填空以及听力，这么算下来，至少能在考前过三轮题型训练和单词！"

　　"嗯！"张亦然点了点头，"这样，英语复习应该可以万无一失了！"

　　"其实吧，我也不是真的想要拿回那张小字条，只是觉得可以挑战一下自己，看看有没有能力考到135分以上。"

　　"巧了。"张亦然说，"我也是这么想的。"

　　"要不这样吧，如果我们英语都考到了135分以上，我就把在篮球场上拍的那张照片给你。"

　　"给照片还有条件？"这是张亦然意料之外的。

　　"那当然了，天下没有平白无故的好处。"

　　听到"好处"这个词，张亦然微微一怔："这叫'好处'？"

　　"难道不是吗？那你别要了。"周应说完，起身准备出去接水。

　　"哎哎哎！"张亦然立即叫住她，"好处，是好处！行了吧？"

　　周应偷笑了一下，上身微微倾斜，看向张亦然说："这就对了嘛。"说完转身往外走。

　　张亦然一把拉住周应，嘴唇微张，眼睛注视着她："该不会是因为那天我让你帮我拿水你生气了吧？"

　　周应冷不丁被拽了一下，杯里剩余的一点点水微微晃动。她捏紧手中的水杯，深深呼吸了一下，然后整理好思绪，再一次转身："我有那么爱生气吗？"

　　张亦然笑着站起身，接过她手里的水杯，又拿起自己桌子上的杯子："在教室里等我，我去接水。不是专门为你去接的啊，顺路而已。"

张亦然说完就离开了，留下周应一个人呆呆地坐回自己的座位。

晚自习的时候，周应和杜子奕换了座位，短暂地成了张亦然的前桌。杜子奕这个位置唯一不太好的是挨着窗户，也面对着空调。虽然已经是11月中旬，但长宜毕竟是南方，温度还是很高。有一年，明明已经是12月初，大街上的人还都穿着短袖。所以11月还开着冷气倒也不怎么奇怪了。

晚自习没有老师值班，负责答疑的老师在办公室。周应和李知予坐在一起不为别的，就是为了能够在写完作业后，找点机会分享一点小秘密。

写题写到一半，李知予被一道数学题困住了。见周应已经做完，李知予写了一张小字条给她递了过去。不过，等问完题目，小字条上的内容也渐渐偏了。

周应：其实奇奇怪怪的函数还有很多。

荔枝：那有没有浪漫的函数？

周应：你觉得函数很浪漫吗？

荔枝：我是热爱浪漫的文科生。

周应：也是有的。

荔枝：求科普。

周应：心形函数你知道吗？

荔枝：不知道。

周应接过小字条之后，把它放到了两人中间，然后写下了心形函数的公式：$f(x)=x^{\frac{2}{3}}+(10-x^2)^{0.5}\sin(k\pi x)$。

"你回去可以用Desmos（一种图形计算器）试试，当你划动k值的时候，它真的是心形的。"周应小声说。

李知予拿过那张纸看了看:"话说,我是唯一一个被你分享了这个函数的人吗?"

周应:"啊?"

李知予说:"没什么,我继续做作业啦。"

很快到了最后一节晚自习。窗外忽然刮起一阵大风,坐在窗边的同学本来是想打开窗户透气的,见状赶紧把窗户给关上了,坐在空调前的同学也赶紧关上了空调,但冷气还是干扰到了周应,她不禁打了个喷嚏。

"冷死我了。"周应擤了一把鼻子,"这地方空调对着吹,真难受。"

"早知道我就带件衣服给你了。"李知予说。

"没事,反正我也不经常坐这里。"说着,周应又打了个喷嚏。

身后传来张亦然的声音:"穿上。"和声音一起到的,还有一件尺寸稍大的秋季校服。

周应迟疑了一下,张亦然赶紧晃了晃手里的校服:"没穿过,昨天刚洗的。你要是冷的话,可以先穿上。"

管不了那么多了,要是感冒就不好了。周应伸手接过校服,跟张亦然说:"谢谢。"

张亦然漫不经心地转着手上的笔:"没事。"

周应赶紧把那件衣服穿在身上。衣服刚洗过,还有一股洗衣凝珠的清香,味道和张亦然身上的那种味道一样,都是柠檬味的。周应觉得这味道还挺好闻的。

口袋里的手机发出一阵振动,周应拿起手机一看,是新消息提醒:您有新的邮件:From 执礼附中 - 漂流树洞 - 匿名信。

她收到了来自漂流树洞的第一封匿名信。

第三章 像小雨天气

　　长宜的温度真是让人捉摸不透，一夜之间，气温骤降，上一周还是可以只穿一件秋季校服的天气，下一周就要穿冬季校服了，所有人都被冻了个措手不及。但这也让长宜终于有了些许冬天的味道。

　　周应和张亦然在楼下的公交站等车，一阵风吹来，两人下意识地缩了缩。

　　"几点了？"周应看向张亦然，"太冷了，懒得把手拿出来看时间。"

　　"还早，六点四十多。"

　　"感觉再冷一点就不想起床了。"周应停顿一会儿，看向眼前全是落叶的柏油马路，"话说，你有没有收到匿名信？"

　　张亦然微微低头看向周应，笑着点点头："收到了，你呢？"

　　"嗯，我也收到了。"

　　街边的法国梧桐正在落叶，一片叶子飘落，被风卷走，公交车在这个时候来了。上车后，见最后排还有两个座位，周应选择了靠窗的那个。她喜欢坐车的时候靠近窗户，看着窗外渐渐倒退的街景听耳机里的歌，算是一种放松。

　　公交车停在一个十字路口的时候，周应从口袋里拿出了一支护手霜。这支护手霜是茉莉花香味的，很清新，周应很喜欢。拧开小盖子就能隐隐约约地闻到一股茉莉的清香。周应伸出手，准备把护手霜挤在手背上。只是没想到，公交车突然发动，周应身体被惯性带了一下，手下用力，一不小心就挤多了……

　　她下意识看向坐在身边的张亦然。他正双手抱在身前，闭着眼休息。见状，周应悄悄将自己的手背跟张亦然的左手贴了一下。贴完就收手，然后看向窗外，装作一副若无其事的样子。

　　感受到护手霜的冰凉，张亦然抬了一下眼："干吗？"

周应没有回头:"护手霜挤多了,分你一点。"

张亦然将护手霜推开,状似不在意地"哦"了一句。

下了公交车,两人去了趟学校旁边的快餐店,为了防止在课堂上打瞌睡,他们常常会点一杯冰美式带到学校里去。周应原是不喜欢喝冰美式的,觉得这东西跟中药没什么两样,自从有一次尝了一口张亦然买的冰美式之后,就觉得这玩意的味道好像也没有自己想象中那么糟糕。周应觉得自己甚至对它产生了一种依赖。果然,有的时候,有的东西,只有尝试了,才知道是不是自己想象中的那样。

提着咖啡进学校的时候,学校里还没什么人。这已经是两人连续第五天在七点前进校了,为了在下次月考的时候冲击英语135分,他们不敢怠慢。一切为了挑战自己,刷新自己的最高分。

以往月考时,周应和张亦然的英语成绩最高分都只达到过133分。执礼附中的英语试卷是出了名的难,在所有省份的新高考一卷里,数执礼附中的英语试卷难度大。很多学校都会来购买执礼附中的英语试卷,给他们自己学校的学生当作周考试卷使用。

教室里的中央空调已经打开,推开门就能感受到一股迎面而来的温暖。周应和张亦然不是到得最早的,这会儿已经有住宿生在教室里上自习了。

"早啊。"周应和旁边小组的同学对视了一眼,打了个招呼。她将手中的冰美式放在桌上,冰块发出了轻轻的碰撞声。不知道是不是自己的错觉,她忽然有一种感觉,自己好像把适应和习惯当作了喜欢。

张亦然从办公室回来,手中拿着今天语文早自习要用的默写纸。他在黑板上写下昨晚语文老师发给他的早读任务后,从讲台上走了下来。

第三章 像小雨天气

"看什么呢？"快走到座位的时候，张亦然发现周应似乎正在发呆。

"没看什么。"意识到自己因为冰美式想得出了神，周应立即收回视线，随便扯了一句，"你的粉笔字还挺好看的。"

张亦然坐回座位，正拿着纸擦手："你护手霜的味道还挺清新的。"

周应凑到张亦然的旁边："要不这样，下期黑板报别打杂了，你来写字怎么样？我有的时候写字够不着还要搬椅子，你去写正合适。"

张亦然有点漫不经心地"哦"了一声，从抽屉里拿出一张英语试卷："让我考虑考虑。"

"别考虑了，然然同学，你就说同意就好啦。"说这话的时候，周应又朝张亦然靠近了一点点，茉莉花香味顿时充斥在鼻尖。

距离有些近，张亦然的眼神不可避免地透露出了些许慌张，他小心地看了一眼周围。教室里的同学不多，没有人注意他们这边。他压下有些混乱的思绪，伸手拿起周应课桌上的那杯冰美式，放到她面前："喝你的咖啡。"

周应接过："这样，我把你这个学期剩下时间的咖啡全包了，你来帮我写黑板报怎么样？"

哦？张亦然不由得挑了一下眉。其实自己方才就是故意那么一说，并没有拒绝周应邀请的意思，没想到还有意外收获。

"帮你写字可以。"张亦然说，"但是先说好啊，我不是因为你说包我一个月咖啡才答应的。"

"知道，你原本就想答应是不是？我就知道，你是不会忍心拒绝我的。"周应说完把冰美式放在桌上，看课桌上的英语试卷去了。

张亦然小声说:"什么叫作我不忍心拒绝你……"

周应看了张亦然一眼:"不知道,你自己想。"

李知予到教室后就拉着周应去楼下便利店买水买早饭去了,杜子奕还没到。张亦然趁四周无人,从课桌抽屉里拿出一页写满了字的信纸,那是他要寄出的第三封漂流树洞匿名信。

"周应应,广播站最近有个新活动,你有没有兴趣?"

"什么活动呀?李知予站长。"

"这不是快冬天了嘛,我们设计了一个冬日特别电台栏目,放放歌,聊聊投稿什么的。需要找四名同学参加,两两一组轮班,今天就会贴海报宣传。你有没有兴趣来陪陪我啊?"

"行。"周应很爽快地答应了下来,毕竟她对这件事也略感兴趣,"那到时候我也去面试现场走一圈,就当是陪你了。"

"呜呜呜,周应应你最好了,我就知道。"

周应笑了笑。

两人很快回到高二的那层。公告栏前,杜子奕正在贴广播站的海报,李知予和周应走过去。

"不错嘛,杜子奕同学,贴得很好。"李知予夸赞道。

"谢谢站长!"

一旁的周应好奇地凑到李知予的旁边:"什么情况?"

"杜子奕,冬日特别栏目的导播。"

"什么时候的事情啊?"周应惊讶地看向李知予。

"之前聊天我和他说我在广播站,然后他前段时间就找广播站的负责老师投了简历,说想加入。可能是因为他比较熟悉录音软件,外加声音条件还不错,广播站的老师就把他给招进来了,让我带带他。正好在弄这个冬日特别栏目,我就直接安排他做导播了。"

杜子奕贴完了海报，周应和李知予两人抬头向眼前的海报看去。张亦然忽然从一旁的办公室里出来，把三人吓了一跳。

"吓死我了。"杜子奕说，"什么时候蹿进去的？"

"一直都在。"张亦然说，"在这儿忙什么呢？"

"贴海报。"杜子奕说，"广播站的，有兴趣了解一下吗？"

张亦然顺着杜子奕手指的方向看过去。

"你别说，这海报还挺好看的。"周应望着眼前的海报点评道。

"要我说，这花了钱的就是不一样。"李知予接话，"据说是经费到位了，直接在网上找设计师做的。"

杜子奕说："也不知道是哪家做的。回头问问，收藏一下，说不定哪天就用上了。"

一旁的张亦然不说话，只默默看着面前的几人。

"你们看右下角。"周应发现了一些小细节，她把手指向自己方才说的地方，"设计者是……张亦然？"

周应话音刚落，几人就一齐看向了旁边安静不说话的张亦然同学。张亦然摸了摸后脖颈，语气尴尬地说："嗨——"

"真是你啊？"杜子奕凑上前去盯着海报上的名字仔细看了看。

周应："这名字是手写体，确实像张亦然的字迹。"

李知予兴奋："大神啊！你怎么不早说你会画画和设计？早知道就直接找你了！"

"一开始我也不知道是咱们学校约的稿子，不然就免费了。"

周应："你要是早说你会画画，我就不用绞尽脑汁地去想黑板报该怎么搞了。"

走廊上的同学越来越多，"执礼小分队"的几人没有继续在海报面前停留，开始往教室走。周应和张亦然走在后面。

张亦然："话说……你认识我的笔迹？"

周应飞速接道："不认识。"

"那你刚刚说很像我的笔迹？"

"乱说的。"

"不信。"

临近月考，班上的气氛变得紧张了起来。这次月考是一场规模比较大的联考，参考的学校有三十多所，几乎涵盖了整个长宜的重点学校。周应和张亦然把给自己安排的试卷写得差不多的时候，月考的日子也来临了。为了向英语的高分段冲击，周应和张亦然复习了很长一段时间。他俩现在对复习过的英语内容了如指掌，书上随便点个单词，他俩都能讲一遍。

月考最后一科考的是英语，结束的时候，外面已经有点黑了。这天是周四，正常来说有晚自习，但经历了整整两天的高强度考试，年级组实在于心不忍，干脆决定今晚看电影。每个班放一部影片，大家想去哪个班看就去哪个班。

电影放映前的晚饭时刻，"执礼小分队"的几人已经在校外那家名为"饵肆"的小店里吃撑了。

"考试难归难，但是不能亏待了自己的肚子。"李知予摸了摸吃饱的肚子回头看了一眼老板，"阿姨，超级好吃！"

阿姨笑了笑。一旁的三人一起朝阿姨竖了个大拇指。他们最喜欢吃的是卤肉饭，车仔面和乌冬面也很不错。酒酿小汤圆和椰汁芋圆芋泥是每次必须点的。

结完账走出小店，李知予和杜子奕说要去买笔，便快步去了校门口旁的小便利店。张亦然和周应在后面慢慢走，吹吹晚风，看看天边氤氲的浅浅的紫和蓝。日落后总有那么一段时间能够让人沉醉，蓝调时刻在天空上演的时候，整个世界都陷入了晚风中。

"听说今晚有《疯狂动物城》，张亦然，我们去看这个吧！"

"好呀。你看你自己演戏。"

周应疑惑："什么？"

张亦然解释："你不觉得兔子警官挺像你的吗？"

"像我？"周应指了指自己。下一秒，她单手钩上张亦然的脖子，把他钳制住往下压，"那你就是狡猾的狐狸。"

"哎哎哎，松手。"

周应学着电影里的小兔子一脸坏笑地说："你被捕了。"

冰美式是苦涩的，喝下第一口的时候，人们也许会感叹它的苦涩让唇齿间有些难耐。但当多次尝试之后，就会渐渐接受它的苦涩。或许，从下定决心要再一次尝试它的时候，人们就已经有很大可能会爱上它了。

那如果真的爱上冰美式，爱上了那种苦涩，究竟是发自心底的喜欢，还是因为习惯适应后的依赖？

这是周应最近在思考的问题。她将这个问题写进了回信，并在那张信纸上画了一个冰美式的简笔画。

漂流树洞进行到一半，解锁了新玩法，可以与目标同学进行线下信件往来。巧的是，周应和张亦然都选择了线下书信的方式，不再使用邮箱。这让这个活动变得更加真实，让人感受到了树洞的真正意义。不知道对方的姓名，不知道对方的班级，不知道对方的一切，但依旧能够聊下去，没有更换邮箱的到达地，没有选择把信寄给别人，这或许就是一种冥冥之中注定的默契。

那封写着"冰美式问题"的信件寄出后的第二天开始，周应每天早上都会点一杯冰美式带到学校,张亦然和她一样。

上次月考的成绩出来后的第一节课正好是陈老师的英语课。那时候同学们还不知道自己的各科成绩,智学网上面也没发布,只有老师能够看到。紧张的气氛蔓延在全班的每一个角落,每个同学都屏住了呼吸,静静等待着陈老师的"宣判"与"审判"。

陈老师扫视全班后,说:"我承认,这次试卷有点难度。我参与了出题和修改部分难度比较大的试题的工作。但是,本次考试中,依旧有非常优秀的同学。有两名同学分数突破了他们自己的纪录。"

陈老师话说到一半,突然打开了放在讲台上的矿泉水,慢悠悠地喝了一口。台下的同学发出了阵阵笑声,陈老师又来卖关子了。

周应和张亦然没有说话,都盯着自己的英语试卷。老实说,对完答案他俩很高兴,他们都是选择题错了两道,语法填空错了一道。只要作文不出大问题,还真有可能达成目标。

"你紧张吗?"张亦然小声地问周应。

周应同他耳语:"有点。"

教室里鸦雀无声,陈老师放下水瓶,清了清嗓子,打开手机上的智学网,调出成绩单,说:"最高分,周应,140分。"

听到这个分数,全班沸腾了起来,还响起了热烈的掌声。高二(10)班只有三十人,此刻的热闹却盖过了世界上任何的喧嚣。大家都在发自内心地祝贺周应。

要不是因为是周应的前桌,李知予现在真的想一把抱住她:"周应应,你怎么这么牛啊?!"

突然接收到全班同学的注目礼,周应一瞬间还有点适应不了,她现在只想让陈老师赶紧说下一位同学的分数。

第三章　像小雨天气

"好了好了。知道大家很激动。"陈老师安抚了一下学生们的情绪，"接下来说一下前十名里另外九名同学的成绩。"

听到这话，全班安静了下来，几乎所有同学都坐端正了看着前面的讲台，期待着自己的分数。

"第二名，张亦然，139 分。"

张亦然的分数出来的时候，班上再一次沸腾，全班的目光又落到教室的最后排座位。这下轮到张亦然不好意思了。

陈老师这次接话比较迅速："面对这样难的试卷，能考出这样的分数，是极其不容易的。好好练题，抓好基础，掌握每个板块的答题技巧，相信大家下一次考试也能进步，也有机会考到 135 分以上。来看下一个分数。"

陈老师说的这些，周应和张亦然在这些日子里都做到了。不只是专注英语的提分，还兼顾到了其他的学科。学习方法是可以类比运用的，在一科上发现了一种学习技巧，不妨运用到其他科目上，或许会有同样的效果。花时间是必然的，但更关键的是提升效率。效率提高了，学习进度和吸收效果自然也就会好。

周应和张亦然很感谢这些天自己的努力，他们下定决心不和别人比，只和过去的自己较量，只要比上次进步，就是最大的收获。

后面的每一个分数报出来的时候，班上都会燃起热烈和沸腾。即便拿到高分的不是自己，大家也很激动。只要是靠自己实力所得，都值得好好为之兴奋一番。周应和张亦然一个掌声都没落下，他们也在真心祝贺着每一位获得阶段性成就的同学。

在陈老师报分数的间隙，张亦然写了张小字条给周应递了过去：Congratulations（恭喜）！

周应看到小字条后，没有回复，而是将字条收进了自己的口袋。在人声鼎沸中，在教室里的欢腾中，她看向他。视线交汇碰撞，即便没有说话，他也知道她想说什么。

也许多年后回想起这段日子，周应依旧会为之振奋和喝彩。那种一起慢慢努力的感觉实在是太让人上瘾了，让人有种强烈的成就感与获得感。

12月中旬，广播站特别栏目的选拔正式启动，报名的人不多不少，正好在李知予的预计中——少了，怕选不到人，多了，怕自己忙不过来。

中午吃过饭，选拔就正式开始了，地点就在广播室的教室里，广播站负责的老师还没有来，李知予正在为前来参加选拔的同学们签到，兼任李知予助理的杜子奕这会儿回楼上的教室帮李知予拿水去了。

高二（10）班的教室里没什么人，大多数同学都在楼下的操场上散步。杜子奕准备离开的时候，正好撞见了从语文老师办公室回来的张亦然。

"我正好在找你！"杜子奕看上去略显着急，"给你发消息你也不回。"

"我在办公室，什么事火急火燎的？"张亦然将手上刚数好的默写纸放到了自己的课桌上。

"你知道今天是什么日子吗？"

"什么日子？"

"广播站选人的日子啊！"杜子奕说，"就是我上次和你说的那个活动。"

张亦然疑惑，没听出杜子奕想说什么："你慢点说。"

"我帮你报了名，你去试试呗。"

第三章 像小雨天气

张亦然:"你坑我?"

"什么叫我坑你啊?"杜子奕接话,"你不去就算了,反正咱们小分队就你一个人不去。"

杜子奕说完就要走,张亦然却捕捉到了关键信息,他一把拉住杜子奕:"等会儿,周应也在?"

杜子奕点点头:"对啊。她也报名了,说是帮李知予。你看看人家女孩子的友谊,你再看看我们,还说什么好兄弟……"

不等杜子奕吐槽完,张亦然二话不说飞奔了出去。

杜子奕在原地发出感叹:"真是……跑得比兔子还快!"

张亦然赶到楼下广播室的时候,报名的人已经到了一半了。他在门口放慢脚步,调整了一下的衣服,抓了抓头发,在擦得锃亮的玻璃里看了看自己的形象,然后来到前门签到处。

他签好自己的名字,问负责签到的李知予:"周应坐哪儿?"

李知予指了指后面的位置:"就在那儿。"

张亦然看了一眼位于最后排的周应,径直走了过去。

对于张亦然的到来,周应倒是没感到有什么奇怪的地方,毕竟她刚才在签到名单上看见了他的名字。她比较疑惑的是,张亦然报名怎么没和她说?

"你怎么来了?"耐不住在心里的困惑,周应直接向他提问。

"我不能来?"张亦然反问。

"你为什么来?"周应没放过他。

"你就这么好奇?"

"我不能问吗?"

张亦然立马软下了性子:"我错了,我就是装一下,没有别的意思。"求生欲超强。

周应被他这句话给逗笑了,顺势拍了拍张亦然的头:"别装,乖。"

让她感到奇怪的是，以前他从来都不会让她碰他的头发，怎么现在越长大反而还越接受了呢？

广播站的老师正好进来了，在讲台上宣布规则："根据报名单上的序号，两两一组随机搭配进行现场朗读，以及根据抽到的段落进行即兴评述。"

"第一组。周应，张亦然。"

周应和张亦然双双一惊，怎么分到了一组？！事实上，因为两人的报名是杜子奕和李知予安排的，所以直接排在了第一第二位。

张亦然和周应站了起来。

老师抽出了讲台上的杂志，说："我们今天考核选用《奔夏》杂志，我来抽选文章。第五十二页，亦夏的作品。"

杜子奕从老师手里接过书，把它递给了张亦然和周应。

听到《奔夏》杂志的时候，两人的神色明显一慌，但还好，只有他们自己感知到了正在加速的心跳。不然别人可能会困惑，一本杂志而已，有什么好紧张的？

"女生朗读最后一段，男生一会儿做即兴评述或演讲。准备时间，一分钟。"

也许是因为这是自己喜欢的作者，周应此刻的脑海中只想着怎么把这个演讲给做好。

老师选的这部作品名叫《遇上冰》，和美式咖啡有关。周应回想起她第一次下定决心要去尝试冰美式的时候。冰块被倒入透明的玻璃杯，碰撞的瞬间发出了清脆的响声，然后注入咖啡液。

做好后尝试第一口，苦涩无比，第二口，依旧苦涩。她当时就在想，为什么会有人喜欢喝冰美式？她不解。直到现在，自己

第三章　像小雨天气

爱上了这种味道，她也没找到原因。

"苦涩的味道让人难以忘怀，却让人想再尝试一次。爱上冰美式，到底是因为习惯和适应，还是因为自己真实的爱？我找了很久，都没有找到答案。"

周应读到这里，讲台上的老师开口打断："来，男生接上女生的片段继续。"

张亦然快速反应接话："爱与误爱的命题出现在冰美式中，答案无关所有，只关乎内心的一切。如果冰美式的味道已经在你心里挥之不去，我想，你不妨认定这就是情感上的触动与喜爱。"

"男生停，女生继续。"讲台上的老师再次开口。

"当我在无意识中偶然拿起一杯冰美式喝下，我只发现了我熟悉的气息。所以，从这一刻起，我能够说我爱上了冰美式。潜意识里的那些想法，总会在不经意的时刻，告诉你答案。"

周应说完，下意识地看了一眼身边的张亦然。方才他说的那些话，她见过，就在前不久收到的匿名信上。

匿名信同学，我找到你了。

其实从第二封信开始，周应就确定了给她写信的人是张亦然。并且在收到第一封的时候，周应就已经略有怀疑，毕竟遣词造句很像张亦然的风格。但她没打算告诉张亦然，她知道匿名信是他写的这件事，她想再隐藏一段时间，不然就破坏规则了。按照漂流树洞匿名信的规则，张亦然是知道对面的人是周应的，因为张亦然选择了周应的邮箱发出第一封信，只不过他换了个邮箱账号发信。但方才他把信中的内容直接说了出来，是不是就是在提醒她，他就是发信的人这件事呢？

一定是这样。所以，匿名信不再匿名，她也在真正意义上找到了她的匿名信同学。

周应的心像小兔子一样蹦起来，她忽然想起刚开学，他假装不认识她的那个时候。于是决定继续装下去，假装自己不知道他就是发信人。谁让他当时装来着？

很快到了选拔活动的尾声，老师决定当场宣布名单："根据大家刚才的表现，我决定，选第一组同学做我们冬日特别栏目的主持人，大家掌声恭喜这两位同学。"

教室里响起热烈的掌声。坐在教室后排的张亦然和周应默默低下头。李知予和杜子奕站在讲台旁看向他们。好在整间教室没有其他同学认识他们，不然他们又要接受注目礼了。

广播站的老师让张亦然和周应留一下，然后把他们带到了李知予和杜子奕的面前。

"知予，这两位同学你好好带带，节目就交给你们了。"

"放心吧老师，我们是玩得特别好的朋友，绝对没问题的。"

"哦，原来是知予的朋友呀，都是很优秀的同学。"广播站老师称赞，"那这样，你们聊，有关节目的事情知予和大家说就行。"

老师走后，周应问道："不是说有两组同学吗？"

"可能是广播站的老师见你们俩很符合这个节目，就直接定下了。"李知予说，"我真的没想到，你们俩能组成一组！"

周应和张亦然异口同声："我也没想到。"

杜子奕靠近张亦然，小声说："是不是要感谢我帮你报了名？"

张亦然："哇，你好棒……"

很快，冬日特别栏目正式播出了，播出时间是周一、周四晚上六点至七点，周五晚上十点半。首次播出是周一。

"欢迎大家收听冬日特别栏目，你的执礼我的心。我是主持人周应。"

第三章　像小雨天气

"我是主持人张亦然。"

说完节目名称之后，张亦然和周应都在各自的心里叹了一句：这是个什么节目名？李知予后来解释，这个名字是广播站老师绞尽脑汁想的，能改。

周应："节目自准备播出以来，我们收到了很多同学的投稿，有歌曲，有闲谈，也有关于成长的困惑。本周第一期，我们将聚焦冬日的声音，一起来听听大家想听的歌。"

张亦然接话："是的，虽然是冬日特别栏目，但我们今天要听到的歌，来自春夏秋冬四个季节。话不多说，请欣赏由高三同学投稿的歌曲。"

周应拿起了投稿的小便笺："《小雨天气》。"

音乐响起，回荡在校园里，也回荡在广播室中。

十六七岁的青春期是漫长的雨季，有时暴雨，有时小雨，谁都无法估计这雨季会在什么时候结束。

日落时分，天空中晕染着浅红色和浅紫色，淡淡的，很好看。在这样的天空下漫步，听着这首《小雨天气》，该是一件多么令人愉悦的事情。

周应和张亦然带了作业到广播室，放歌的间隙，他们可以写一会儿作业。不知道为什么，周应今天总有些心不在焉。广播里的歌还在继续，周应不经意地往左边看了一眼，少年的身后是落日结束后的蓝调，眼前是台灯暖色的光，光线正好落在他的发丝上。

周应忽然觉得一切的声音都消失了，心终于安静下来。

这不是张亦然第一次听这首歌，但周应确实适合这首歌，她就像小雨天气，不用打伞，不会太热，还会有微风做伴。她就是这样的存在。

奔向热爱的夏天

她是他的小雨天气，在漫长的雨季中，触碰他的涟漪。

手中的地理题跟着思绪飘呀飘，飘到了眼前的台灯光线下。歌曲到了尾声，张亦然回过神来的时候，周应给他递过去一个小字条：这道题你能帮我看看吗？我刚刚想了很久都没想到思路。

张亦然接过了和字条一起递过来的试卷，点了点头，回复：广播结束之后我们一起看看。

周应打开广播，给之后的节目报幕："当小雨天气降临的时候，是否会有涟漪出现？当涟漪出现的时候，你会想些什么呢？"

张亦然："小雨天气过后即将迎来晴天，接下来要播放的是高一年级点播的一首《脸红接收处》。"

第二首歌响起时，夜晚到来了，蓝调时刻在歌词中渐渐结束。最后一句落下的时候，窗外的天已经完完全全地黑了。

"叮咚——"广播提示音再次响起，这次是张亦然负责念引入下一首歌的串词。

"充满温柔的歌曲让人沉醉在今日的晚风中。下面是来自心理研究室的一则广告，执礼附中匿名信活动正在进行中，快来……"

还没等张亦然把话说完，整个广播室忽然一片漆黑，与窗外的夜色融为一体，过了很久，眼睛才适应周围的环境。未关的窗户那边忽然吹来一阵风，吹乱放在桌上的试卷。周应和张亦然一把按住被风吹起来的试卷。

"停电了。"

"嗯。"广播室这一层没有教室，他们听不见此刻来自学生的欢呼声，"风有点大，我去把窗户关上。"张亦然说完就站了起来。周应跟了过去。

窗边有冬夜少见的月光洒下，视线比房间深处要好一些。周应在距离张亦然半臂远的地方站定，月光洒在两人中间。

第三章　像小雨天气

"荔枝和我说让我们在广播站等一会儿，老师会来广播站看看情况，然后接手后续工作。"

"嗯。那我们就等一会儿。"张亦然拿出手机，打开了手电筒，"你刚刚想讨论的是不是这道？趁老师没来，我们把题看一看？"

张亦然知道周应是"学习型人格"，多数时间都在看书学习，这段停电后的空当，她也许也不想放掉呢？周应却按住了张亦然手里的试卷，两人的视线在月色下碰撞，很默契地没有说话，周应的眼神像是在确定着什么一样。

不知过了多久，张亦然缓缓开口，语气里全是温柔："怎么了？"

周应没有迟疑地回答："我正在心里确认着一个答案。"

"那你现在找到了吗？"

周应点了点头："我总觉得，停电的时候适合听歌，你愿不愿……"

还没等周应说完，张亦然就拿出了耳机，把左耳的那只给她戴上，轻声说："愿意。"

张亦然今天带的是一副有线耳机，在这个全是无线耳机的时代，有线耳机的出现有点让人意外。

张亦然问："想听什么？"

周应回答："《小雨天气》。"

没有什么歌比这首更适合现在了。

第四章

春日匿名信

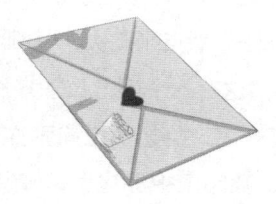

原本定在 12 月中旬的实验视频录制工作推迟到了下个学期，这段日子，张亦然和周应没有去实验室练习。

当冬风变得难以忍受的时候，长宜的冬天就算是真正地来了。南方的冬天是一种由外到内的刺骨感，湿冷湿冷的，让人总在心里期待着夏天。

学校周边的文具店正在播放电台节目，张亦然和周应路过的时候，正好播到了天气预报："气象台预计，未来两天我省将会出现一定范围的降雪，提醒市民朋友们注意出行安全……"

"张亦然，你听到了吗？好像今年会下雪哎。"

"嗯，听见了。"张亦然点了点头，"你期待下雪吗？"

周应点了点头："这对一个南方孩子来说，是一件很让人执着的事情。"她停顿了一下，抬起头看向张亦然好奇地问，"你出国的时候见过下雪吧，我印象中那边经常降雪的，那你还会期待今年的初雪吗？"周应说完这句话，低垂着头，自顾自地往前走。

"嗯，期待。"听到周应问出的问题，张亦然的脑海中浮现出了初次见到雪的那天。

对别人来说，眼前的雪确实是好看的，张亦然对雪的第一印象却是孤独，一种在他国才会有的莫名的孤独。

那段日子是张亦然最不想回忆的时光。没有熟人，没有好朋友，每天学着陌生的语言。拨不通的电话，寄不出的信件，总是

第四章　春日匿名信

待在无人在意的角落。

张亦然的父母长时间在外，不是在学校，就是在跑剧组学习，很少回家。家中的保姆是个华人，负责他的一日三餐。大多数他一个人在家的时间，除了学语言，就是自学国内的内容，学累了就看电影。

张亦然记得，第一次见到下雪那天，自己正在客厅里看一部很出名的电视剧。

独处的时光，只有书籍和电影相伴，渐渐地，他也爱上了那些曾陪他在异国熬过孤独的电影和小说。其实这种独处的日子，张亦然早就见怪不怪了，从六岁那年开始，他就经常一个人在家，已经适应了这种孤独。唯一让他心里感到失落的是，联系不上自己的好朋友周应。

按下电视剧暂停键，张亦然走到窗边，站在漆黑一片的房间里，静静地看窗外路灯下飘扬的雪花。雪越下越大，张亦然靠坐在玻璃窗边，第一次知道了想念的力量。

他知道，他们总在孤单的时候想起对方，总把对方当作茫茫大海中唯一的灯塔。

周应也是一个人长大，原因很简单，父母工作忙，没什么时间陪伴她，他们的事业正处于上升期，不能马虎一点，去国外谈项目也是常有的事。周应记得十岁那年的冬天，父母要出国谈项目，顺道把周应也带过去玩了几天。项目谈妥之后，三人在街上转悠，那是少有的一家人在一起的时光。周应很珍惜那时候的一分一秒。

"老张和老宋他们是不是在附近？"周应的母亲陈雪蕴问。

周应父亲周朗山回答说："来之前我打了通电话给他们，说这两天不在家，去参加电影节了。"

奔向热爱的夏天

"本来还想找他们聚一聚，这时间也太不巧了。"陈雪蕴叹了口气。

"张亦然不在家吗？"周应问。

"应该被你宋阿姨和张叔叔一起带走了。"陈雪蕴回答说，"没事，过两年他们一家就回来了。"

周应当时只是小声地"哦"了一句，没有继续说。

吃完饭从烤肉店里出来的时候，天色已经很晚很晚了。周应抬头望了一眼夜空，没有星星，没有月亮，连寄托想念的中转站都找不到。周遭是听不懂的语言，是不熟悉的环境。周应的心里下意识地出现了张亦然的名字。

也许是上天听见了她的呼唤，在这个没有星星没有月亮的夜晚，落下了2016年的第一场雪。雪是诉说想念的中转站，那时候的他们无法知道，或许永远都不会知道，她曾在他家楼下停留，在初雪渐大的时候……

从各自的回忆里走出来，才发觉已经快到教学楼了。教学楼前执勤的同学拦下了张亦然和周应："同学，请佩戴校牌。"

沉浸在关于初雪的回忆中，差点忘记要戴校牌这件事。或许是受到心里隐隐的慌乱的影响，两人竟然都没有拿稳校牌，双双掉落在楼梯上。他们赶紧蹲下身，捡起落在地上的校牌戴上。

还是不要开小差吧。

周五这天晚上，学校的文印室早早地关了门，周应和张亦然打算第三节晚自习提前半个小时出教室，去校外把今晚的稿子打完再回来。

如果不是因为当晚要把稿子做纸质稿备份，周应和张亦然是不愿意出去的。外面太冷了，风特别大。

第四章　春日匿名信

很快到了第三节晚自习的最后半个小时，作业已经写完，周应和张亦然开始收拾东西准备出发。下楼之前，周应去找李知予拿了一块暖宝宝。

"实在不行，你们明天再把纸质稿带过去备份算了，外面太冷了。"

"没事。"周应撕开手里的暖宝宝，"正好我还有别的东西要印。"

"那你注意安全。"

"放心。走了。"

"等等！"李知予叫住周应，她站起身来朝周应的校牌凑过去，仔细看了一眼，然后又隔着老远看了一眼旁边张亦然的校牌处。

教室里吵吵闹闹的，李知予凑到周应的耳边说悄悄话："你俩换校牌戴……是什么新的游戏吗？"

听到李知予的话，周应低头看了一眼自己校服上的校牌。还真是张亦然的！她赶紧取下来。少年的证件照出现在自己眼前，这还是周应第一次看张亦然的蓝底证件照。

还挺帅的。

如果不是李知予发现她错戴了他的校牌，她真想悄悄把这个校牌留下。

应该是那天早上掉校牌的时候拿反了。周应把取下来的校牌放到冬季校服的口袋，没再继续戴在身上，一边往身上贴暖宝宝，一边紧故作镇定地说："很正常，就是拿错了，一会儿换回来就好了。"

李知予立即反驳："你不对劲。"

周应没打算隐瞒，但现在时间不够，得赶紧出发，于是跟李

奔向热爱的夏天

知予保证道:"好吧,找个时间和你细说。"然后就背上书包出发了。

刚走出教学楼,一阵冰冷刺骨的冬风吹了过来,两人下意识靠近了一些。经过第一个路灯的时候,张亦然注意到了周应校服上的空白。他笑着看向周应问:"我校牌呢?"

"你校牌……"话没说完,周应忽然停下脚步,张亦然也跟着她停了下来,站在了她的身边。

他们正好停在了路灯下,除了昏黄的光线外,空无一人,好似多年前他们"拥抱"孤单的时刻。

"干吗?"张亦然忍不住又笑了。

"所以你早就发现我们拿错了校牌对吗?"

张亦然很认真地点头,像一只小狗一样:"嗯。"

"那你为什么不告诉我?"这样就可以赶紧把校牌换回来,也就注意不到照片了。

"我就是想看看,你会在什么时候发现。"

周应从校服口袋里拿出校牌,把它放到了张亦然的面前:"喏,给你。"

"不要。"

周应一脸困惑地看着他。

"校牌这么多,我们就不能交换一个吗?"

"为什么?"周应有点疑惑,即便她心里有只小兔子正在高兴地蹦跳。

"你校牌上的照片还挺好看的。"

挺好看的……周应心里一字一顿地过了一遍这句话,然后漫不经心地"哦"了一声。脸不受控制地泛上一阵绯红,好在现在

第四章　春日匿名信

光线很差，不必担心自己脸上的红晕会被对方发现。

月考之前，两人曾定下约定，如果英语成绩都在 135 分以上，她就把那张在篮球场拍的照片给他。只是，12 月的月考过去这么久了，他都没有提起这件事。周应在想，他是不是已经忘记了，是的话，那只能她来主动提了。

周应没有告诉张亦然自己今晚准备打印那张照片的事情。如果能在十六七岁的记忆中留下这么一张照片，那也是很美好，很值得去回忆的。

张亦然递过来一只耳机："要不要先听听今晚要放的歌？"

周应"嗯"了一声，接过耳机戴在了耳朵上。

"其实那天关于初雪的问题，我回答得有点敷衍。"张亦然停顿了一下，看向身边的周应，"我觉得我应该给出一个正式一点的回复。"

两人很默契地停了下来，面对面站着，冬夜的冷风好似无法穿过他们彼此之间的距离。

"其实我一直都在期待今年的初雪，这是我们重逢后的第一场雪，也是我偷偷写在心里的愿望。早在第一次经历国外的冬天的时候，我就对着初雪许了愿。况且，应该是我向你发出邀请，周应同学。"

张亦然的这些话在周应意料之外，她的喉咙一阵发紧。也就是说，他们在无意之间，曾一起看过同一场雪。

不知为何，头顶的路灯忽然变得明亮了些，他们同时抬起头，看向突如其来的光线。冷风依旧猛烈，但他们此刻却感觉不到那种刻骨铭心的湿冷。

"其实……那个时候，我也在。"周应将视线从路灯上移开，看向站在自己面前的张亦然，"2016 年，我们好像看过同一场雪。"

"那今年呢?你愿不愿意和我一起等待今年的初雪?"

周应没有犹豫:"当然愿意。"这是唯一的答案,"我们继续走吧,如果打印店关门了,我想要印的照片就印不了啦。"周应故意强调了一下"照片"这个词。

"你说的是这张吗?"一张照片出现在她面前。

周应心跳加速,没想到张亦然已经提前打好了。她从张亦然手中接过照片:"是这张。我还以为你忘了,所以去找杜子奕他们要来了电子版,准备打印出来,明天给你。"

周应把照片翻过来,在背面看到一个英文单词:hidden(隐藏)。至于为什么写下这个词,张亦然没解释。

新年的脚步越来越近。附中今年的新年晚会和以往不同,今年的晚会分各班组织,各班表演。

12月31日的中午,各班就渐入新年Party(派对)的氛围中,就连高三年级今天下午也不上自习。学校也准备了活动,傍晚时分,教学楼大厅将会举办全校新年晚会。

上周开班会,秦宋向班上的学生征集班级新年晚会的节目,杜子奕是个坑人的货,在全班寂静的时候举起了手。好容易有人出现解围,秦宋激动地把杜子奕点了起来:"来!杜子奕,说说你想表演什么节目?"

杜子奕:"老师,张亦然唱歌可好听了!"

杜子奕话音落下,班上就传来了一阵哄笑,有人还在鼓掌。张亦然一脸疑惑地看向杜子奕,又看了一眼讲台上的秦宋老师——没有人报节目,秦宋看上去有点焦虑。

张亦然在心里叹了口气。算了,答应吧,也不是不能上。

这时,周应给他递来一张小字条,上面写了一句话,外加一

第四章　春日匿名信

个眉开眼笑的小表情：你要是唱歌的话，我很期待。

其实他原本还是有点犹豫的，但看到周应的这张小字条后，张亦然立即就下定了决心。唱！必须唱！

班上气氛热烈。秦宋见张亦然脸上没什么抗拒的表情，便开口说："那就张亦然来个节目。我们班的大帅哥，总要表演表演给大家看看，大家说是不是？"

班上传来很大一声"是——"。

就这样，张亦然的名字被写在了黑板上。也许是气氛被调动了起来，到后面，越来越多的同学开始举手报名。

张亦然没去关注班上的盛况，正在给周应写小字条：你想听什么歌呀？要是有我不会的，我就去学。

周应接过字条，看完后回复：只要是你唱的都行。

张亦然看完周应递回来的字条，小声说了句"好"，然后把那张小字条折好放进了自己的校服口袋。

很快就到了举办新年晚会的日子，学校里热闹非凡，玻璃上都贴上了迎新年的装饰。拉上窗帘，遮住照进来的光，就更有新年晚会的样子了。

晚会开始前，李知予作为文娱委员安排了一个活动——匿名新年贺卡，想把贺卡送给谁，就写给谁，不限人数。

但总有那么几张贺卡，即便是不写名字，收到贺卡的人也能通过蛛丝马迹认出来这是谁送给他的。

张亦然的歌是倒数第二个节目，就在秦宋老师节目的前面。周应在他上台前一直在问他要唱什么歌。

"不告诉你，一会儿你就知道了。"无论周应怎么问，最后得到的都是这个答案。

周应灵机一动接话:"想给我惊喜吗?"

张亦然双手抱在身前:"你猜。"

"不猜。"

下一个节目就是张亦然的了,答案即将公布。

随着 PPT 上出现张亦然的名字,班上的掌声和欢呼声又起来了。周应找了个不错的位置,正对着中间的张亦然。

全场安静,屏息敛声,随后,前奏响起。周应在前奏响起的第二秒得到了答案,是周杰伦的《暗号》!这是她近期单曲循环的一首歌,不论是在上学的公交车上,还是在晚自习下课后的散步路上,她都在听。

张亦然的声音随着伴奏的声音飘呀飘,飘到了周应的耳边,还挺好听的。

不知道是自己的错觉还是什么,周应总感觉自己能够撞上张亦然的视线。他唱歌的时候和平日里不太一样,身上没有那种欠欠的感觉。这首歌和他很配,柔柔的曲调,衬得他整个人更温柔了。

他唱歌时像是在讲故事,娓娓道来,让人听得很舒服。

周应悄悄点开了手机的录像,拍下了他发光的瞬间。

最后一句歌词落下,伴奏渐消,班上再一次响起了掌声。张亦然在欢呼声中说了句"谢谢",然后径直走向周应所在的方向。周应察觉到了他的行进路线,朝他眨了眨眼睛。

台上的节目还在继续,全班的欢呼声已经转移到秦宋老师那边去了,没有人注意到他们正在说悄悄话。

"我刚刚唱得好不好?"张亦然厚脸皮地问。

"还行。"

张亦然故意用酸酸的语气说:"你都没在认真听。"

"哪里没有？"周应说着就从口袋里拿出手机，把刚拍的视频和照片放在了张亦然的眼前。

张亦然点了点头："你还录了视频？"

"嗯哼。毕竟你挺帅的呀。"

"什么？"

"不说了，有些话只说一次就好。"

"那你知道我为什么唱这首歌吗？"

周应心里隐隐约约有个答案，她不敢确定，于是摇了摇头说："不知道。"

"笨。"

难不成是因为自己前几天分享了这首歌？

张亦然笑了一下，说："前几天看见了你的分享，我猜这是你近期的心头好。"

周应心里一惊，还真是这个答案！

临近期末，学生们基本上都已经处于备考状态。按照执礼的传统，高二第二个学期开学之后，数学会率先进入一轮复习计划，接着其他科目会陆续展开。学校赶进度的脚步，没有因为即将到来的期末考试而停下。

今年的春节来得比较早，所以，放寒假的时间在1月初。元旦假期期间，执礼附中没有选择补课，给学生们放满了三天。考虑到寒假放假早，元旦假期结束后就要期末考试。

周应刚回到家，发现门没有反锁，推开门，周朗山和陈雪蕴已经回来了。周朗山正在厨房里做饭，陈雪蕴在练瑜伽看电视，电视机里正在播放今晚长宜国金中心和江边跨年烟花的新闻。

周应放下书包，听见陈雪蕴说："晚上吃完饭我和你宋阿姨出去看电影，你和张亦然去不去？"

"你们闺密的二人世界，我就不方便打扰了吧。"周应起身，准备把包放到房间，"到时候我去找张亦然。"

周朗山端着菜从厨房出来，陈雪蕴朝周应屋子里喊："吃饭啦！"

周应边扎头发边走出来，抬头看见周朗山正端着菜站在门口，周应疑惑问："爸，您手酸了？站那儿，我来帮您。"

陈雪蕴连忙说："到亦然他们家去，今晚的饭我们两家一起吃。"

"这么突然？"

"今年他家有点变动，我们过去陪一陪。"

闻言，周应没再多说什么，只在心里默默琢磨，张亦然好像没和她提起过他家最近出了什么事。

周朗山把烧好的几份家常菜带到张亦然家，两家人聚在餐桌前举杯时，锅里的汤已经好了。为了赶电影开场，宋春柠和陈雪蕴随便扒拉了两口就着急忙慌地出门了，周朗山下楼开车送她们。

电视机里正在放着跨年晚会，周应和张亦然坐在沙发上吃水果。

"晚上去看烟花？"张亦然放下手机问道。

周应："好，去哪儿？"

"江边，还是国金？"

周应看向张亦然，说："国金的烟花年年都有，去江边吧。"

张亦然回房间换了件冲锋衣就和周应出门了。

街上比较热闹，江边也是人来人往。微黄的串灯挂满街边，到处跑的小孩手上拿着气球和风车。人声嘈杂，还有小猫小狗在打闹。

"我觉得。"周应停顿了一下,看向张亦然,"你可以考虑让冲锋衣在你身上半永久一下。"

"什么?"张亦然回头看着她,"你是想让我在大夏天热晕过去吗?我这种男高晕倒了,你……"

"就你还男高?"

"怎么不是?我不是高中生吗?"

"你高吗?"

"一米八六,比你高。"

"懒得理你。"周应快步走上前。

"喂!"张亦然跑上去,"你等等我!"

追上周应,张亦然继续说:"我知道,这衣服太帅了是吧?"

"不是。"

"那就是我帅咯?"

"你今晚自恋过头了。"周应压住嘴角的笑,故意捂住了耳朵。

张亦然还围在她身边转圈圈:"那是什么呀?"

"欸,烟花快开始了,那边还有烟花卖!"周应扯开话题,跑向江边的小摊贩。

张亦然跟上去:"看到了,看到了。"

他们来得比较早,江边观赏烟花的最佳位置还在。周应买了一大束"星空棒",两人都没有打火机,还是朝一旁的人借的。张亦然拿到打火机后,点燃了周应手中的烟花。一瞬间,烟花绚烂夺目,光彩耀眼。

烟花表演的开启时间进入倒计时,周应手中的烟花还在燃放,更盛大的烟花就已经开始升空。烟花绽放的这一秒,夜空的静谧被划破,带来新的气息。

"张亦然,"周应喊他,"升空的烟花,从哪个角度看是最好看的？"

他盯着她的眼睛："就是现在。"

手中的烟花燃放结束，升空的烟花也绽放出了最后一束火光。视野暗了下来，空气也变得安静，没有人说话，似乎都沉浸在方才烟花燃放的瞬间。如果有机会，这辈子一定要去看一场烟花大会，静静地和喜欢的人坐在一起，看一场火树银花。

来到明亮的地方，张亦然笑着从包里拿出一个小袋子，递到周应的面前说："新年礼物，送给你的。"

周应惊喜，她没想到张亦然会给她送礼物。她说了句谢谢，没忍住好奇，打开了袋子里装着的盒子。是一条蓝色的围巾，是她最喜欢的颜色。

"喜欢吗？"

她毫不犹豫地回答："喜欢。"十六年来，没有收到过比这更加心动的礼物了，她看向张亦然，"有点冷。"

张亦然立即明白了周应的意思，他接过她手中的盒子，整理好放到一边，又拿过她手里的围巾，小心地帮她围在了脖子上。

周应感觉脸微微有点热，往围巾里缩了缩，看向张亦然的眼睛问："好看吗？"

张亦然点了点头："好看。"

好像没那么冷了。

有时候最不可信的就是天气预报，明明说好的今年冬天会下雪，最后连一片雪花都没有看见，就迎来了电台里面传来的、带着滋滋电流声的一句"天气转晴"。

天气有它自己的想法。好吧，晴天也是很不错的。想要看雪的话，就等明年冬天吧。

第四章　春日匿名信

哦不，应该是今年冬天，已经是 2023 年了。

寒假的时间很短很短，一晃眼就到了开学。开学之后，漂流树洞活动就会进入尾声，大家还有一次寄信的机会，之后就要和信那头的人说再见了。周应想赶在出发去学校报到前写完这最后一封信。

冬天结束，初春来临，广播站的冬日特别栏目也即将结束。播放最后一期的那天是周五，没有按照原定的时间进行，而是把最后一期放在了第一节晚自习下课后的那个十五分钟的长课间。随着一句"再见"的落下，整个节目正式完结。

关掉广播，周应长舒一口气，向后伸了个懒腰："终于结束了。"

一旁的张亦然正在收拾稿子，他看了一眼周应，笑了笑，语气欠欠地说："什么叫'终于'？"

周应收起懒腰，坐直了身子，看向张亦然，一时语塞。

"不想和我搭档主持吗？"

周应在心里喃喃了一句：这是什么逻辑？

"我没说啊。"她玩着操作台旁边的台灯，"你要是这么想，那我也没办法咯。"

张亦然整理完手中的稿子，起身走到操作台对面的柜子前，打开玻璃门，拿出里面的文件盒，把备份的纸质稿放了进去，关门的时候勾起嘴角笑了一下。

周应抬头的瞬间，好像在玻璃门里看见了张亦然的脸。他是在笑吗？

手下一个不留神，给台灯掐灭了。方才广播的时候，按照广播站的省电要求，只开了一盏小台灯。现下，整个房间暗下来，关灯前，张亦然正好回身。恍然间，她想起了寒假和他一起去矢

奔向热爱的夏天

量书店看电影的那天。

那天下了点小雨。周应和张亦然一起撑着同一把透明小雨伞到达书店的时候,店里的人还不算太多,两人选了个靠中间的位子坐了下来。

矢量书店里的观影椅是露营用的折叠椅,坐下去的时候,他们感觉整个人都陷进去了。前一天睡得有点晚,整个片场很安静,灯也不算太亮,周应竟生了困意。入口处工作人员的声音像是催眠的ASMR(autonomous sensory meridian response的缩写,自发性知觉经络反应),周应很快就被困意吞噬了。

她当时做了个梦,梦见自己在夏天,穿着清爽的短袖,和一个人一起走在大街上,梦是粉红色的,有好多好多的泡泡。周应在梦里感到了一阵心跳加速,眼前的场景变成了慢镜头,阳光落下,那人身后全是淡淡的光,不知道从哪儿飘来粉红色的泡泡,越来越多。

"电影快开始了。"

周应忽然听见了张亦然的声音,梦里的这段声音有点过于清晰真实,将粉红色的泡泡也一并带走了。

周应缓缓睁开双眼,眼前一片漆黑,过了几秒,幕布上的光映入眼帘,思绪逐渐清醒。

哦,电影快开始了。

周应眨了眨眼,脸颊麻麻的,鼻尖传来一阵柠檬的清香,周应意识到自己现在正靠在张亦然的肩膀上。她一怔,困意完全消散,一瞬间不知道该如何是好。

她忽然感到了一阵口渴,很想喝水。她在心里默数三二一,打算数完,迅速起身。数到一的时候,眼前忽然出现了开着深色模式的手机备忘录:还不起来吗?

第四章　春日匿名信

　　他怎么知道我醒了？不过，这倒是给了她一个机会，周应顺理成章地坐直了身体，看向了前面的幕布。

　　屏幕上正在放着 PPT，介绍将要放映的影片，周应从口袋里拿出早就调整为深色模式的手机，点开了和张亦然的聊天界面，快速输入一行字：你怎么知道我醒了？

　　她把信息发出去之后双击气泡框放大信息，把手机放在张亦然的面前。张亦然低头扫了一眼信息内容，在自己的手机上输入回复：很难不知道。

　　周应给他发了个小狗的表情，附言：这小狗好像你。

　　张亦然看到发来的信息，勾起嘴角笑了一下，默默保存了小狗表情，然后给周应回了个小兔子蹦跶的表情。发完信息，他把手机收到口袋里，电影介绍正好结束，影片开始。

　　张亦然偷看了一眼身边的周应，心里忽然又泛上了一阵笑意。他知道，自己今天肯定是不能专心看电影了。

　　周应收起回忆的时候，手已经没有继续停在台灯前了。窗外又下起了小雨，长宜的春天少晴多雨，有一个永远都不会缺席的雨季。

　　张亦然没有说话，摸索着坐回自己的位置。他没有去开灯，任凭房间里的漆黑蔓延。

　　雨渐渐大了起来，拍打着窗户发出阵阵声响。张亦然率先打破沉默："外面下雨了。"

　　"嗯。"

　　"我用 Desmos 试了一下那个公式。"

　　"嗯。"

　　"你知道给你写信的人是我吗？"

　　"知道。"

张亦然把那张画着函数图像的纸从口袋里拿出来,放在周应的面前:"也许我早就知道你知道了。"

张亦然说了句绕口的话,但周应听懂了。原来他们一直都是在打明牌,互相知道对方的身份。

"你为什么不揭穿我?"张亦然问。

周应认真地回答说:"因为,我觉得手写信是一份很珍贵的东西。"

张亦然点头笑了笑,没忍住揉了揉她的头发。

"要自习了,我们回教室吧。"周应看着他说。

"我想再待会儿。"

"怎么了?"

"下雨了,我们听一会儿雨吧。"

周应在心里感叹了一句文科生的爱好,然后说了"好"。

广播站的栏目正式结束之后,化学实验的练习也恢复了。每天下午放学,周应和张亦然就要去负一楼的实验室和高老师会合。拍摄日期临近,这几天张亦然一直在熬夜看化学实验。对于他这个文科生来说,这是个不小的挑战。

那天早上还没起床,张亦然就听见客厅里传来了声音。他小心翼翼地打开了房间门查看情况,发现客厅沙发上坐着的人是父亲张远声。

他来做什么?张亦然不解。张亦然匆匆洗漱完走出房间,张远声的一支烟刚好结束。

张亦然走到餐厅里倒水:"什么风把您给吹来了?"

"不是说了早上要喝热水吗?"张远声没正面回答张亦然的问题。

第四章　春日匿名信

一杯冷水下肚，张亦然把玻璃杯放在桌上，无视了张远声的那句话。

"过来坐下。"张远声叫住了准备回房间的张亦然。

张亦然察觉到张远声的语气不太对，只好先停下脚步，转身走向客厅，坐到了旁侧的沙发上。

张远声给他丢过去一堆文件纸："我托小陈帮你打听了一下，好好准备SAT（Scholastic Assessment Test，俗称"美国高考"），现在出国读商科完全没问题，快的话，4月就能走。"

张远声和宋春柠这些年在长宜开了家影视公司，很多爆款剧都是他们家出品的，做得特别好，所以张远声想让张亦然继承自己的事业。

小陈是张远声的助理，张亦然平常都叫他小陈哥。

"我和你妈商量了一下，她也觉得这是个法子。"张远声说，"我们都想好了，等你读完商科回来，就直接进家里的公司，一切都为你准备好了。"

"不感兴趣。"

张远声劝说："我知道你喜欢电影，喜欢写作。但现在有一条更保险更好的路，你为什么不愿意去试一试呢？"

张亦然："您当初和我妈离婚的时候我就表明过态度了，我不想学商科。"

父母去年冬天忽然离婚，这件事在张亦然心里像是一根刺。原本张远声和宋春柠是瞒着他的，后来他自己发现了这个端倪。他没觉得难过，只是忽然发现，自己好像对这些事没有知情权。原先组合在一起的家本就形同虚设，现在看来连温馨的幻想都做不到。

"我这都是为了你好。"张远声说，还没等张亦然说话，张远声的手机就响了,他起身站到窗边,"行,我就来。"

接完电话,张远声就要出门:"过两天我要去国外出差,考SAT出国的事情,你好好考虑,有不懂的地方,你发信息给小陈。这件事没有商量的余地!我这是通知!"

张远声说完就走了,张亦然松了口气。他不知道什么叫作"为了你好",他不解父亲的执着,不明白父亲和母亲分开的原因。宋春柠和张远声离婚后,还是和以前一样不常回来,母子俩上次见面还是在新年的时候。他只知道自己当初决心要回来,很大一部分原因是想念儿时的玩伴。他不想就此和她断掉联系,所以义无反顾地回到这里,回到他曾经熟悉的地方。

长宜的春天多雨,空气里满是湿润的气息,张亦然打着伞出了门。他想趁雨天散散步,洗刷一下自己的思绪。家附近有个小公园,张亦然走着走着就到了那里。公园里种满了樱花树,4月份的时候最好看了。

不过,现在离4月还有段时间,树上还是一片灰蒙蒙的。张亦然沿路一直走,最后停在湖边的木板路上。他看向樱花树林,在心里暗下决心:一定要在樱花落下前,和她一起过来看一看。

一个熟悉的身影突然闯入视线。是周应,她打着一把和他一样的透明雨伞,转身看向这边。张亦然撞上她的视线,他觉得自己很幸运,那是比春天还要温柔的目光。

"周应。"张亦然笑着喊出她的名字,他撑着伞走到她的身边,"你怎么在这儿?"

周应说:"我还想问你呢,你怎么在这儿?好巧啊。"

"随便走走。"

嫌撑两把伞多余,周应索性把自己的伞收了,走到了张亦然的伞下面。张亦然立即把伞往周应那边靠了靠。

"我也是。"周应站在伞下，抬起头看着张亦然说，"附近有家新开的咖啡馆，要不要去看看？"

"好。"

咖啡馆名叫"YOUNG UP 仰望咖啡"，离樱花林不远。没过多久，两人就到了。

张亦然点了杯冰美式，周应点了杯生椰拿铁，两人找了个靠窗的位置坐了下来。咖啡馆的电视机里正在放电影。无心关心正在播放的电影的剧情，此刻，张亦然更在意周应为什么会突然独自一人来散步，她是有什么烦心事吗？想到这儿，他看向坐在对面的周应。

周应正在翻方才从书架上拿的杂志，脸上带着笑，似乎是对杂志里的文章很感兴趣。

服务员端上两杯咖啡："打扰一下，你们的咖啡，请慢用。"

周应从手中的杂志里抬起头，两人说了谢谢。

张亦然不知道该如何开口询问，他现在似乎也需要对她说一句"打扰一下"。从什么时候开始，自己说话变得小心翼翼了起来？

没等他组织好语言，对面的周应先开了口，她放下手中的咖啡杯："怎么突然想到自己一个人来散步？"

"看看樱花开了没。"张亦然没想好要怎么解释。

"怎么不叫上我一起？"周应换了种打趣的语气。

"怕打扰你做题。"张亦然接话，"不是化生联合竞赛快要来了嘛。"

高二刚开学的时候，化学高老师就同周应提前说了化生联合竞赛的事情。后来没多久，学校组织了一批化学生物成绩好的同学开了个会，正式公布了"执礼大学 2023 年化生联合竞赛"的相关事项。会后没考虑超过二十四小时,周应就决定要参加这个竞赛了,还向学校提交了报名表。

这个比赛难度不小,但她想试试。

执礼大学每年的化生联合竞赛,旨在筛选一批对化学和生物这两科感兴趣且成绩较优的学生,获得"A+"等级的学生,可在自己的那届高考中获得执礼大学强基计划加分或综合素质评价招生加分的机会。

就算没有加分机会,周应也想去试一试,不为别的,只为挑战自己,在准备竞赛的过程中刷新自己的能力。

高二上学期是自由准备期,没有集训,没有老师上竞赛课,纯靠自己。所以,除了平日里的上课、作业和月考,周应一直泡在生物和化学里的,默默地准备着。

"哦。"周应又喝了一口咖啡,不再说话。她无心去看杂志上的内容,脑中不停地想着那件想与他说的事。不是不好开口,她只是觉得现在的时机不大对。

"那你呢?"对面的人忽然抛出了一个问题,"怎么忽然想到来这儿散步?"

"散心。"周应想了个理由解释,"最近准备考试,总感觉心里有点乱乱的。"

她说完就在心里默默地叹了口气。其实方才她去了趟张亦然家,在门口听见了张远声对张亦然说的那句话,要不然她也不会陷入犹豫。

后面的谈话她没有再听,听完张远声的那句话之后她就跑开了。跑到外面才发现下雨了,她在路边买了把伞,然后开始漫无目的地走。

周应在听到张远声说"出国"那两个字后,不知道怎么,心

第四章 春日匿名信

情忽然就低落了下来,她好像有点不想让他离开,这是那种被称为"不舍"的情绪在作祟。他要是出国的话,那自己的那件事好像也不那么重要了。

"怎么了?和我说说。"张亦然安慰说,"有什么不开心的就来找我,我来回收你的不开心。"

"也不是什么大事,就是题目做不出来,被难住了。"

"那就不要去想题目的事情了,我们聊点别的。"张亦然总感觉周应心里有事,但他不好多过问,便换了个话题,"话说,你理科这么好,以后想学什么?"

"我嘛……"周应陷入了思考,"想去做点研究,理化生方向的都行。或者学医也很不错。你呢?"

张亦然:"我看的书和电影比较多,想写一些我想写的故事,所以想去试试文学类的专业。以后做作家、编剧都行。"他顿了顿继续说,"文字于我而言,就是热爱与喜欢。"

那他要是出国读商科的话,不就远离了自己所热爱的文字了吗?哦不,也许文字会一直存在于他的生活,去国外读商科或许是一个更好的选择呢?

周应咽下一口咖啡,思考了片刻自己的热爱是什么。她很快就找到了答案:"那对于我来说,热爱就是生物化学。"

张亦然干笑了一下。毕竟文科生有的时候很难理解,理科好的人究竟是怎么学好物化生的。

"这部电影你看过吗?"周应看向电视机。

张亦然点了点头:"这是今年看过的电影里面,目前我最喜欢的一部。"

"我很好奇,你喜欢文字的原因是什么?"周应看向张亦然,下意识朝他凑近了一些。

奔向热爱的夏天

"在国外生活的那段日子，我喜欢上了小说和电影。"张亦然来了兴趣，"你知道吗，我觉得看书于我而言，就是体会另外一种人生的方式，看电影也是。在影像和文字中经历一遍无法经历的事情。"

"写作也是一样的。"张亦然抿了一口咖啡，"书写一篇故事，在创作之前对设定有所创构，去了解一些未曾了解过的东西，然后把它写下来，跟着笔下的人物一起经历一段故事，去构建一个独属于自己的'乌托邦'，这会是段耐人寻味和值得回味的经历。"

"那你有想过写一些东西吗？"周应是故意说出这句话的，她把手上的那本《奔夏》杂志翻到第五十二页，然后平铺在桌上。正好是她和张亦然在广播站一起读的那篇《遇上冰》。她把桌上的杂志给张亦然推了过去，握着咖啡杯笑着说："亦夏是你吧，张亦然同学？"

张亦然不自在地喝了口咖啡，然后偷瞄了她一眼："你……怎么知道的？"张亦然心想，该不会是李知予和杜子奕这两个大漏勺告诉周应的吧？

"我很早就知道了，你的语言风格太明显了。"周应说，"再说了，你别忘了，咱俩的文档账号是共用的，我能看到最近文档的界面。"

这真没想到。

"但是啊，我不是有意去看的。"周应说，"是有一次我在找化学资料的时候不小心看到的。我没点开，只看到了标题。"她说完放下杯子。不过，因为没把握好力气，放杯子的那一下有点重，发出好大的一声响。

这声音让对面的张亦然心里响起警报：完了，气氛不妙。

马甲掉得有些猝不及防，张亦然紧张极了，心脏"扑通扑通"

狂跳，他偷看了一眼对面的周应，她该不会是生气了吧？他试探性地问："你知道我为什么开始写小说吗？"

周应接话："你刚刚不都说了嘛，跟着笔下的人物一起经历一段故事，去构建一个独属于自己的'乌托邦'。"

"哦，对哦。"张亦然松了口气，还好她不知道真正的原因，李知予和杜子奕这俩货还是挺能保守秘密的。

窗外的小雨已经停了，咖啡已经见了底，两人又坐了一会儿后，周应说了句"走吧"。她打算过段日子再同他说原本想找他说的事情，如果他那时出国了，那原本的事情也就没有什么必要说了。

"你听歌吗？"走到咖啡馆外，张亦然递过来了一个耳机，他的这个举动更像是试探，试探她有没有生气。如果她生气了，必然会拒绝他。

"听。"周应接过耳机戴在了耳朵上，"我想听《暗号》。"

"好。"他乖乖地放了那首《暗号》，试探性地问，"你没有生气吧？"

周应一脸莫名。

"就是……我瞒你我笔名的事。"

"哦。"原来是这件事啊，周应转了转眼睛，心里忽然有个小点子，"没生气。每个人都能有自己的小秘密呀。但是，如果你有什么能和我说的事情却瞒着我，我一定会生气啦！"

她在点他，希望他能亲口说出出国的那件事。她又不会拦着他不让他走，毕竟好朋友是不会阻拦朋友走向更好的选择的！

她在等，等到冰块融化，等到咖啡喝完，等到窗外不再继续下雨，只想听他主动开口和她说，可惜没有。小雨已经结束，她依旧没听见他说那件事。到底要什么时候才能告诉我呀？

奔向热爱的夏天

周应想,她应该会一直等。或许等到樱花都开了,他就会来找她告别了。如果是这样,那她要在樱花盛开之前整理好思绪,不让自己在听见他亲口说出那句"我要出国了"的时候不争气地落下眼泪。想着想着,就已经走到了那片樱花林旁。余光看见他忽然停下了脚步,于是周应也停了下来。

"等到4月份,我们一起去看樱花怎么样?"

听到张亦然的这句话,周应抬起头。或许真的要等到樱花开满四月天,才能听见他说离开。

站在未盛开的樱花树下,张亦然看向周应,周应也看向了他。视线交汇,他们探究着对方视线里的信息。对方会期待4月吗?等到春天越来越近的时候,他们会像现在这样,在这片樱花树下坦然地注视对方吗?

不知道从哪儿吹来一阵风,带来春天的声音。两人之间的"暗号"还在继续,他们没有说话,像是在等4月的樱花花瓣被风吹落,缓缓地落到他们的手中。

咬下一口北海道吐司,手中的笔还在继续写着。二十分钟的长课间里,周应用吃东西的方式强迫自己打起精神,写今天的竞赛训练题。

下周开始学校就要进行集体训练了,每天晚上要从九点一直上课到十一点。参加这个比赛的人不算多,大概三十人,上课的地点就在一楼的小教室。周应要赶在下周上课之前,把老师提前布置的试卷写完。

手中的吐司已经全部吃完,眼前的题目也已经解决完毕,周应看了一下时间,还有十分钟才上课。她在心里喊了一句"好耶",脸上露出一丝笑容。还能休息十分钟,真是难得!

第四章 春日匿名信

张亦然和杜子奕从楼下上来,搬了一整箱的奶茶。

"我们班话剧节拿了第一!秦宋老师来请大家喝奶茶了!快来快来!"刚把箱子摆在讲台上,杜子奕就在教室里吆喝着。张亦然在旁边整理着奶茶,来一位同学就递一杯过去。

趁着间隙,张亦然拿出两杯奶茶放到旁边。全班只有三十位同学,奶茶很快就被分完。整理完箱子,张亦然拿着那两杯提前拿出来的奶茶走到教室的最后排座位——方才周应本来想起身去拿奶茶,站在讲台上的张亦然使了个眼神让她坐下好好休息,周应就没动,她明白他的意思——待会儿会帮她把奶茶拿下来。

好耶!这么有服务意识的弟弟,不用白不用。

张亦然先把其中的一杯给周应递了过去,胳膊抬到一半又收回:"一杯'声声乌龙',一杯'人间烟火',你想喝哪一杯?"

"声声乌龙"只能做全冰,"人间烟火"是热的。这几天是周应的生理期,不宜吃冰,但他还是把那杯只能做全冰的"声声乌龙"给拿了过来。比起直接给她那杯热饮,不如让她自己去选。不要替他人做选择,不要干预他人的想法,做好自己应该做的事情就好了。

周应想了想自己的肚子,还是接过了那杯热的,但是心里有些惦记张亦然手里的另一杯。叼着吸管,周应的视线停留在那杯放在课桌上的冷饮上。她试探性地说:"张亦然。"

"嗯?"张亦然歪头看向周应。

"你还有多余的吸管吗?"

张亦然笑了一下,立刻心领神会,从口袋里拿出了一个新的吸管。但这是全冰的,实在是不太适合她这两天喝。于是他接了一句:"我喝过了。"

"就一口。"

奔向热爱的夏天

"你说的啊,多了都不行。"

"嗯。"

张亦然手中的那杯声声乌龙一口未动,他把它递到她面前:"喏,喝多了肚子疼,我可不带你回家。"话是这么说,但如果真发生了这种情况,张亦然依旧会毫不犹豫地帮助她。

"知道知道。"周应吸了一口奶茶,清甜的味道直冲味蕾,她忽然就想起了那天。

他们在公园散步之后没过多久,就去完成了化学实验视频的录制。紧接着到来的就是执礼附中一年一届的话剧节。

周应在导演,也就是文娱委员的盛情邀请下出演了女主角色,而男主的演员导演同学选的则是话剧剧本的编剧张亦然同学,李知予和杜子奕是话剧小组的场务和场记。那天是排练的第一天,从下午开始,周应的肚子就隐隐作痛。一开始她以为是自己这些天睡得太少,导致肠胃不太好,所以也没太在意,到了傍晚的读本会,疼痛感愈发地加深。

一旁的张亦然看出了她的不舒服,便趁着读本会的间隙,小声地问了她一句"怎么了",周应当时回了句"肚子疼"。

见周应疼得嘴唇开始发白,整个人额头冒汗,张亦然脸上满是心疼,他和文娱委员说明了一下,就带着周应出了教室。

为了分散周应的注意力,张亦然在去医务室的路上和周应聊了两句话剧排练的事情。到了医务室,里面没人在看病,可以直接问诊。

"哎哟,小姑娘,这是怎么啦?"校医和张亦然一起把周应扶到了床上,"肚子疼啊?生理期吗?"

周应点了点头:"第一天。"

一旁的张亦然看了眼日期,默默地在日历上添加了一个备注。

第四章 春日匿名信

"这样,你先观察一下,实在不行就去医院。"

周应说了句"好",躺在床上闭上了眼睛,试图通过冥想缓解疼痛。张亦然没应对过这种事,隔几秒就要去看看周应怎么样了。

过了五分钟,周应依旧没有什么缓解。张亦然见状和校医说:"要不我带她去医院吧。"

见周应的样子不太好,校医点了点头,开好请假条:"最近的医院距学校一公里左右,注意安全。请假的事情,我会通知你们班主任秦宋老师。"

张亦然接过假条:"嗯。谢谢老师。"

他走到周应的身边,轻声说:"我们去医院好不好?"

周应睁眼小声说了句"好",正准备起身,没想到张亦然率先背起了她。等周应完全反应过来的时候,张亦然已经背着她走出医务室了。

现在是傍晚时刻,还没到上晚自习的时间,操场上有很多散步或者是打球的学生。虽然知道自己这个状态不适合被人背着,周应还是不禁把自己的脸往张亦然的背上埋了埋。

"很冷吗?"张亦然感觉到周应的动作,故意问了句。

周应不想说话,闷头当鸵鸟。

注意力被分散,肚子的疼痛就缓解了一些,她感觉现在自己的脸很烫很烫。不知道为什么,周应总觉得张亦然身上有股清香,很好闻,这个味道,好像别人都闻不到,只有她能够察觉。

"不冷。"过了好久,周应才丢出了这么一句话。

走出学校,来到吵闹的街上。现在是下班高峰期,特别堵车不说,还不好打车,张亦然打算直接背着周应去医院,他差点没听清周应说的话。

"抱紧我。"过马路的时候,张亦然嘱咐了句,"别掉下去了。"

这次周应给出了回应:"哦。"

天边是粉红色的晚霞,路灯已早早地亮起,照得人影摇摇晃晃。路人的交谈声和汽车喧闹的鸣笛声混杂在一起,很吵,但周应察觉不到周遭的喧嚣,她似乎跌入了一段安静的频率中。

到了医院,张亦然带着她直接去了急诊。人不算太多,进了诊疗室医生就来查看了。

"生理期的痛只是一部分。先去验个血。"血常规的报告出得很快,医生看了看,又问了周应一些其他的问题,"最近是不是吃了什么刺激性的东西?"

周应交代:"中午吃了个包子,喝了杯冰椰汁。"

"包子油不油?"

周应回想:"有点。"

医生:"可能是急性肠胃炎,挂个水吧,观察观察,再回学校。"

"行。"周应和张亦然同时回复。

"先让你男朋友带你去急诊留观区,然后让你男朋友去缴费。"

"他是我弟弟。"

"我是她哥哥。"

诊疗室里同时响起两人的声音。

医生看向两人:"家属带病人去留观区。"

张亦然缴完费回到留观区的时候,周应差点坐在椅子上睡着。护士来扎针,张亦然就在旁边陪着。怕周应冷,张亦然索性脱下了自己的校服外套,给周应盖上了。

"不准嫌弃,怕你冷。"

"不嫌弃。"周应微微仰头闭眼,"小狗刚刚撒谎了。"周应看向张亦然。

"我撒什么谎了?"

第四章 春日匿名信

"你说你是我哥。"

"哦。"张亦然用一种看似漫不经心的语气说,"反正你只比我早出生半天,差不多。"

"但你刚刚没有否认一件事情哦。"周应接话。

"什么事情?"

"没否认你是狗。"

张亦然笑了笑回答:"狡猾的兔子。"

后来小兔子不说话了,小狗也是。但小狗时不时会偷看小兔子。

挂点滴的时候,周应的肚子还隐隐作痛,等头顶的点滴结束,窗外变得一片漆黑的时候,她就感觉比一开始好多了,但很想睡觉。等张亦然领完药回来,周应已经躺在椅子上睡着了。张亦然不忍心把她叫醒,就把刚拿的药塞进了自己的口袋,然后轻轻地背起了周应,和来时一样。

张亦然走得很轻很轻,生怕把周应吵醒了。然而快到家的时候,周应还是醒来了。她不知道自己方才是怎么又回到张亦然的背上的。头顶的路灯灯光太亮,太晃眼睛,周应迷迷糊糊地动了动。

"醒了?"张亦然感受到周应的动作,小声地问。

"谢谢你。"

"怎么突然说谢谢了?"

"感觉今天好麻烦你。"

"说什么呢?"张亦然走慢了些,"不麻烦的。"

"现在几点了。"

"快要上第三节晚自习了。"

周应心里一惊,还有作业和竞赛题没写完!她催促道:"走快点，赶紧回学校。"

"快到家了。"张亦然回答说，"秦宋老师发来了信息，让你好好休息，回家睡觉。"

周应长舒了一口气："张亦然，我好累好累。"这些话，她只想对他说。

"那就停下来休息休息。"

"如果我有一天走不动了，想停下来，你……"

张亦然抢先回答："我会选择停下来，等你一起走。"

"那你为什么会选择这么做？"

"自己一个人走的话，太没意思了。"

直到那时，张亦然都还没亲口告诉周应他要出国的事。周应还在等，时不时地提醒着他。

"真的吗？"

"真的。骗人是小狗。"

"可是你本来就是小狗。"

"那小狗从来都不骗人。"

周应在心里默默数着日期，离樱花绽放的4月还有好久好久。

"放我下来，我能自己走。"周应有点不太好意思了。

张亦然说："快到家了。你再睡会儿呗。"

张亦然知道最近周应的辛苦，日日夜夜刷题背知识点，几乎没怎么休息。每天早上去学校的公交车上都能睡着，他很乐意在这短暂的休息时间成为她的依靠。

周应不再继续说话，但没有松开自己的手。适应了一盏一盏经过的昏黄的路灯，也就觉得不再那么刺眼了。

她回想起了张亦然写的那个剧本。读完本之后，周应觉得自己像是读了一本童话故事。不一样的是，张亦然所写的这个童话，不落俗套，很清新自然。

两人一开始没料到选角会是自己，后来接下这个角色，他们都是带着些许青春期里的小思绪的。在后面的演出中，周应站在舞台的聚光灯下的时候，有那么一瞬间，她感觉自己真的像是闯入了童话世界。但故事其实早就开始了。

第五章

在樱花林中

周应的竞赛训练晚课正式开始了,上课地点在高二(10)班下面一层的教室。每天晚上上完第一节晚自习,就去小教室上晚课,一节化学,一节生物,中间不休息。

第一天上晚课前,周应把书包收拾好,放在桌上,将一会儿上课要用的东西单独准备出来,她想着下了课,到教室拿好书包就能直接回家。

下楼前,她站起身对张亦然说:"放学你先走吧,我要上到十一点,太晚了。"

张亦然抬眼看向周应,放下手中的笔:"没事,等你。正好我想多看一会儿稿子,感觉在学校效率高一点。"

周应点了点头,漫不经心地抬了一下眉毛,小声地说了句"再见",就拿着书走了。

周应走后,杜子奕回头看了看正在修稿的张亦然,朝他竖起大拇指:"要我说,这最后两排简直就是风水宝地!"

前段日子换座位,四个人都不想调整位置,就找到他们班主任秦宋老师申请继续坐在最后两排,担心秦宋不同意,李知予和杜子奕还准备了四个人的成绩单。没想到秦宋很痛快地就答应了下来,但是要求他们跟着大组轮换座位。

秦宋是一位善解人意年轻教师,有自己的一套管理班级的方法,早在开学的时候她就和学生们说了,想要坐哪里,朋友之间想申请同桌，都可以找她说。

张亦然没有抬头："是，我也这么觉得。"

杜子奕说："大哥，你好敷衍人。"

"嗯，大哥的确喜欢敷衍小弟。"

"还在修稿？"杜子奕凑上前去问。

"月底前要交稿。"

"3月底？"杜子奕掰着手指头数了下天数，"那时间很紧了，这都3月中旬了。"

"所以啊，得加快一点速度了。"

"话说，周应是怎么知道你是亦夏的？"杜子奕好奇地问。

李知予正在和一道数学题斗争，听到这个话题，立即转过头，加入正在聊天的两人："对啊，我也很好奇。我和杜子奕的嘴可严了，没漏一点。"

"她自己发现的。"张亦然平静地说。

李知予和杜子奕表面上对此深信不疑，内心却不以为然。

"这家伙，也不知道在暗爽什么。"

"就是啊，嘴角都压不住了。"

上课铃响起，杜子奕说："不打扰你了，兄弟，你慢慢改吧。"

然后两人转回身去。

周应到的时候楼下教室里还没什么人，找座位的时候，听到有人小声地说了句"她就是周应"。由于经常排在物理单科前十，她的名字在年级里也算是耳熟能详。

周应选了个靠窗的座位就坐下写竞赛题，不知不觉，教室里的人多了起来。

"同学，我能坐你旁边吗？"一个男生的声音在耳边响起。周

奔向热爱的夏天

应抬头看了一眼，快到上课点了，只有她的旁边剩下一个空座位，于是点了点头。

"你好，我叫沈泽帆。你叫周应对吧？"老师还没进来，班上有窸窸窣窣的聊天声，沈泽帆趁机和他的新同桌熟悉起来，"早就听闻了你的名字，没想到今天在这里遇见了，真巧。"

周应不知道该回什么，不回又觉得不太礼貌，只好冲他打了个招呼："你好。"

"方便加个联系方式吗？以后我们可以一起讨论竞赛题，交流学习经验，我很想知道怎么才能考到年级前十。我可想找你聊天了，可惜之前去墙上都找不到你的联系方式。"

周应看着眼前做了一半的竞赛题，觉得这个人话好多，有点烦人了，于是拒绝道："不了，没带手机。"

沈泽帆穷追不舍，在试卷上写下一串数字，把那部分撕下来，递给周应："那你加我QQ，这是我的QQ号。"

这个时候，上课铃响起，高老师走了进来，全班瞬间安静。周应心里松了口气。

沈泽帆见周应没反应，便把那张写着自己QQ号的纸放在了周应的桌角："你记得拿走。"

最后一节晚自习下课的铃声响起，整栋教学楼沸腾了起来，除了那间正在备战竞赛的小教室。周应他们还需要多上一个小时。

杜子奕边收拾书包边说："哎呀，之前冬天的时候还能听张亦然和周应的广播，现在都没得听了。"

李知予接话："那时候也不是天天都能听到啊。"

张亦然抬头看向两人："谢谢你们的好评哈，只要李知予站长愿意，杜子奕导播配合，我们就能再来一期。"

138

第五章　在樱花林中

"好呀好呀。"杜子奕说。

李知予："我那天还在想要不要做一个夏日特别栏目，听你这么说，我就有底气了，明天我就写申请报告。"

"什么时候走？"杜子奕故意问张亦然。

李知予说："周应应下课晚，一个人回家不安全，你要不要等等她？"

张亦然点了一下头，说："嗯，我等她一起回家。"

李知予放下心来，和杜子奕一起打打闹闹地出了教室。

教室里渐渐空了下来，只剩下了张亦然一个。他已经写完了今天的作业，整理完了要修改的稿子，实在没有事情可以做了，于是翻开草稿本，在上面写写画画。过了一会儿，他看了眼时间，才过去二十分钟！

为了给自己找点事情做，张亦然又拿出刚刚精修过的稿子，打算再看看还有没有要修改的地方，以便让这篇稿子更加完善。

不久前有编辑联系到他，说想把他的短篇小说出个合集，他按照报价条件算了算，能拿到一笔于他而言还算可观的版权费。

自从知道宋春柠和张远声离婚之后，他就一直在攒钱，他要靠自己攒生活费，这是他从小就在想的，并且一直在践行的人生理念。

但他还没满十八岁，签署合同需要监护人，所以，张亦然在拿到出版方寄过来的合同后，还去了宋春柠的公司一趟。

宋春柠看完合同和他说："你想好了？出版一本书不是一件简单的事情，你需要规划好自己的时间。"她还告诉张亦然，其实他可以不用为生活费发愁，毕竟妈妈还在。

张亦然当时点了点头，说自己已经想得很清楚了。

签完合同后，他叮嘱宋春柠先不要告诉张远声这件事，张远声想让他出国,要是知道他现在的打算,一定会说他不务正业。

带着要在父亲面前扬眉吐气的心态,张亦然沉浸在改稿中。

有风透过窗户缝隙吹了进来,他起身走向窗边,把窗户关紧,然后看了一眼手表。

改稿的时候,时间过得就是比较快,离十一点只有五分钟了。他赶紧收拾好自己的书包,然后背着两个书包起身,把教室的灯关好,飞速下了楼。

张亦然到竞赛训练教室的时候,晚课还没结束,他站在后门那里,透过窗户看到了周应的身影。她没有拿笔,正在看着试卷,应该是在检查。

张亦然认认真真地数了一百八十秒,数完最后一个数,下课铃响起,讲台上的高老师开始组织大家交卷。

张亦然从后门边撤离,走到走廊的尽头,等周应从教室里出来。

她会觉得意外吗?张亦然不知道。他说会等她,但没说会来楼下。怕周应因为没看见他而错过,张亦然时刻关注着人群。幸运的是,周应从教室后门走出来的时候,正好看见了他。

她惊讶地喊了一声他的名字:"你怎么在这儿?"边说边往张亦然这边走。

"等你下课呀。"

"哦——还帮我背了书包。"她伸手准备拿过张亦然肩膀上的书包,却被他躲开了。

"算了,我帮你背吧。多上两节课太辛苦了,你好好休息一下。"

一个声音在身后响起:"周应同学,你忘记拿我的联系方式了。"沈泽帆边说边把那张纸拿了过来。

第五章　在樱花林中

周应眼下只剩下了无语和尴尬，她无措地看向张亦然，后者伸手接过沈泽帆递过来的字条："麻烦你了。"

他们谈话的时候，教室里的学生已经走得差不多了，因为还有题目想请教老师，担心学生都走光后，老师也离开，沈泽帆不得不赶快回教室，见联系方式已经被收下，他对周应说："周同学，明天见。"说完就跑了。

走廊尽头的灯忽然暗了下来，周应松了口气，感激地看向张亦然。今夜月色很好，星星也不少，眼前的人双眼清澈明亮，像温柔的星星，她总觉得自己应该说些什么，好让灯亮起来。

过了有一会儿，周应轻轻开口："怎么不说话？"走廊里的感应灯很灵敏，瞬间被唤醒。

"因为我在想……"张亦然顿了顿，说，"在想回家还有没有车。"

春天的气息渐渐浓厚，温度也在回升。

周应的竞赛班课程安排得很紧，题目不少，考试不少，她好几天都没睡好了。

张亦然交稿的那天，3月正好结束，今年的倒春寒也来到了尾声。

这天晚自习下课，张亦然从办公室问完问题回教室的时候，周应已经到楼下去了。他刚坐下，李知予和杜子奕就回过了头。

李知予说："听说最近周应被沈泽帆这家伙烦得不行，你知不知道这个事？"说完又补充，"不过，据我所知，她没加沈泽帆的好友。"

"没听说啊。"张亦然很淡定地回复，"竞赛班的同学要找周应交朋友的话，很正常吧。"

杜子奕立即接话:"你哪儿知道他到底是怎么想的,万一会干涉周应上课呢。"

李知予点了点头:"对啊,万一他接近周应是别有意图呢?"

张亦然:"好吧……"

张亦然陷入了沉思,杜子奕和李知予方才说的这些,他不是没有想过。但毕竟周应要和谁交朋友,要怎么选择,不是他能够干涉的。

每个人都是个独立的个体,不依附于任何其他的存在,所有的选择都是来源于其自身。

"不过,周应和我说她都没怎么理沈泽帆。"李知予安抚道,"顶多就是交流交流题目。"

张亦然被他们说得好奇心起来了,他现在只想找一套数学题,然后立即冲到楼下去。只是不巧的是,今天要做的那套试卷的压轴题他已经做完了,没什么好问的了。

杜子奕立即转身拿起自己的一张数学试卷,给张亦然递了过去,说:"拿去!这张试卷的压轴题我还没写!"

李知予:"好兄弟!"

张亦然接过杜子奕递过来的那张散发着"大义凛然"气息的数学试卷:"感谢!"

上课铃还没响起,现在依旧是躁动的课间休息时间,张亦然从教室的后门跑出去,直奔楼下周应上课的地方。

其实找周应请教问题只是一个借口,他并不想打扰她,只是不知道为什么,回国重逢后,尤其是在知道父母离婚后,张亦然逐渐无法适应一个人生活的时刻,他像是患上了依赖症一样。

想着想着,张亦然已经走到了竞赛教室所在的那层楼。只是

第五章 在樱花林中

还没走到教室后门,上课铃就响了,张亦然脚步一顿。走廊上的人越来越少,渐渐变得空荡,只剩下张亦然一个人,他紧走几步,来到竞赛教室后门,视线放到教室里的第一秒,他就看见了周应。

为了让自己冷静一点,张亦然在走廊边吹了会儿风,望着灯火通明的教学楼叹了口气。算了,先不回教室了,到操场上走走吧,反正平时学得够多了,偶尔休息一下,应该没什么大问题吧。毕竟现在回教室做题,效率也会很低很低。

张亦然借着若隐若现的月下了楼。

竞赛教室里,周应依旧坐在窗边,不过旁边不是沈泽帆了,而是一位女生,名叫许柠。周应和许柠是在竞赛训练班组建之前认识的,当时两人都在办公室里听丁老师讲题,她们都是去问一道生物遗传学大题的。听完丁老师的讲解之后,两人走出教室还讨论了一会儿,就这样顺理成章地互换了联系方式。

说实话,周应挺感谢许柠从第二天开始坐过来的。第一天上课的时候,许柠来晚了一些,直接在教室后面找了个靠门边的位置坐下了。那时两人都还不知道对方也在竞赛班。许柠也是在第一次竞赛课下课之后,才得知周应在竞赛班这件事的。

周应已经写完了今天的课堂习题,对完了答案,正在看解析。等她看完解析,倒计时还没结束,希沃白板上的数字显示还有二十多分钟。

她看向窗外,放松眼睛,不知为何,看到天空中那若隐若现的月亮的时候,她叹了一口气。压力大吗?肯定是有的。近些天的小测验成绩有点起伏,没有一直排在前面。当然,排名什么的无所谓,周应只是觉得最近做题的时候没有以前那么顺畅了,偶尔会出现卡壳、想到思路但推不下去的情况。

周应回过神,见草稿纸上被她画了一堆乱线。

奔向热爱的夏天

"怎么了？"许柠写完生物题之后见周应状态不大对，立即凑了上来。

"我总感觉最近心里乱糟糟的。"周应看向许柠，实话实说。

许柠拍了拍周应的肩膀："放轻松，你是不是最近写题太多了，有点焦虑？"

"或许。"她没有否认，这些日子，她的确曾在深夜里焦虑过，"许柠，我想出去走走，你说我能不能下楼啊？"

"当然可以啦。"许柠笑了笑，"你就和丁老师说你想去上厕所，然后趁机出去走走。等你觉得轻松一点了再上来也不迟。"

许柠的建议和周应的想法大差不差，听许柠这么一说，她便更加坚定自己心中的选择了。她点了点头，放下笔，趁丁老师走到旁边的时候，小声地说了几句话，然后就从后门出去了。不过她没找借口，老老实实地跟老师说了句"想出去透透气"。

走出教室的时候，周应感到了一种莫名的清新和自在感。即便现在是夜晚，不是阳光照耀的白天，她依旧感觉到了一种前所未有的空旷。这种感觉，不是放学走出教室之后感受到的那种轻松，而是一种独属于上课时间溜出来的、别人都在上课而你在教室外的自在。

不在休息时间却休息着，好像这段休息也变得意义不同了起来。

周应拿出耳机，以最快的速度下了楼，走着走着，就到了操场。来都来了，那就散散步吧。

也许多年以后想起这个有着淡淡的月色的夜晚和忙里偷闲的空暇，会情不自禁地回忆起这晚所听的歌和不经意间经历到的一切。想到这里，周应打算找一首适合回忆的歌曲。她打开最近播放列表，点了播放键，先出现在耳机里的却是英语听力的音频。

第五章　在樱花林中

周应一时有些无语，忙切下一首。终于切换到想听的歌，周应开始沿着操场跑道外侧走。

周应承认自己最近确实压力有点大，竞赛班由原先的三十人变成了二十多人，自发申请退出了五六人，可见强度和难度。但她不太清楚的是，这种感觉是否真的是那种担心害怕的感觉。过去这些年，她从没感受到过这样的情绪。

为什么会有压力呢？周应陷入了思考。是因为考试分数吗？不对。考试做错的题目她都已经清楚明白了。做题做多了？周应细想了一下，有这个可能，最近不是在做题，就是在订正题。从早到晚，全都是题。毫不夸张地说，她几乎是在题海中呼吸的。

周应低着头，做着深呼吸。好累好累啊，甚至还想哭一哭，借着眼泪诉说一些莫名的思绪。

周应抬起头，看向天空。月亮藏在乌云后面，几颗星星在空中一闪一闪的，有风吹过，天上的乌云飘动速度很快。周应想，黑夜不是永久的，太阳会再次升起，漫长的黑夜终会迎来新的天光，即便身处黑夜也没关系，夜空不是一无所有，有风存在就是最好的证明。再熬一熬，再往前走一走，很快就能走过夜晚了。一定是这样的。

想到这儿，周应的心情忽然就好了许多。

一阵风吹来，将她的头发吹得微微凌乱。周应抬手整理被风吹乱的头发，一不小心将戴在右边耳朵上的那只耳机给弄掉了，一瞬间，音乐的旋律消失在耳畔。周应看向掉落在地的耳机，俯身去捡。

一只熟悉的手闯入她的视线，在她伸手的前一秒，捡起了她掉落在地的耳机。像是冥冥之中自有定数一样，他们默契地出现在了同一个地方。风又吹了起来，环绕在他们周遭。就像曾经一

奔向热爱的夏天

起看过同一场雪,见过同一个月亮一样,如今他们也经历了同一阵风。

她轻轻叫了一遍他的名字,张亦然听到了一声抽泣。这是他第一次见到这样的周应,不说话,只是在掉着泪滴。

"怎么啦?遇到什么事情了?和我说说,要是谁欺负你了,我就帮你欺负回去。"他轻拍着她安慰道,"要是累了,就停下来休息一下。而且,你已经很厉害了。"

周应不善于将一些情绪表露出来,总是把它们憋在心里,即便是压力满身,累得喘不过气,她也从始至终都是默默地,什么都不说。她习惯于把自己最积极乐观的一面展现在别人的面前,替别人解决心里的烦恼。所以她很难找到自己落泪的原因。

"你能陪我走走吗?"周应收了收即将落下的泪水,"有时间的话。"

张亦然眼睛亮亮的,笑着点了点头,说:"好。"

操场上没什么人,灯也没有开,很暗很暗,两人走了两圈,便停了下来,然后坐在了操场跑道旁的看台上。

"吃糖吗?"张亦然从口袋里拿出两颗棒棒糖,放到了周应的面前。

周应点了点头:"吃!"

张亦然帮她把糖剥开,给她递了过去。接过糖的时候,周应才留意到张亦然今天穿的是学校的冲锋衣校服。这件衣服在他身上还挺好看的。周应在接过棒棒糖之后就移开了自己的视线,两人就这样坐在看台上,看着风吹得不远处的树枝一摇一晃。

柠檬味的棒棒糖在口腔中融化,周应忽然想起了前天晚上。

那天是周六,晚上不需要上竞赛训练课,周朗山谈完项目回来。一家人好不容易能够好好聚一聚,陈雪蕴便预订好了一家火锅店。

周应寻找着下锅已久的虾滑,在火锅的咕噜声中,听见了坐在对面的周朗山和陈雪蕴的谈话。

周朗山:"老张他们还没回长宜?"

陈雪蕴给周应夹了些牛肉:"没,在国外谈项目,春柠和我说他前几天刚走。"

周朗山吃了口炒饭:"哦,那就是亦然一个人在这边?"

听到熟悉的名字,周应瞬间警醒,但考虑到是大人间的话题,克制住了想要抬头的动作,继续低头吃陈雪蕴刚夹过来的牛肉。

陈雪蕴:"是咯,亦然一个人在这边。"

周朗山放下了碗:"应应啊,平常没事就把亦然喊来家里吃吃饭,多跟他一起,听到没有?他一个人在这边,我们能多帮帮就多帮帮。"

周应很自然地抬起头:"嗯!"

"竞赛课怎么样?还适应吗?"陈雪蕴关心了一句。

"还行。"聊到竞赛,周应在心里默默叹了口气。

"你听老张说了没?春柠说老张想把亦然送到国外去读商科。"

"听说了,不知道老张什么时候又有这个想法了。"

"对啊。"陈雪蕴喝了一口酸梅汤,"当初两人离婚,最大的问题就是意见不合,理念不同。我听春柠说,他俩当时为这件事争论了好久。老张想送亦然出去学商科,回来直接进家里的公司,到影视行业做事。老宋呢,就想听亦然的意思,让他自己选择。现在看来,老张态度挺坚决的。"

"嗯。似乎已经在办出国手续了,流程什么的很快了……"

陈雪蕴和周朗山两人说话的声音不大,三人坐得不近,火锅咕噜声又响。周应放慢了吃东西的速度,尽力听清楚陈雪蕴讲的每一个字。

直到这时,张亦然都还没同周应说有关出国的任何消息。

"应应啊,"陈雪蕴说,"过两天就要搬到学校旁边去住了,这事你和亦然说了没?"

周应摇了摇头:"还没。我会找个时间和他说的。"

她即将搬家这件事,便是她不小心听见张远声和张亦然谈话的那天,她找他想说的事情。周应在心里盘算着日期,慢慢思考着。

身边的树被风吹得发出了沙沙的声音,将周应的思绪从那天拉回。耳机里的歌已经放完了一整遍,她拿过张亦然的手机,给这首歌点了单曲循环。

接过手机之后,张亦然开了口:"怎么突然想只听这首歌了?"

"没有为什么。"周应看向张亦然,"只是觉得这首歌很适合现在。"

《好久不见》,不如不见,多合适啊。周应在心里叹了口气。

这些天,她开始慢慢接受张亦然要出国的事实,只是她有些许伤感,不想经历这次的分别。小时候张亦然离开的时候,是春天里落下大雨的某天,她大概永远不会忘记那天,忘记那时的心情。

不知道这次还会不会下一场暴雨,不知道今年的春天会有几天晴。

如果会再次别离,那相逢的意义又是什么呢?当分别再次来临,当和对方说再见,她难免会觉得前几个月的一切,都是梦境。不如不见。

周应忽然转头看向张亦然,说:"你要出国了,对吧?"

第五章 在樱花林中

听到这话,张亦然忽然抬起头看向了周应。那一瞬间,周应读不出他脸上的思绪,她站起身来,打算离开。只是她还没迈出一步,衣袖就被张亦然给牵住了:"还记得这首歌吗?"

周应转过身站在他的面前:"嗯。"

这是那晚他在书店里唱的歌,他们说了一句"好久不见"。

"那你还记得我当时说了什么吗?"

周应怎么会不记得?听完张亦然的话,她心里立即浮现出那晚他拿着吉他的样子,也重新想起了他说的话。他说以后都不走了。

这是一句承诺,一句他们彼此间都记得的承诺。但是,不能因为一句随口的,听上去有点漫不经心的承诺就把人困在原地。如果有更好的方向,更好的选择与条件,那自然是不宜错过的。

纵有千言万语的不舍,周应还是说:"你走吧。"

话音落下,两人之间陷入安静,耳边又只剩下了风声,周应在空空的操场上听到他心跳的声音,如此确切。

他凝视着她的眼睛说:"我不走了。"声音不大,但足够听清。

周应在心里过了遍这四个字,然后不可置信地看向他。

为了打消周应的疑惑,张亦然点了点头,补充道:"其实这几天我本来想找机会和你说的。"

昨天晚上,张亦然下了晚自习回到家,就见到了谈项目回来的张远声正坐在沙发上。还没等张亦然放下书包,张远声就对他说:"机构那边的课程下周就开始了,记得去上。"

张亦然背着书包,站在客厅:"我和您说了,我不想去国外读商科。我给您发了很多条信息,您后来都没有回我。"

那些关于张亦然心里想法的信息,张远声选择了漠视和不在意,权当作没看见,他希望张亦然能够按照他规定好的路线走

奔向热爱的夏天

下去。

"我再问你最后一次……"张远声站了起来。

"我是不会去的。"

客厅里只开了一盏特别小的灯，四周很暗，他们看不清对方的神色。

"行，可以。"张远声说完，"砰"的一声关上门就走了，只留下张亦然一个人站在原地。

今天早上，张亦然收到了一条信息——张远声把他的卡停了。

看到这条信息的张亦然并不惊讶，甚至没有很激动的情绪。这在他的意料之内，昨晚张远声离开之后，他就想到了会是这样的结果。不过这并不能威胁到他，回到长宜之后，他就没怎么花过张远声的钱，一直以来，他都是花自己通过写稿赚来的积蓄过活的。

幸亏早有准备，不然自己就会处于被动的局面。昨晚的谈话，让他更加坚定了自己心里的理念和想法。

下午快放学的时候，张远声的助理小陈发来信息，问他去不去上机构的课，去的话就来学校接他。他再一次拒绝。他明白，这是张远声虚情假意给的所谓的最后一次"机会"。

"真的？"周应还是不大相信，"你没骗我？"

张亦然解释："嗯。我本来想等这件事完完全全落定了之后再和你说。你最近挺忙的，我也不好去打扰你。"他停顿了一会儿，"我不是故意瞒着你不告诉你的。"

周应在那一刻明白了，面对热爱和另一条看似没有风雨的路，张亦然选择的是热爱。即便另一条路看上去完美、光明灿烂，但热爱终究是热爱，喜欢终究是喜欢，它永远是他的第一选择。

第五章 在樱花林中

做出这个决定没有其他的原因。因为"热爱"本身就是最优解。

"哦。"周应说,"我选择相信你。"

张亦然笑了:"真的?"

"嗯!"

"为什么相信我?"

"因为……你给我吃棒棒糖了。"周应随便扯了句话来回答。

张亦然又笑了:"兔子。"

周应不甘示弱:"那你就是小狗。"

张亦然撕开一根新的棒棒糖,在她话音落下之后,放到了周应面前。周应在心里猜测张亦然还有一根棒棒糖,于是,接过张亦然递过来的棒棒糖之后,她就把它举到了他的面前,塞进了他嘴里。

张亦然含着棒棒糖笑了一下,从自己的校服口袋中拿出了最后一根棒棒糖,再次撕开包装纸,递到了她的面前。

周应接过棒棒糖:"我猜对了。"

张亦然笑:"猜对什么了?"

"我猜你还有一根棒棒糖。"

听见好消息,心情也跟着好了不少。现在这个时候,她都不好意思说自己要搬家这件事了,不能破坏气氛不是?周应想,干脆明天再和他说吧,反正搬家是在这个周末,还有几天。

"我们回教室……"

周应的话还没说完,就感觉几滴雨水滴落下来,两人一起抬头看向夜空。不等他们反应过来,雨就已经大片大片地落了下来。

"躲雨啊!"张亦然脱下自己的校服外套举在两人的头顶。

他们一起跑向一旁看台的屋檐下。没过一分钟,雨就彻底变大了。他们在雨声中相视而笑，柠檬味棒棒糖的清香绵长，这或许是十六七岁雨季里最独特的时光。

周五下午放学前，学校召开了一次短暂的年级会，广播里传来发布通知的声音："喂喂！下周安排高二年级去梅子湖露营，请大家做好准备！"

消息一出，全年级沸腾，整个走廊里回荡起了欢呼声和呐喊声。

离竞赛还有一个多月的时间，校领导决定竞赛班的训练停五天，让大家好好休息一下。执礼附中向来以学生为本，重视学生的全方面发展，该学习的时候就学习，该玩，那就尽情地去玩。

步入4月中旬，天气还算不错，温度适宜，天气晴朗，最适合去郊游露营。执礼附中正是抓住了这一点，直接在春游里安排了这个活动。露营的地点还在长宜的区域范围内，是一个专门负责露营活动的地方，执礼附中直接包了场。

每次春秋游，最让大家喜欢的就是待在去目的地的车上的那段时间。不管车程有多长，总能够保持一股新鲜劲。

周应和李知予带着张亦然和杜子奕一起找了位置坐下，周应和张亦然都坐在窗边，张亦然在周应后面一排。杜子奕坐在张亦然旁边，李知予坐在周应的旁边。

高二（10）班的人不多，秦宋老师上车查完到之后，很快就发车了。几人开始分发零食，不只是在他们几个之间交换，还有周围的同学一起，大家换着吃，聊聊天，很是自在。

周应看着窗边闪过的景色，眼前忽然出现了一块柠果干——是张亦然从后面递过来的。周应眼睛一亮，回头看了一眼，对张亦然说了一句谢谢，接过柠果干吃了起来，眼睛继续看着窗外。

第五章　在樱花林中

写竞赛题这么久，终于可以好好休息了！想到这儿，周应原先微微锁着的眉头舒展了一点。

她看向身旁的李知予，李知予这会儿还在做"外交大使"，回头找别人换零食呢。杜子奕是她的"使臣"，正在和她一起与别人换零食。那两人压根儿没空理她和张亦然。

杧果干吃完的时候，车停在了一个十字路口等红绿灯。周应从包里抽出小本子，准备随便写点什么。

刚把小本子拿出来，窗户与椅子的夹缝中忽然递过来一只耳机，张亦然的声音从她头顶传来："听歌吗？"

"哎哎哎，那位站起来的同学坐下！"司机通过后视镜看见了张亦然。

张亦然立即坐下，趴到了夹缝中间。周应接过他的耳机，对着他伸过来的手回复："听，你随便放吧。"

耳机"叮咚——"一声，连接成功，下一秒，音乐声传来，是孙燕姿的《雨天》。怎么偏偏是这首？周应刚才正好在自己的本子上写下了一句"大雨落下的瞬间"。好巧哦，就像那晚在操场上忽然遇见他一样。

偶遇那晚的后来，两人一直在屋檐下等那场春雨停止。他们在心里祈祷，雨快点停，或者变小一点都可以。然而祈祷没发生作用，雨越下越大，甚至还飘了些许雨滴进他们躲雨的地方，往两人的衣服上拍打。张亦然用自己的外套努力帮两人挡雨，但根本挡不住。

两人有些狼狈地看向外面，又看看对方，没有说话。

周应觉得现在听到的这首歌和自己脑海中的画面简直不要太契合。

车子进入隧道，整个车内都变得昏暗了。周应趁着这个机会

奔向热爱的夏天

悄悄回头看向夹缝那里,透过玻璃的反光,她看见张亦然睡着了。他戴着口罩,双手交叉环抱在胸前,看上去像一只打瞌睡的小狗。周应狡黠地笑笑,悄悄给他拍了张照,然后转回过身。

"看什么呢?"刚坐回来,李知予就凑了上来,一脸八卦地看着周应。

周应慌了一下,像是干坏事被发现了一般,但是李知予是她的朋友,会为她保密的,于是她警惕地看了一眼周围,"嘘——"了一声,给李知予看了一眼拍下的照片。

李知予回想了一下自己方才的音量,还好不大,只能够让她俩听见,她做了个把嘴部拉链拉上的动作。趁着间隙,李知予回头看向后面的杜子奕。杜子奕也睡了,车里的同学已经睡了一大片,闹腾的劲过去了。李知予被闭着眼的杜子奕的哈欠传染,也生了困意。

她打了个哈欠,靠在好姐妹周应的肩膀上,牵着周应的手:"困了,睡一会儿。"

周应继续听着歌看向车窗外,脑海中一直回荡着耳机里的一句歌:"大雨落下的瞬间……"

一个小时后,车子到达目的地梅子湖,这是一个自然空气特别好的地方。一下车,学生们就能看见一大片草地,抬头就是蓝天和白云,周围的树木正在迎风挥手,像是在欢迎着他们的到来一样。

大家集合后,开始领帐篷和其他物资,领取完毕就到了中午。午饭安排是学生们自己做饭,可以是烧烤,也可以是家常菜。

领到木炭与火柴盒的张亦然和杜子奕正在小灶台前生着火,李知予和周应端着菜走了过来。看到李知予,杜子奕便把生火的

第五章 在樱花林中

重任交给了张亦然,走到桌子前帮李知予择菜去了。

周应择完菜,走到正在卖力生火的张亦然身边蹲下,看了看他,说:"张亦然,你要不要看看自己的脸呀。"

火苗渐起,张亦然拍了拍手上的灰:"好了,大功告成。"说完转头看向周应,问她自己的脸怎么了。

周应忍不住笑了起来:"张亦然,你今天不是爹毛小狗了。"

"那是什么?"

"是只猫"

"幼稚鬼。"

"不信?"周应把手机拿出来,打开了相机,将手机靠近张亦然,示意他自己看。

没想到这人居然在镜头前整理起了头发,然后欠欠地问了句:"帅不帅?"

周应冲他翻了个白眼,然后凑到镜头前,和张亦然一同出现在了取景框中。之前没见过炭火版的小狗,现在的新皮肤看着还行。

张亦然偷看了她一眼,然后对着镜头伸出手比了个"耶"。"咔嚓",时间定格在那一秒,留下了一段永不消逝的影像。

趁着周应看照片,没注意到自己,张亦然把手伸到周应面前,用手点了一下。这下,周应也变成炭火版了。

周应大声喊他的名字:"张亦然!"

张亦然:"现在你也是小猫了。"

"我真的……"后半句话没说出口,周应刚举起自己的手,准备给他重重一击,张亦然就抓住了她准备拍下来的手。

他站起身来,叫周应跟着自己离开小灶台:"走啦,洗手去,顺便再拿点东西!"

奔向热爱的夏天

一旁的李知予朝两人喊:"想喝饮料!"

杜子奕接话:"我也是!"

两人同时对李知予和杜子奕比了个"OK"的手势。

下午的活动是爬山,搭完帐篷,爬山活动也就开始了。这座山不太高,就是个小土坡,没过一会儿众人就登了顶。站在山顶往下看,能看见整个梅子湖。春和景明,人身处这样的环境心旷神怡。山顶的平台上都是附中的学生,大家在拿着相机和拍立得邀请好友和老师们拍着照。

小分队的几人正在平台边抬头看着天空,浅蓝色的天空让人感觉到心里平静。

李知予指了指天空:"听说这里最好的景色就是日落时分。"

周应回答说:"好在今天是一个晴天。"

张亦然接话:"春天里的自然而然的晴天。"

杜子奕学着李知予的动作也指了指天空:"那我们就等待日落的来临!"

周应问:"现在几点了?"

张亦然看了一眼手表:"五点二十分。"

离日落还有一会儿,还能够继续聊聊天。他们打算一会儿在日落时分乘坐缆车下去,坐在缆车里看日落,或许会有不一样的感觉。

"我弟弟要回来了。"李知予凑在周应的耳边说,"这两天听我爸妈说,他回来读书,转到省队了。"

"就是你那个练羽毛球的弟弟?"周应略有印象,她听李知予说过那个名叫李知洵的弟弟。

李知予点了点头:"我感觉我们家又要鸡飞狗跳了。"

周应笑了笑:"弟弟挺好的。张亦然就是个好例子。"

李知予一语戳破:"但凡是有血缘关系的,见面就要掐!我弟小时候总喜欢和我开玩笑,都快烦死他了!这几年,我爸妈把他放到外地训练,我倒是清静了不少。"

周应继续笑:"好好好。"

"再说了,"李知予看向周应,"张亦然那是一般的弟弟吗?"

听到这句话,周应低下了头,张亦然确实不是一般的弟弟。

正准备去寻找张亦然的身影,眼前却忽然出现了一只手,手心放着一根柠檬味的棒棒糖。周应顺着手的方向看了过去,是她方才在找的人。她打开棒棒糖的包装,将甜甜的糖含在嘴里。

周应没再和李知予聊关于弟弟的话题,她将一只耳机给张亦然递了过去。他接过耳机,几人在歌声中继续看向太阳将会落山的方向。

离这一年的高考就剩下不到两个月的时间了,他们也将在不久后成为新高三学生。时间从来不会等待与停留,一直在往前走。

李知予看着眼前的天空问:"你们有想过以后要做什么吗?"

杜子奕立即接话:"我虽然暂时还不清楚自己以后要做什么,但已经想好了以后要考的大学啦!"

李知予试探:"是哪儿?"

"有机会的话,我想去沪城的大学!你们呢?"杜子奕说完看向张亦然和周应。

"我的话……我很喜欢长宜,会考虑长宜的学校。"周应看向张亦然,示意他接话。

张亦然笑了笑,毫不犹豫地说:"一样。"

"我也很喜欢沪城!那我们就在接下来的一年里一起加油,高考完就去到我们最想去的地方！"李知予指了指远处浅粉色的天空，"现在日落了，我们去坐缆车吧！"

四人往缆车那边走，排了一会儿队就到他们了。方才站在队伍中的时候，张亦然对着周应试探了句："如果说我不想把耳机还给你，怎么办？"

周应笑了笑接话："那我们就一起坐缆车咯。你跑不掉啦，李知予想和杜子奕一起，你就只能和我一起啦！"

张亦然笑着回答说："正合我意。"

坐在缆车上的时候，日落即将接近尾声。窗外的天空，渐变的粉色慢慢消失，一种独属于这几十分钟的蓝调时刻正在出现。周应望着车窗外面，感觉世界都陷入了平静。

到达梅子湖的第二天是4月15日，周应和张亦然的生日。早上一睁眼，两人就给对方互发了一句"生日快乐"。杜子奕和李知予吃早饭的时候也没闲着，在小帐篷前拉了个横幅，给他俩唱了个生日歌。

"谢谢荔枝，呜呜呜！"周应一把抱住了李知予，"我好喜欢你送我的拍立得，呜呜呜！"

"小事小事。"李知予说，"本来我和杜子奕还想假装不知道，晚上再给你惊喜来着，我昨晚才知道张亦然的生日和你在同一天！"

杜子奕给张亦然送了一本散文集，送完他看向李知予："对啊对啊，我也是昨晚才知道。"

李知予和杜子奕发来感叹："你们这也太巧了！"

周应和张亦然："是啊是啊。"

两人的妈妈的预产期本来不在同一天，但是在陈雪蕴分娩那

第五章　在樱花林中

天，不知道为什么，原本只是在医院陪产的宋春柠居然也有了反应。陈雪蕴生完周应之后，宋春柠紧接着就被推进去了……后来，每年的 4 月 15 日，两家人就会聚在一起给孩子庆祝生日。一直到张亦然家出国，两人都是一起过生日的。

"这么说来，这是你们俩近几年第一次一起过生日！"李知予说。

"哇！"杜子奕在一旁烘托气氛。

张亦然和周应坐在野餐垫上，不知道为什么还有点不好意思。小时候不觉得有什么，长大了之后反而觉得，生日在同一天这么巧的事情，似乎确实蛮稀少的。

"生日快乐！"李知予和杜子奕齐声说了一句。

李知予接话："虽然没有蜡烛，虽然还是白天，但是你们许个愿吧，对着天空！这么美的天空，会让你们的愿望实现的！"

樱花在今天早上悄悄地绽开了，他们背后现在是一片粉色，春风经过的时候，还会有粉色的花瓣掉落。周应和张亦然闭上眼，做出许愿的动作。杜子奕和李知予不说话，他们悄悄起身，轻手轻脚地走到了一边，把此刻的时间留给了他们。

他们走到远处之后，也没有停下来，而是继续往湖边走去。

停在湖边，看着湖面的涟漪，李知予忍不住问杜子奕："你以后真的打算去沪城？"

"嗯。"杜子奕说，"我想学金融，沪城有最适合我的学校。"

李知予点了点头，慢慢地"哦"了一句。

"你昨天说，你也想去沪城……"

"嗯！"李知予说，"从踏入高中那时起我就想好了，我想去 FD 大学。我觉得很巧，你也想去那儿！"

杜子奕说："那我们一起去沪城！"

奔向热爱的夏天

周围陷入安静，连春风的声音都消失了。从湖边一直到樱花树对面的草地旁，春日的私语在悄然发散，好像脱离了这个世界的频率。

樱花树对面的草地上，张亦然在心里许下愿望后，偷偷眯眼看了一眼身边的周应，他的余光发现了身后的樱花。

他没忘记前不久说出的关于樱花落下前的约定，这或许是个合适的时机。

感觉周应即将眯眼，张亦然立即收回了视线，闭上双眼，假装若无其事的样子，继续许愿。心里默数三声，幻想身后樱花树上的樱花花瓣已经落下了一片，张亦然睁开了双眼。他下意识回头看向身边的周应，却发现她正在看向他。

这天晚上有篝火晚会。在高二（10）班全班同学的推荐下，张亦然报了个节目。节目是唱歌，但具体是哪一首歌，张亦然还没有说，就连周应都不知道。

下午的时候，周应和李知予打算去散散步，拍一点春天的影子。因为杜子奕一会儿要负责晚会的摄影，张亦然一会儿的表演需要彩排，两人便直接去了后台开会。四人散开行动。

走在小路上，周应没忍住打了个哈欠。

"最近张亦然发了篇新的文章，你看了没？"李知予看着周围的春色，忍不住想到了《奔夏》杂志上的那篇文章。

"嗯。标题我还记得，《樱花落下的四月》。"周应说着打开随身携带的小本子，翻开了书签标记的那一页，把它放到了李知予的面前。

"你还剪下来了？"李知予接过周应的小本子，发出了一句感叹。

第五章　在樱花林中

"那期杂志我买了很多本，选了一本，把他的这篇文章给剪贴了下来。"

"看得出来，你很喜欢这篇文章。"李知予把本子给周应递了回去。

周应将本子收回口袋，凑到李知予的耳边说："因为他答应我要在今年一起去看樱花。"

"看樱花啊……"李知予说，"话说回来，你猜到他写文章的原因了吗？"

周应停顿了一下，长长地"嗯——"了一声，说："应该是喜欢吧。"

李知予拍了拍周应的肩膀："我听杜子奕说，他爸把他的卡给停了，断了他的生活费。"

"啊？"周应慢下了脚步，"他没和我说过！"

李知予陷入迟疑，忽然有种把什么不该说的事情说漏嘴的感觉，她抿了抿嘴。经过了一番思想斗争，她还是决定把这个事情跟周应全盘托出。五分钟后，周应知道了张亦然卡被停的原因——拒绝出国。她也知道了张亦然一直在写稿子，就是为了赚稿费，好够自己的生活开销。

李知予继续补充："其实他一开始不是因为这个才写作的，他说他要准备一个礼物，需要一定的积蓄。不过这也是我后来听杜子奕说的。"李知予说到这儿就不再继续了，她把自己知道的都和周应说了。

礼物？周应的思绪回到去年夏天，不会是……周应忽然深呼吸了一口气，记忆停在他们一起去海洋馆的那天。她心一沉，感觉心脏漏跳了一拍，久久不能将自己从思绪的旋涡中抽离出来。

李知予接完杜子奕突然打来的电话后，周应还沉浸在自己的思绪中。

"杜子奕说让我们去后台，走不走？"

周应反应了过来，看向李知予，"嗯"了一声。

去后台的话……意味着她就要见到张亦然。

"是要去帮忙吗？"周应问。

李知予摇了摇头："估计是叫我们去玩的。"

"荔枝，要不你先去，我一会儿来找你。"

"怎么啦，应应？"

"我想一个人走走。"周应说，"最近准备化生竞赛，我头晕死了。"

李知予明白周应心里在想什么，她也认同"有的时候人需要独处一下"的观点，所以她没再继续叫周应和她一起去后台："那好，你先慢慢走，我到时候发信息给你，你来找我们就好了！"

"嗯！"

和李知予说完再见，周应就停在了湖边，手搭在栏杆上，低着头看下面泛着涟漪的湖水。周应不清楚自己的心为何会在一瞬间里变得混乱。他写稿子赚钱是因为海洋馆之约吗？周应在心里发问。如果是这样的话，那还有点怪不好意思的……

她不打算同他说这件事，毕竟他也没有想要告诉她。从朋友那儿得知了此事，干脆就把这件事放在心里就好了，免得说出来尴尬。

春风悄悄地吹过身边，在一个周应自己都没有注意到的时刻。受到心意的驱使，周应回头朝湖边的樱花树林看了过去。想到某个约定，周应不禁想，到樱花盛开的时候了，你会在什么时候出现呢？

第五章 在樱花林中

周应低头看着自己的鞋尖,心里叹了一声,算了,总不能想见谁就见到谁,还是回到长宜市区再说吧。

整理好所有思绪,周应打算回去找李知予他们。可一旁的樱花开得太好,这么好的樱花,不看看可惜了。于是周应走上了一旁的台阶,进入了樱花林,眼睛顿时被粉色填满,偶尔会有樱花花瓣被风吹落,但总是落不到自己的手中。周应把手放在口袋里,独自一人慢慢地走着。旁边有三三两两的同学在拍照,但丝毫影响不到她。

周应在一棵最大的樱花树下停下脚步,抬头望向头顶的粉色。光线,风向,角度,一切都刚刚好,很适合拍照。她没有犹豫,把手机从口袋里拿出来,准备用影像留下此刻。她将手机从口袋里拿出来的时候,不留神把那个小本子给带了出来,掉落在了铺满樱花花瓣的地上。

等她拍完照,将手机放进口袋,才发觉自己的小本子没有待在口袋里,她低头去找。还好,本子只是掉在地上,没有丢。一阵风吹过,本子居然被风翻到了摘录了张亦然文章的那一页,几片樱花花瓣很巧地落进去,给这一页增添了些许点缀,纸张的一角还被风吹起,这是很美好的一幕。周应唇角上扬,忍不住用手机拍下了此刻正躺在花瓣中的小本子。

将手机放回口袋,周应弯腰去捡那个本子,她的手还未触碰到那本子上的樱花,一只熟悉的手出现在了她的眼前。

两人站起身,张亦然把本子给周应递了回去:"找到你了。"

樱花再次落下,落在了两人的中间。

周应把本子收回口袋,看向了站在自己面前的张亦然:"你在找我?"

张亦然点了点头:"我没看见你回来,就猜你可能是到樱花林这里来了。他笑了一下,"没想到我猜对了。"

"你怎么知道我一定会在这里?"

"因为……我还记得我们的约定。"那个关于樱花树的约定。

周应笑了一下:"我也记得。"

"其实我今天……本来是要邀请你一起来看樱花的,就在刚刚,如果你出现的话。"张亦然停顿了一下继续说,"但好在,我们在这里遇见了。"

"所以我在庆幸,你会知道我在哪儿。"

张亦然点点头:"好在我猜对了。"

"那你要是没猜对呢,没有在这里遇见我,你会怎么办?"

"我会打电话给你,问你在哪儿,然后我去找你,再带着你来到这里。"张亦然说完伸出了自己的手,放在两人的中间,"听说,在樱花落在手中的瞬间许愿,愿望就会实现。"

周应也伸出了自己的手,准备去接樱花。

就在那一刻,两人的手中分别落下了一片樱花花瓣。

"你先说,你的愿望是什么?"张亦然说。

"愿望说出来还会实现吗?"周应问。

"当然。"

"好。我想想。"周应说完就陷入了沉默。他们都在思考许一个什么样的愿望。

过了几秒,周应问:"一定得是愿望吗?"

"也不一定,期许、邀请都可以。"

"张亦然!"周应忽然喊了一遍他的名字,"我们一起考同一所大学好不好?"

张亦然笑了一下:"好。你的愿望也是我的愿望。"

他们将方才落入手中的樱花放进口袋,看着对方的眼睛笑了。

第五章 在樱花林中

夜幕降临之后，晚会也就正式开始了。周应和李知予被杜子奕叫过去协助摄影，因此可以全场跑。轮到周应负责摄影的时候，正好是张亦然的节目。前奏响起，是一首律动感很强的歌，场下顿时传来了一阵欢呼。

"哇！"

"听说张亦然唱歌超好听的！"

"对，我之前刷到过他唱《暗号》的视频！"

"十班学文科的一位超厉害的男生！"

"人还超帅好不好？！"

"十班一个张亦然，一个周应，简直了，都是校草校花级别的！"

"你还别说，他俩之前在话剧节上演的那个话剧还挺好的。"

"超级养眼！"

站在一旁的周应没太听清楚那几位同学在说些什么，但是听到了张亦然的名字——他好受欢迎哦。想到这儿，周应又在心里给他竖了竖大拇指。

周应没再去听那些和张亦然有关的议论，她举起相机，开始工作。

张亦然表演结束之后，周应就去了舞台侧边找他。台上正在接着表演节目，同学们的欢呼声此起彼伏，很是热闹。

"周应！"张亦然在嘈杂的人声中说，"那边的商店有烟花，我们去买两支吧。"

"好啊！"

商店边上有一个专门燃放烟花的区域。张亦然点燃两人手中的"星空棒"，只听见"刺啦"一声，手中的烟花瞬间绽放出了耀眼的光芒。

"张亦然，你快看！"周应举着烟花，轻轻摇晃着。

张亦然也学她挥动手里的烟花，少年脸上露出青春洋溢的笑容。

这是黑暗里的光，烟花发出来的光芒，照亮了他们的脸庞。灿烂的十七岁，如同这黑夜星空下的烟花一般，闪闪发光，永远闪耀。

"好啊！你们两个，背着我们跑到这里来！"李知予带着杜子奕来到这边。

"就是！我刚刚一转头，你们人就不见了。"杜子奕附和着。

周应说："不好意思啊两位，看你们俩太投入，就没叫你们。"

"你俩分明就是……"李知予话还没说完，就被音响里的声音给打断了。

年级主任："大合唱即将开始！"

张亦然和周应对视了一眼，张亦然说："我和周应去看看。"

"杜子奕，你刚刚应该唱够了吧？"李知予说。

"够了够了，唱不动了。"

"那我要玩烟花！"

"好。"

张亦然和周应回到现场，接过了老师递过来的星星灯。学生们围在篝火旁，手里举着星星灯，跟随节奏摇晃着，齐声合唱。

张亦然低头看向周应，周应的视线从眼前的篝火挪到上方："张亦然，你快看天空！"

他仰起头，满目星河："这里的星星都好亮。"

星星闪烁着来自几万光年外的光芒。璀璨的群星还捧着一轮皎洁的明月。

"周应,你看今夜的月色。"

"我看到啦。"

张亦然问:"你知道我今天为什么唱这首歌吗?"

周应故作疑惑:"不知道。"

"笨蛋啊笨蛋。"张亦然眨了眨眼睛,"自己想。"

第六章

热爱的夏天

"你要丢下我，是不是？"

躺在床上，周应久久不能入睡。她望着天花板，数了一遍又一遍的小绵羊，脑子里却一直是张亦然刚才在路灯下和她说的那句话。明天就要搬家了，不能再继续拖延下去不告诉他了，周应便在今晚回家的路上同张亦然说了这件事。

也是在今晚，周应心里认定张亦然这家伙撒娇是有两下子的。方才在昏黄路灯下，周应觉得他像只小狗。特别是在说出那句话之后，居然还有股"丧家犬"的意味在里面。

明明是暖色调的灯，他却在校服外套的衬托下，生出了些许冷感，脸看上去拽拽的，还有种生人勿近的样子。搞什么？他以前也不是这样的啊。难道是……在网络上火了之后，就变得高冷起来了？

睡不着，周应的脑海中又浮现出张亦然那天晚上唱歌的样子。她拿起手机，点开了视频平台，随便点了一条张亦然唱歌的视频。

那天晚上张亦然表演的时候，有不少同学录了视频，有的同学还将视频发到了网上。没想到，那些视频的浏览量居然一路飙升，甚至还获得了百万级别的点赞。

凭借着清爽的长相和极佳的声音条件，张亦然忽然在网络上小火了一把。到现在已经半个月了，热度依旧不减，视频的流量还在继续。走在学校的路上，还能听见学生们类似"嘿，他就是

第六章 热爱的夏天

张亦然"这样的讨论。

突如其来的流量带来的是什么？下课期间，高二（10）班的教室会出现三三两两的男生女生来找张亦然。有的是来一睹他长相的，有的男生则是来问他能不能教一下怎么弹吉他的。

不知道为什么，周应总觉得有种自己的朋友忽然当上明星的感觉。李知予和杜子奕还开玩笑说要当张亦然的经纪人。周应当即扶额，摇了摇头……万一哪天张亦然真成了大明星，她估计会半夜笑得睡不着，熟人出名实在是有意思。

看完张亦然唱歌的视频，周应更睡不着了，又数了好几次小绵羊都无济于事。最后，她鬼使神差地点开了张亦然的视频平台账号，看起了他的 vlog 视频。

张亦然原本就有在断断续续地做 vlog 视频，这次突如其来的流量让他涨了一波粉丝，vlog 视频的流量比原先好了很多，还有广告商来找他做推广，教辅资料、文具之类的，这半个月来，张亦然隔三岔五就能收到甲方送来的样品。有粉丝在评论区夸他声音好听，周应在心里暗暗点了点头。

看完了张亦然所有的 vlog 视频之后，周应依旧精神，她继续数小绵羊。但是不知道为什么，数着数着，又想起了那句"你要丢下我，是不是"。

周应扯了扯被子，一把蒙住了自己，心里发出了一阵无声的咆哮——谁要丢下他啦？！

第二天早上，周应是被陈雪蕴拍醒的。

"太阳都爬得老高了，起床起床！搬家公司就要到了。"陈雪蕴说，"昨晚没睡好啊？"

周应睁着惺忪的睡眼点了点头："嗯。"

"失眠了？"陈雪蕴给周应递过来一杯水。

周应接过水继续点点头。

"回头我去给你买两瓶褪黑素，快要竞赛了，睡眠不能耽误。"

周应喝了一口温水："不用，真失眠的话，小熊软糖也不管用。"

将玻璃杯放到床头柜上，周应准备起床，陈雪蕴把杯子拿走，去厨房准备早饭去了。

洗漱完从浴室出来，周应在刘海上夹了个夹子，还没换睡衣，就先推开了客厅的窗户。今天是个晴天，春天已经走到了末尾，很快就要到夏天了！周应看着窗外的阳光，心情忽然明媚了起来。

"叮咚！"门铃响了。

周应随意披了一件陈雪蕴放在餐厅里的外套，走到家门口打开了门。看到门外的人，周应一惊，怎么是张亦然啊！她迅速上下打量了一番张亦然，然后关上了房门。周应低头瞅了一眼自己的睡衣，准备去换件衣服！

"应应，是不是亦然来了？"

周应："嗯？"妈妈怎么知道是张亦然？

"亦然说要来帮忙！"陈雪蕴继续在厨房里往外喊着。

"哦！"周应还停留在门前，没有离开，"刚刚是有人找错了！我待会儿留意一下！"

门外的张亦然听见房间里的动静，笑了笑，然后故意再次按下门铃。"叮咚——"

周应心里一沉，她咬了咬牙，确定了一个事实——张亦然这家伙绝对是故意的！

"你先等等！"周应对门外的人说。

门外的人"咚咚"敲了敲门，以示回应。周应飞速跑回自己

第六章 热爱的夏天

的房间，关上房门换衣服。担心张亦然在门外等太久，周应随便找了一件衣服，换完走了出去。

房门打开，周应看见张亦然正坐在沙发上。她说了句"我去"，走到客厅里的沙发旁边："你怎么进来的？"

张亦然一脸从容，面带微笑地说："我打电话给陈阿姨了，她给我开的门。"

周应"哦"了一句，给张亦然倒了一杯水。

张亦然接过水："所以——还没走，就想把我丢下了？"

周应回应："我哪有？"

"那你把我拒之门外？"

"意外。"

张亦然抿了一口杯中的水："这水好凉啊。"

周应无语地看他一眼，拿过张亦然手中的水杯，把它放到了桌子上："那你别喝。"

张亦然笑了一下，又拿起了桌上的水杯，把里面的水全部喝完："就喜欢喝冷水。"

周应："随你。"

张亦然把杯子放回桌上，看了一眼周应，说："没睡好？"

周应："你猜。"

张亦然嘀咕了一句："黑眼圈都要掉到地上了……"

"是没睡好。"周应说，"都怪你！"

张亦然心里飘过了一阵问号：怪我？

"行——"张亦然忽然换了一种黏黏糊糊的语气，"怪我——怪我——"

立夏之后，天气越来越舒服。这是一年之中最好的时候，温

173

奔向热爱的夏天

度不算太高，可以穿一件薄卫衣，每天都会出太阳，很少下雨，一切都刚刚好。

"这个卡方检验计算真的好难！"李知予拿着草稿本吐槽着。

"你就偷着乐吧。考试的时候真遇上了卡方的题目，那就是送分。"杜子奕接话，手里也在进行着计算。

张亦然趴在座位上休息，这两天熬夜剪视频去了，休息时间有点不太够，上课有的时候需要靠功能性饮料才能打起精神。好在现在能够接到推广，让他的收入又多了一个来源，不用单靠写稿来攒积蓄了。以张亦然现在的账号粉丝量来看，一条推广视频的报价不低，至少四位数起。

周应从办公室里回来的时候，李知予和杜子奕还在验算着那道数学题。周应坐回自己的座位，拍了拍张亦然："秦老师找你去办公室。"

张亦然坐了起来："现在？"

"嗯。快去吧。"

这时李知予转过了头："应应啊，帮我看看这道题有没有问题！"

"好。"周应接过了李知予的试卷。

张亦然睁着睡眼，从后门走出教室，没走两步就到了秦宋的办公室，张亦然站在门口敲了敲门，朝里面喊了一句"报告"。

他走到秦宋的面前站定："秦老师，周应说您找我？"

"坐。"秦宋给张亦然递来一把椅子，随后从抽屉里拿出了一张纸给张亦然递了过去。趁着张亦然看那张纸的间隙，秦宋说："最近状态怎么样？"

"还行。"

"要注意学习和课余时间的平衡与调节。"

"您放心，秦老师，我有分寸。"

第六章 热爱的夏天

"听说你一直在杂志上发表小说作品？"

"嗯。"

"我今天上课的时候提了一下，大概在八九月份的时候会有一场高中生作文比赛，你有兴趣的话，可以考虑报名。这个比赛获一等奖有保送机会。"

张亦然记得秦宋今天在课上说了这件事，他原本是打算自己回去先了解一下再来找秦宋的，没料到秦宋先来找他聊这件事了。

听到"保送机会"这几个字，张亦然微微抬了抬自己的眉毛："好的！谢谢秦老师！"

与秦宋聊完，张亦然就走出了办公室。这个比赛实在是有点诱人，毕竟保送机会摆在那里，不去试一试，好像都对不起这个比赛。

张亦然哼着轻快的歌，心里琢磨着作文比赛的事，回到了教室。

晚上下了自习，张亦然在教室里帮周应完成这一期的黑板报。还剩下写字的部分，张亦然写完板书之后这期就算完成了。他打开了相机的延时摄影，开始写板书。闹钟响起的时候，时间来到了十点五十五，板书正好写完。张亦然洗完手回来，关闭了相机的录像。

周应快下课了，张亦然和往常一样，收好东西，带着周应的书包下了楼。

这是周应初赛前的最后一节课，下一周的周末就是初赛日。张亦然站在后门口，举着手机摄像："她还没下课，再等等！"

方才那句话的声音很小，是气声。然后他录了一段空镜——在走廊上徘徊，在后门口蹲下，在后门的小窗户前等候的背影，看上去还挺乖的。

很快就到了下课时间。教室里传来下课的声音,桌子、椅子的摩擦声和讨论题目的交谈声落入张亦然的耳朵。那时他在后门的不远处静静地站着,低着头审片子。

周应和许柠从教室往外走的时候,还在讨论着题目。还没走出教室,身后就传来了沈泽帆的声音:"周应!"

两人站在离后门还有一点距离的地方,一起回头。

沈泽帆递来一封信:"给你的。"

见周应接过了信,沈泽帆的嘴角扯出点笑:"谢谢你接下了这封信。"

教室里的人已经走得差不多了,只剩下高老师在讲台上整理教案。沈泽帆说:"执礼附中这么多班级,我想我们大概不会再碰面了。"

"大概率是的。"

"谢谢你的回答,再见。"

正欲离开,讲台上传来了高海燕老师的声音:"沈泽帆,你刚才不是说有问题要找我吗?快来。"

"我去找高老师问问题,你们慢慢聊。"沈泽帆说,"再见。"

周应和许柠继续往外走。

许柠:"你选择收下了他的信。"

周应将信拿在手中:"嗯,尊重他。但我不一定会看。"

十七岁的青春期,有人会有晴天,有人会有雨季,总有人会有遗憾的。

许柠和周应停在教室的后门边,许柠用下巴指了指张亦然所站的方向:"我先走啦,他在走廊上等你。"

许柠走后,只留下周应一个人站在原地,她看向张亦然。后者正在向她走来:"走吧,回家。"

第六章　热爱的夏天

走在张亦然旁边，周应随口一提："今天沈泽帆给了我一封信，我收下了。"

"哦。"张亦然背着周应的书包，和周应一起往楼下走。走到楼梯间的时候，张亦然问："住在新房子那边还习惯吗？"

周应回答说："还行。除了有的时候会失眠。"

"你要是睡不着，就给我打电话。"

"会打扰你睡觉的。"周应说，"而且，你不用每天晚上都来送我的，和你回家的方向是相反的，太麻烦你了。"

"这有什么？"张亦然说，"我们是朋友嘛，朋友之间，是可以互相麻烦的。"

两人很快就走到了周应家的楼下，又到了每天的分别时刻，互道晚安，挥手再见。

临近十二点的时候，周应拨通了张亦然的电话。对面很快接通，说："睡不着？"

"不是失眠，只是想再和你说一句晚安。"

张亦然笑："好。晚安。"

化学生物联合竞赛初赛的这几天恰逢陈雪蕴出差。在家里收拾着行李，陈雪蕴对周应嘱托道："妈妈出国的这段时间，你自己在家注意安全，估计等你竞赛结束，我就回来了。"

"知道啦，陈女士，您就放心吧。除了离学校近，当时您不就是看中了这里的安保力度才租的嘛。"

话音刚刚落下，门铃声就从客厅那边传了过来。

"我去开门。"周应走出房间，"应该是我的奶茶到了。"

周应打开家门，正要说谢谢，抬头就看见了张亦然。

"欸？"

奔向热爱的夏天

张亦然今天的穿着还是一如既往的清爽，身后还背了一个书包。周应有点不明所以，她不太清楚张亦然为什么会突然出现在她家门口。

没等她问出问题，送奶茶的外卖员也到了："是这一户吧？"外卖员对了对门牌号。

"是的是的！"周应连忙回答，"谢谢！"

张亦然顺手接过奶茶，空气再度安静。

"怎么？"张亦然说，"还不让我进去？"

"你怎么来了？"周应试图从张亦然手中拿回奶茶，但她失败了。

"陈阿姨说她要出差，让我过来照顾你一个周末，陪你去参加竞赛。"

好吧，陈女士还是不放心将她一个人留在家里。

正想着，屋内传来陈雪蕴的声音："亦然来了！快进来快进来。"

"陈阿姨叫我。让一下，谢谢。"张亦然笑了笑，然后提着奶茶走进客厅。

一下午两人就在书房写各自的作业，后天是正式考试，周应这时候还在回顾着笔记。

很快就到了晚上。张亦然站在周应家的沙发前，周应把小被子拿了出来，说："喏，沙发给你。"

接过周应手中的被子，张亦然说："这待遇还真是不一般。睡沙发。"

这间出租房里总共三个房间，一间被临时改造当作了书房，留了床铺，但没有被子床单那些物品。剩下的两间房，一间是周应的，另一间是陈雪蕴的。

第六章 热爱的夏天

周应说:"不要被子就算了,开了空调冷不死你。"

张亦然把身子微微一转:"你就想冻死你弟?"

"你可以把空调关掉。"周应接着说。

"你这又想热死我?"

"今晚委屈一下,睡个沙发。"

"哦。"张亦然说,"那我先去洗漱了。"

周应挡在张亦然前面:"哎,我先去。"

张亦然一脸疑惑,双手抱在胸前,故意撇了撇嘴,说:"你们家就这么对待客人啊,房主也太霸道了。"

"你不是客人。"周应摇了摇手。

听到这句话,张亦然眼前一亮,向周应靠近了一点:"那我是什么啊?"

"你是弟弟。"周应摸了摸他的头,"弟弟就是要让着姐姐。乖啊,然然同学。"她补了一句。

这个"然然同学"委实把张亦然给刺激到了,他头皮发麻地说:"那你快去。"

周应笑了一笑,计谋得逞,她知道张亦然会受不了。

洗完澡,周应正在吹着头发,刚放下吹风机从浴室出来,就看到张亦然正靠着阳台门站着。

周应说:"你杵在这里干吗?"

张亦然答:"当保镖啊。"

"你幼不幼稚?"周应回答道。

"明天早上吃什么啊?周同学打算做什么给她的弟弟吃呢?"张亦然接着说。

"看我起不起得来吧。"

"那你要是起不来呢?"

"起不来那就你做。你今天话怎么这么多?"周应手上拿着水杯,站在餐桌前说着。

"我话很多吗?"张亦然疑惑地看向周应。

周应用浴巾拍了一下张亦然的胳膊:"不然呢。"

张亦然揉了揉自己的胳膊:"哦。"说完就钻进了浴室。

张亦然从浴室出来的时候,周应正准备回房间。她刚刚帮张亦然开好了客厅空调,调成了静音的睡眠模式。张亦然边擦着头发边走向客厅,湿漉漉的发梢还搭在眉前,像极了一只淋湿了的小狗。

看到这样的张亦然,周应结巴了起来:"那个……我就先回房间去了,晚上有事的话你就叫我。"她也不知道自己为什么突然说话变得断断续续的。

张亦然把头转向餐厅:"嗯。"

"晚安。"周应走向房间。

"晚安。"

张亦然收拾好衣服,盖着被子,躺在了沙发上。他一直睁着眼睛,睡不着。没过多久,他站起身来,跑到门前,确认门已经锁了,才回到沙发,继续躺下。

张亦然在数羊,数到整整一百只的时候,睡意席卷了他的身体。

房间里的周应躺下就睡着了,只是在凌晨四点半的时候,她从一个满是羊的梦里醒了过来。她有点口渴,走到客厅,看见张亦然正面朝沙发靠背睡着。

周应心想:睡成这样,还说来保护我的安全。

周应在餐桌前倒了一杯水,刚把杯子放下,就隐隐约约听到门外有响声。她怀疑自己听错了,继续喝着水。声音又响起来,

第六章 热爱的夏天

张亦然醒了过来，睡眼迷蒙的他看到周应正在桌子前喝水，还以为是周应弄出来的动静，于是又闭上了眼睛。

门外的声音越来越大，周应心里不免泛起了紧张。她走到张亦然跟前，用手轻轻地拍了一下他的肩膀："张亦然，张亦然！"

张亦然翻了个身，睁开了眼："怎么啦？"

"外面好像有动静。"

听到这儿，张亦然立马坐了起来，做了个"嘘"的手势，示意周应在这里待着，自己则走到门前，通过猫眼观察。外面什么人都没有，那种扒门的声音也没有了。周应走上前，站在了张亦然旁边。

张亦然刚想转头跟周应说"没什么事情"的时候，扒门的声音再次出现，这一次比上次还要大。周应被吓了一跳，张亦然把手向后一放，抓住周应的胳膊："我在。"

短短两个字，让周应内心的恐惧一下子就消失了一半。张亦然再次通过猫眼看向门口，却依然什么都没有。

"奇怪了，门口什么都没有，怎么回事？"张亦然轻声说道。

身后的周应正打着哈欠，他看了看手表："要不你去睡吧，我在这里守着。"

"那你怎么办？不能把你一个人丢在这儿，万一真遇到危险了……"

张亦然笑了笑，让她别担心。周应强烈要求张亦然不要待在门口，扯着他回到沙发上坐好。漆黑一片的房间里，张亦然借着月光和周应对望了一眼。

"反正现在天快亮了，昨晚睡得又那么早，现在也睡不着了。"周应看了看墙上的钟说。

"就坐着吧。"张亦然一直留意着门外的动静。

奔向热爱的夏天

那个声音再没有响起，房间里恢复了宁静。月光悠长，今夜的月色拂过激烈跳动的心脏，两人没敢挪地方，起先背靠在沙发上，后来顶不住困意，不知不觉中睡着了……

早晨第一缕阳光透过窗户玻璃照进来的时候，周应醒了。她眨了眨眼睛，发现自己正躺在沙发上，张亦然则坐在沙发的另一边。

昨晚张亦然在睡着后的半个小时左右醒了过来，想到这么坐着睡半宿会不舒服，于是他轻轻地把周应平放在了沙发上，自己则坐在了靠门的那一头。

周应从沙发上起来，小心翼翼地把张亦然平稳地放躺在了沙发上，给他盖好被子。张亦然此刻还在熟睡着，周应凑近观察——睡觉睡得这么安静，真的是张小狗。周应突发奇想，跑到房间里拿出手机，给睡在沙发上的张亦然拍了一张怼脸照。收回手机，周应站起身来，走到厨房准备熬粥。鼓捣了一阵子从厨房出来，张亦然依旧没醒。

周应在洗漱完毕后，回了自己的房间，她坐到书桌前，拿出语文书，翻到了要背的文言文。

张亦然是在太阳照在他身上的那一刻醒来的，他睁开眼睛，打了个哈欠，发现自己正躺在沙发上。他立马坐起身，掀开被子，朝客厅周围望了一眼，心想：周应去哪儿了？

书房的门半掩着，张亦然轻轻推开了门，看到她趴在桌子上，手里还拿着倒在了头上的语文书。

张亦然心想：这么早起来背书啊，还睡着了。

他笑了笑，从口袋里拿出手机，给周应拍了一张照片。然后跑到洗手间洗漱。洗漱完毕，回到周应的房间，他拿起她手中的书放在一边："起来了。"

第六章　热爱的夏天

周应从桌子上坐起来,看到了边上的张亦然,含糊地说:"醒了。"她伸了个懒腰,打了个哈欠,站起身来,"粥在锅里,去吃早饭。"

"你早上做的啊?"张亦然有些许惊喜。

"不是。我买的。"

"骗人,就是你做的。"

"知道是我做的还问?让你尝尝周师傅的手艺。"

张亦然帮周应把装着粥的砂锅端了出来,掀开盖,周应立马就说:"快尝尝。"

张亦然刚把勺子放下去,顿时感觉到了不对劲。周应也看出来张亦然盛粥时的艰辛,尴尬地挠了挠脸,看着张亦然说道:"好像……水……有点少了。"

张亦然挖了一勺粥放到自己的碗里:"没事,饱肚子。"

周应拦住了张亦然的手:"要不还是算了吧,冰箱里还有吐司,我们凑合一口。"

张亦然思索片刻,看向了周应,问道:"有没有培根和生菜?有的话,再给我准备两个鸡蛋。"

周应知道张亦然要开火做早饭了,立马说道:"好嘞!"

周应端着那些食材,和张亦然一起进了厨房,张亦然正在择生菜,他看向周应:"你到外面去等着吧,顺道还可以把文言文背完。"

十五分钟后,张亦然端着三明治从厨房出来,正好这时,周应背完了书。坐到餐桌前,周应拿起三明治,咬了一大口,空荡荡的胃瞬间得到了满足。

"外面太阳这么好,等下我们走着去图书馆吧。"周应说。

"好。"

奔向热爱的夏天

收拾好一切之后，两人打开房门。刚想出去，一低头，却发现门口有只狸花猫宝宝，正趴在垫子上睡觉。

"昨晚上扒门的就是它吧。"周应说。

"这么看来好像还真的是。"张亦然回答道。

周应提议："要不我们把它抱回家吧。"

张亦然却看向了前面，周应顺着他的视线看了过去——一只大狸花猫走了过来，叼起了那只狸花猫宝宝。

告别突然到来的小猫宝宝，周应和张亦然按照原计划去了图书馆自习。图书馆二楼的自习室内，安静得只能听见翻书的声音。他们在这里待到了傍晚。

察觉外面天色已晚，张亦然把手上的笔放在书上，抬起头看了一眼对面的周应，又转头看向窗外。人影在灯光的照射下映在了落地窗上，窗外的落日渐渐藏于山海，告别了今天的世界。粉红色的云层堆积在天空上，绘出一幅别样的油画。

张亦然从自己的草稿本上撕下一小块纸，在上面写了句"看窗外"，给周应递了过去。周应接过字条，转头看向落地窗，火红的晚霞尽收眼底，她在纸上写着"要不我们散步去吧"。

张亦然看完字条，发现周应正在看着他，周应把头偏了偏，嘴巴做着"走"字的口型，随后开始收拾起了自己的书。张亦然把字条放进文具袋里，收好书后，拿出了小相机。

"你说，今天的晚霞怎么这么好看啊？"走出图书馆，周应看着天空感慨。

"因为心情好。"张亦然把拍立得递给路人，和周应留下了一张照片。身后是初夏日落时刻的淡粉渐变。

如果晚风有颜色，那一定是天际的那抹浅粉；如果晚风有声音，那一定是我们之间的话语；如果晚风有频率，那一定是一段

184

第六章 热爱的夏天

永不消逝的温柔思绪。

日落结束之后，周应和张亦然于蓝调时刻回程。回到家，周应继续复习，张亦然则在客厅里审稿。审完稿子，张亦然戴着耳机打开平板看电影。为了营造氛围，客厅里只留下了落地灯的光。

电影看到一半的时候被按下了暂停，刚好那时周应走出了房间，张亦然也正好从厨房端了一盘西瓜出来。

"休息一下，吃点西瓜？"

周应接过一大碗西瓜，和张亦然一起坐到了沙发上。

"你在干吗呢？"周应叉起一块西瓜说着。

"看电影，吃零食，喝可乐，玩手机。"说这话是要气"死"谁？

周应说："我决定今晚不复习了！我要休息一下。"

张亦然看了看手表，现在才九点十六分。电视机里投屏的电影继续播放，盘子里还剩下最后一块西瓜。张亦然把他的一次性水果叉丢进了垃圾桶，对周应说让她别客气了。

小的时候，两人吃一碗西瓜时，没有人想吃最后一块。因为吃了最后一块的人，要负责洗碗。虽然周应想到了小时候的事情，但她还是把那块西瓜吃掉了。刚准备起身去洗盘子，没想到，张亦然竟然把她扯回了沙发。

周应坐在沙发上一脸蒙："老规矩，吃了最后一块的去洗碗。"

张亦然拿过周应手中的盘子，笑了一下："坐着，我去洗。"

看时间还早，张亦然问周应想不想下去散散步。反正待在家里也没有什么事情，也不是很想看手机，周应便答应了。

整个小区的氛围很好，邻里关系极佳。初夏傍晚的九点，楼下依旧热闹非凡，散步的人一拨又一拨。

路灯下，张亦然和周应慢慢走着，他们的影子紧紧地靠在一起。张亦然拿出耳机，递了一只给周应。周应接过耳机，发现又是左边的那一只，不禁发问："为什么你总是给我递左耳朵的？"

"右耳朵我在用，左耳的那只是给你用的。"张亦然回答。

耳机里放着的歌、池塘里的蛙叫、树上此起彼伏的蝉鸣，混合着人们轻声交谈的声音，组成了一支别样的夏日交响曲。

"叮咚"，周应手机收到了一条消息。是李知予发过来的。

荔枝：弱弱地问一句，你在干吗？

周应随手拍了一张照片，照片里是她和张亦然在路灯下的影子。

图片刚发出，李知予就回了消息：我去！

周应看到这句话，回了个"切"的表情。

张亦然："看路。"

"李知予，她问我在干吗。"周应说，"然后我发了这张照片给她。"

周应说完就举起了手机，把照片放到了张亦然面前。张亦然看到那张照片的第一秒，眼睛里就闪过了夏日星光一般的灿烂，内心瞬间躁动起来。

"发给我，我喜欢。"

"行。"周应在心里暗自说着，她也喜欢这张照片。

"得了，李知予在和杜子奕打电话。难怪刚刚发消息她不回。"周应忽然停住脚步，"嘶"了一声。

"怎么了？"张亦然绕到周应的前面。

"好像眼睛里进灰了。"周应揉着眼睛说。

"我看看。"张亦然用手轻轻去扶周应的脸。

周应拿开手，看到张亦然正盯着她的眼睛。

"我帮你吹吹。"张亦然又靠近了周应一步。

"现在呢？好点了吗？"

"好……好点了。"

张亦然笑了笑："我们回家吧。"

周应点了点头。

回到家，周应就去了浴室。从浴室出来，已经是十一点半了。她擦了擦头发，走到客厅。张亦然正坐在沙发上喝牛奶。

周应用浴巾擦着头发，问："你把新买的吹风机放哪儿了？"

"就在镜子下面的柜子里。"说完，张亦然站起身，走到浴室，从柜子里拿出吹风机，插上电。周应想接过来，张亦然却直接给她吹起了头发。

周应站在镜子前，注意到张亦然比她高了整整一个头。给她吹头发轻轻松松。

"吹完头发你赶紧去睡觉。房间空调我已经给你打开，调成了睡眠模式。浴巾你给我，我去给你晒。明天早上我叫你起床吃早饭。"张亦然边搓着周应的头发边说。

周应说："那你今晚也要早点睡。"

张亦然答："我待会儿洗个澡就睡。"他关掉了手中的吹风机，说，"好啦。"

张亦然看着镜子里的周应，笑着说："好蠢。"

周应说："张亦然，我最近对你太温柔了是不是？"

张亦然回答说："不是。你最温柔了。"

周应回头盯着张亦然。张亦然也低头看她，眼神里忽然闪过了一丝害怕："快去睡觉吧，晚安。"

"晚安。"

第二天早上吃过早饭，两人就去了考点。

奔向热爱的夏天

考场门口拉起了警戒线，阵仗不比高考小。学校大门的前坪上零零散散地聚着学生。张亦然和周应走到一棵树下，坐在长椅上，放空大脑。周应没想着现在继续看书，她觉得考前应该要适当地放轻松。

"你现在是越来越会穿衣服了。"周应挑了一个不那么沉重的话题。

"嗯……要是穿得太烂。我怕……出门给你丢人。"张亦然看向周应，言语间有些许迟疑。

"算你有自知之明。"周应顺水推舟接下了他的话。

周应用手扇了扇风，说了句好热。见状，张亦然拿出了自己的书给她扇风。

他扇得很卖力，看起来有点不大聪明的样子。周应看着张亦然的头发笑出声来。他的头发今早又炸了毛，他每挥动一下手，头发就会蹦跶一下。

时间接近八点一刻，学校的广播响了起来："请所有考生排好队，凭准考证通过安检，进入考场！"

周应站起来："我先进去了。"

"你考完出来就可以看到我，我在外面等你。"

周应拿着文具袋，通过安检进入考室，坐在座位上，等待着考试开始。哨声响起，试卷下发，周应快速浏览了一遍整张试卷，在上面写上了自己的名字和准考证号。九点，考试正式开始。

校外，张亦然坐在学校对面小书店的窗前，拿出平板准备整理一些知识点。

离考试结束还有十分钟的时候，周应完成了试卷的最后一遍检查。趁着还有时间，她把最后一道压轴的生化综合试题再推了一遍。这是她考前最担心的一个题目，内容综合了两科的知识，还有一大段材料需要分析，按照高海燕的话说，这题考验的是学生的综合素养，也是一道区分难度的题。

周应再推一遍后，确认答案和答题卡上填写的是一样的，便翻到前面的选择题答题区域去，她要一一对一遍，看看自己有没有涂错卡。

也许是平日里的练习和模拟给她积攒了从容的底气，以及不懈地坚持和面对每一道难题都不放弃的执着，这场考试，她没有太焦虑的感觉。太阳的光芒洒在她的试卷上，映衬着她的姓名，闪闪发光，十分耀眼。

考试结束铃响完，从教室里出来的时候，太阳藏了起来，似是要下雨。初赛终于考完，周应心里松了一口气，她决定好好休息一段时间，不去想竞赛的事情，静候成绩出来。

走出教学楼，还没走出校门，周应就看到了那个熟悉的身影，他在向她挥手。她会心一笑，然后毫不犹豫地朝着校门外飞奔了过去："带伞了没有？好像要下雨了。"

张亦然说："带了。"

初夏的长宜开始步入雨季。在雨季带伞算是张亦然的一个习惯，这习惯是在半年前养成的。那次和周应出去玩，玩到一半，天空飘起了大雨。两人当时没有带伞，在找到避雨的商店前就被淋了个透湿。自那以后，张亦然出门前都会看一眼天气预报。

扑面而来一股水汽，一粒雨点从上空砸了下来。张亦然撑开手中的雨伞，举向周应那边。一旁没有带伞的学生们纷纷举起手挡雨，跑向校门口，打算躲雨。

雨越下越大，洗刷着灰蒙蒙的天空。张亦然手握着伞柄的上面，周应扶着伞柄下面，两人在大雨中艰难地往前走着。树叶被打落在地上，周遭是噼里啪啦的声音。看这势头，估计短时间内

奔向热爱的夏天

这场雨没有要停的意思。

张亦然右手边的衣袖已经湿得差不多了，但他还在把伞往周应那边靠。

出了校门，街上的行人零零散散地跑着，地上的水花点点溅起。这场猝不及防到来的大雨，让没有准备的人变得手忙脚乱。

"走快点，去便利店躲雨。"周应说，"这雨太大了。"

过了马路就是便利店，张亦然说了一句好。

十字路口的中间，交警正在指挥车辆。两人趁绿灯跑过路口，冲向便利店。刚到门口，在嘈杂的雨声中，听见了打开便利店门的声音。走到屋檐下，张亦然收起了伞。

周应看见了张亦然被雨水打湿的衣袖，她从包里拿出纸，递了过去。张亦然接过纸巾，擦着水。他回头看了一眼，便利店里面的人没多少，于是便和周应说先进去坐一会儿。

张亦然在门口给伞沥了沥水，用一次性伞袋把伞装好。进到便利店内，买了两瓶乌龙茶，拿了一杯冰块。

买完东西，两人坐在便利店靠窗面对马路的位置上。周应还挺喜欢这种时刻的，什么事情都不用想，就这样静静地坐在窗边看窗外落下的雨。

早已适应长宜入夏后一定会到来的雨季，周应还挺期待这段短暂的雨季的，这意味着今年的夏天就要来啦。

窗外的车辆渐渐拥堵，闪烁着红色的车灯，时不时有鸣笛声掠过耳旁，天在渐渐变黑，似乎有更大的暴雨要来临。

张亦然打开乌龙茶，给周应递了过去。

周应喝了一口乌龙茶："话说，你上次的事情谈得怎么样了？"

张亦然回答说："在走流程。"

就在不久前，张亦然收到了一个电影剧组的邀请，想请他出

第六章 热爱的夏天

演一个角色。这个消息来得很突然,一开始收到邮件的时候,张亦然还以为是骗子。后来和母亲宋春柠进一步了解了一下这个剧组,张亦然才确定了这件事情的真实性。

为什么会选他呢?周应心想,大概是因为他的长相吧。他前段时间在网络上突然爆火,被人注意到,也是正常的。张亦然接到的角色是高中生,年龄合适,基本上是本色出演。

拍摄时间定在暑假,张亦然算了算日期,和之前决定好要参加的作文比赛不冲突。所以,他没有犹豫多久就找剧组拿了合同。宋春柠找法务过目了一下之后,就签下了这份监护人合同。宋春柠觉得,既然时间不冲突,有的时候就是要抓住一些机会。

张亦然也是这么想的。接下这个角色,攒积蓄只是一方面,另一方面,他觉得自己应该多尝试。毕竟人生这个旷野,奔跑的道路有无数条,不要局限在一条路上,给自己设限。

便利店里的学生们越来越多,都是来避雨的。微弱的闪电划过,没有引起人们的注意。几秒后,雷声乍起,"轰隆隆",巨大的一声引起一阵惊呼。

"我天。"周应说,"这雷声这么大。"

紧接着就听到了毫无预兆的一声"滴——"。

也许是受到刚刚那阵雷的影响,便利店停电了。外面的天因为乌云的覆盖不算太亮,店里可以说是漆黑一片。为了看清东西,张亦然和周应打开了手机的手电筒。

"张亦然。"

"嗯?"

周应瞥了一眼张亦然的右边衣袖:"你衣服湿了怎么不告诉我?"其实周应方才有注意到,张亦然一直在把伞往她这边靠拢。

"这有什么好说的?"

"你要是感冒了，我还得照顾你。"

"真的？这么关心我。"

"废话，当然了。"故意带有情绪的话正在掩藏着离别的思绪，这段离别思绪，是在周应知道张亦然暑假要离开长宜之后出现的。

张亦然装作很漫不经心的样子，"哦"了一声。在这间初夏停电的便利店里，没有人注意到他止不住的偷笑，也没有人察觉到她偷偷看他的视线。

夏至很快到来，这一天昼最长、夜最短，此后昼渐短、夜渐长。随着夏至的到来，有两件事也越来越近——周应的初赛成绩即将公布，张亦然的书要预售了。

"各位，我说一下啊，今年的期末考，叫作新高三摸底考试。不用等到期末考试的时候，从这一刻起，你们就是一名准高三的学生了。放完两个月的暑假回来，'准'字也要去掉了。"秦宋站在讲台上说，"时间过得很快的啊，距离高考已经不够三百六十五天了。该竞赛的好好参加竞赛，如果竞赛没考好，立即回来准备高考。该走强基计划、综合素质评价的，注意关注信息。高三这一整年，都给我打起精神来！"秦宋说完这一连串话，就给准高三（10）班的学生放了学。

这天晚上没有晚自习，下课后周应和张亦然留了下来，打算在教室里写一会儿作业再走。张亦然的文科作业不算多，很快就完成了全部，写完作业之后他就在一旁看上周送来的剧本。

周应写完化学之后打算休息一会儿，整理完书桌上的试卷，转头看向坐在窗边正在读剧本的张亦然，他背对着窗户，发丝微微晃动。

张亦然抬头看向自己的同桌，笑着问："怎么了？"

听到他的声音，周应立即收回自己的视线，向他身后的窗外看去："没怎么。"周应找了个借口，"在思考作文题怎么写。"

"哦？"张亦然放下手中的剧本，"《命运的礼物》那一篇？"

周应点了点头："嗯。"

两人拿起放在课桌上的试卷，凑到一起，开始读题。材料只有一句话，简洁明了：

所有命运馈赠的礼物，都已在暗中标好了价格。

——斯蒂芬·茨威格

"我看到这个题目的时候也纠结了一小会儿。"张亦然说，"我感觉这题目好写与不好写各占一半。"

周应"嗯"了一声，说："我在想，究竟什么样的东西才能被称为命运的礼物？"

张亦然说："我想，命运的礼物，应该是指生活中能给人带来好的情感的东西。每个人都能收到来自命运的礼物，不在于具体的形，而在于人们知道了它之后的情感。所以我认为，关键点应该在于对收到命运馈赠的礼物后对材料中所指的'价格'的探讨。"

周应停顿了一下，说："礼物的价格，也就代指了人们在收到礼物后可能会经历的后果及所有的思考。我明白了！"话音落下，她看着眼前的语文试卷又陷入沉思。命运的礼物什么时候会出现在她的身边，她无从预知，只能慢慢等待。

时间已经不早了，周应打算回家再细想这篇作文该如何去写。两人收拾好书包，往教室外走。走廊上，周应故意慢下脚步，走在了张亦然的身后，她想趁着这个时刻，留下一张只有他身影的

奔向热爱的夏天

照片。

在走到转角前,周应打开小相机,调整好取景框,正准备按下快门,张亦然突然地转身看了过来,脸上带着笑意。周应忽然感觉心脏像是漏跳了一拍一样,手不由自主地按下了快门。

张亦然转身向她走来,说:"我说人怎么不见了,偷拍我?"

周应立即将相机塞进了自己的口袋:"没有!"她指了指走廊尽头的落日,"我在拍天空!不信就算了。"

张亦然笑了笑:"好,我信。"

两人继续往前走,步子很慢很慢。他们都被傍晚时分的天空给吸引住了。

准备下楼的时候,张亦然忽然扯住了周应的书包:"要不要一起去天台看日落?"

周应点了点头:"好。"但她立即想到了一个很严肃的问题,"你要怎么到天台上去?楼顶的门好像是锁上了的。"

张亦然笑了笑说:"跟我来。"

来到楼顶,看着敞开的门,周应愣了愣神。她手指着天台看向张亦然:"这……什么情况?"

站在门口,张亦然解释说:"剧组考虑到我快要高三了,就想着最好能就近取景,所以他们来了我们学校,就在今天下午。不过遗憾的是,我们学校天台的这块景不符合他们的勘景需求。他们还没离开,我就想着叫上你一起来看日落。"

说着,两人已经走到天台上,来到了适合看日落的地方。环视了一圈,张亦然都没发现剧组的工作人员,猜测他们应该是到别的地方去了。

顾不上再想其他的事情,张亦然看向天空。晚风送来夏至的气息,天边的云随着风的方向慢慢地飘呀走呀,哪怕没有尽头,哪怕不知道终点在哪里。他们静静地看着，直到天边泛起一阵静谧深邃的蓝色，像是一片藏有无限故事的地方。等到夜空完全降临了，就会变成一个很适合诉说秘密的时刻。

周应想，和他在一起的时候，从未有过这么长一段时间的安静，不说话，只感受着日落的陶冶。

几缕头发被晚风吹乱，她深呼吸了一下，夏日的气息立即窜上她的鼻尖，周应在这种气氛中打破了此刻的安静："你怎么一直不说话？"

张亦然看向她："我怕打扰到你。"

周应问："你什么时候走，确定了吗？"

张亦然说："考完期末考试的第三天，剧组刚给我发的信息。"

周应"哦"了一声。

"怎么？"

"我只是随便问问而已。"周应抬头看着夜空，将答案藏进蓝色里。

张亦然也看向夜空，开始在心里默默数数，数到五十二的时候，周应说了一句："走吧。今晚初赛出成绩，我要回家等候。"

"好运。"

"对了，你的那本书今晚是不是要预售了。"周应明知故问。

"嗯。"

"快要七点啦！我们得走快点！"

从天台上下来，两人出了校门，在街边扫了两辆自行车。他们打算骑车回去。

晚风依旧温柔，昏黄的路灯下，他们的影子重重叠叠，摇摇晃晃，不停地交会又分开。耳边传来夏蝉的声音，又是一年夏天。这一年发生了很多事，一年前的他们怎么也不会想到现如今会有这样的变化。

　　回到家，周应坐在书桌前，拿出张亦然上次送她的生日礼物，是兔子警官和狐狸尼克的公仔。上次在学校看《疯狂动物城》的时候，周应随口说了句很喜欢他们，说想去迪士尼参观疯狂动物城主题乐园。喜欢是真的，随口一说也是。但她没想到，自己随口说出的一句话，张亦然居然记了下来。

　　买完张亦然的书，周应挑了一部电影，准备消磨一点时间。陈雪蕴回来过一次，然后就又跑到国外去了，这次过去，短期内不会回来。所以这段时间，周应都是一个人在家。

　　拉开书桌的抽屉，一个小纸团映入周应的视线，那是她从先前的房子那边带过来的，是张亦然来找她时朝她家窗户丢的纸团。偶然的一次机会，周应打开了这个纸团，不小心发现上面写了她的名字。名字周围全是计算式和公式，这张纸看上去就是一张草稿纸。

　　周应当时不解，自己的名字怎么会出现在他的草稿纸上，而且……他知道这张纸在她这里吗？

　　想了一会儿，周应把那张草稿纸随手放在桌上，继续看电影。等到平板里面的电影播放了四分之三的时候，时间正好来到了十点，初赛的查分通道准时开启。

　　打开输入准考证号的界面，周应的心里忽然泛起一阵紧张，整个人的呼吸都变得急促了起来。她下意识地想给张亦然打电话。手上的动作比脑子快了一步，等反应过来的时候，电话已经拨出去了。

　　对面很快接通，压根儿没给她挂断电话的机会："喂。"温柔的声音传来。

　　"不小心拨错了。"周应说，"既然这样，要不……你陪我查

第六章　热爱的夏天

分吧。"

对面像是在笑:"好。"

通话陷入安静,只能够听见听筒里传来的呼吸声。

输入完考号和验证码,周应立即点了查询,初赛成绩在下一秒弹了出来:周应,您好!恭喜您进入2023年化学生物联合竞赛决赛,相关通知见下方文件。

周应心里一惊:"进决赛了!"

有那么一瞬间,周应隐隐约约地感觉,这似乎就是命运馈赠给她的礼物。

"恭喜呀,周应同学。"张亦然说。

"呜呜呜,只是初赛,但我不知道为什么好想哭——"

"我们周应同学超厉害的。"

周应看见书桌上的那张草稿纸,心里忽然泛起莫名的感觉:他要是在就好了,就可以面对面与人分享此刻的心情了。

对面的声音还在继续:"你现在有时间吗?"

"怎么了?"

"你到窗边往下看。我在你家楼下。"

把周应送回家之后,张亦然一直没有离开。他担心今晚她查分的时候会出现一些情况,伤心难过也好,激动喜悦也好。所以,他停留在她家楼下,一直在等十点的到来。万一有什么情况,他能够立即出现。

周应走到窗边,微笑着推开窗户。想见的人此刻就在楼下,拿着手机,和她打着电话。周应心中迅速做了决定,说:"你在楼下等我。"

6月的尾巴,气温在慢慢爬升。那个夏夜,他一直在她家楼下等着,而她在夏蝉声中,毫不犹豫地向他奔去。

奔向热爱的夏天

夏至时风起。

夏天到来的时候，会有风出现。正如，我在奔向你。

很快期末考试到了，那个听上去就很难很难的高三摸底考就这样声势浩大地来了。考试时间安排和高考的一样，教室里的座位也按照高考的形式摆放。一切的一切都在宣告着高三的到来。

三天的考试时间过得很快，最后一科考完，直接就是暑假。不补课，不安排自习，让大家好好休息，重整精神，为下个学期蓄力。

周应在考试前就收到了通知，这个暑假她将要在京市度过，参加竞赛决赛的集训，一直到决赛结束才能回来。这意味着她有两个月不在长宜。

教室里，李知予抱着周应哭诉："好姐妹，开学见！还想着我们暑假能一起出去玩呢！"

杜子奕："人家周应是去参加比赛的，别伤感了，还可以打电话嘛。"

周应："这你就不懂了，有的离别，就算是有通讯方式，也是会伤感的。见不到面，总觉得生活里少了点什么。"

李知予疯狂点头。

张亦然从办公室回来，杜子奕就凑了上去，勾上了张亦然的肩："这次你拍的是什么电影呀？能透露吗？"

张亦然收着书："青春文学改编的。"他忽然看向自己的同桌周应，说，"我没有和女生的对手戏，我这个角色是没有对应的女主的。"

一旁的杜子奕和李知予一脸吃瓜的表情，周遭的气氛变得微妙，李知予拽着杜子奕走出教室："我们先走了！你们慢慢聊！"

第六章 热爱的夏天

两人走后,周应和张亦然陷入长久的对视中。很久之后,张亦然缓缓开口:"长宜新开了个游乐场,你要不要考虑一下,走之前一起去看看?"

周应点了点头:"好啊,我早就想去了,只是找不到人一起。"

"那我可以吗?"张亦然很会抓重点。

"可以!"周应说,"再合适不过了。"

游乐场里多数是成双成对的小情侣。张亦然和周应刚入园,就在打卡点领了两个发箍。周应领的是兔子,张亦然领的是狐狸,两人还在背景墙前拍了张照片。负责照相的工作人员拍完后顺嘴夸了一句好配。

周应立刻出来解围道:"这是我弟。"

工作人员连忙改口:"难怪,我说怎么长得这么像。"

张亦然红着脸接过工作人员递过来的照片,说了声"谢谢",转身对周应说道:"走了走了,那边还有好多项目……"

他在慌张什么?周应看着照片,觉得张亦然戴这个发箍居然还有点可爱。

"我觉得你不是狐狸。"周应说,"你才应该是兔子。"

"为什么?"

"兔子可爱啊,你看照片里面的你,啧,多可爱。"

张亦然听到这话脸又红了。他这一天心跳"超速"了好几次。

周应取下自己的兔子发箍,给张亦然递了过去:"喏,给你。"

张亦然也取下自己的狐狸发箍,给了周应,自己戴上了兔子的那个。这么一看,张亦然显得更加温柔了

温柔的人说:"那你是狡猾的?"

还没等她听清楚他在说什么,她就被他拉上了摩天轮。明明想说的话很多,可是在摩天轮里,两人却变成了"哑巴",真是太

奔向热爱的夏天

奇怪了……

夜色渐渐降临，游乐园里依旧热情似火，周应和张亦然恰好赶上了开园以来的第一场烟火表演。伴随着音乐和灯光的开场，几十束烟火冲向夜空，闪烁出星星一样的光芒。他们在火树银花中，人潮汹涌里，听见一声又一声欢呼，要用很大的声音喊，才能知道对方在说些什么，依稀可以听见有人在人群中说出了一句"我喜欢你"。

"追风赶月莫停留，平芜尽处是春山。"既然选择了奔跑向远方，就能看见前方的风雨。曾经还以为，"高三"离自己还很遥远。而当命运悄然把"高三"这份礼物送到面前时，才知道它从未停止前进的脚步。周应说不清楚具体的心情，无法描绘自己知道即将成为高三学生的那个瞬间，只是觉得，面对这场盛大的征途，好像有点迫不及待……

等烟火的声音小了些许，周应抬头看向张亦然，说："我们一起去执礼吧。"

张亦然也看向她，点头："好。"

"假期有时间，我就给你发信息。"

"好。"

"等你回来，我给你看一张纸。如果我还记得。"周应说的是那张写着她名字的草稿纸。这是来自夏至的约定，他们不会忘记……

6月末，两人于长宜机场说了再见。周应往北到达京市，张亦然往南到达南州市。他们去往了相反的方向

十七八岁的思绪随着飞机留下的尾气云的轨迹，悄悄传递，连风都没办法将其吹散……

第六章 热爱的夏天

从京市回来的那天是 8 月底，长宜正值盛夏，热浪在大街小巷翻涌，蝉鸣声聒噪。

李知予和杜子奕早早地就到了机场，去给周应接机。周应拖着沉重的箱子走出机场，一抬头就见到了李知予和杜子奕，两人拉着一条长长的蓝色横幅站在那儿，横幅上写着：恭喜周应同学获得 2023 年化学生物联合竞赛 A+ 奖！

李知予在看到周应的第一眼就跑向了她，抱住她说："周应！好久好久没有看见你了，想你呜呜呜——"

为了给周应接风洗尘，杜子奕和李知予早早地就定好了餐厅，几人打车前往。桌上的火锅在咕噜咕噜冒着热气，再过两天，高三的第一个学期就要来了，再想轻松就难了。

李知予上来就问："张亦然最近怎么样？"

周应吃了一口刚捞上来的虾滑："他好像很忙。"

"我那天在营销号的路透里看到张亦然了！"

杜子奕接话："我觉得他还蛮符合那个角色的。前几天听说电影的拍摄工作好像要收尾了。"

"等电影上映的那天，我们一起去看！"周应说。

"朋友忽然变成演员，好奇妙的体验。"李知予说。

杜子奕："我听说原本他家的公司打算帮他的，但是他坚持要靠自己。其实之前就有剧组来找过他，不过都被他爸给拒绝了，说让他好好学习。他和他爸的关系可不好了。"

周应没说话，喝了一口杯子里的冰可乐。杜子奕方才说的那些事她都不知道，张亦然也从未同她提起过。

"他有说什么时候回来吗？"

周应摇了摇头，叹了口气："没说具体时间，只是说快了。"她的视线往旁边一瞥，看见李知予给她定制的横幅，右下角居然画着她的一个 Q 版小人。周应指了指那个 Q 版小人，好奇地问："这个是谁画的？"

李知予笑了笑："一直在等你问。"

对面的杜子奕也跟着笑，然后一字一顿地说："张亦然。"

听到他的名字，周应有一点意外："那他画得还挺好的。"她把横幅折起，收进自己的包里，心底泛起一阵涟漪。

第二天上午九点，周应是被一阵电话铃声吵醒的，在看见来电人是秦宋后，周应立即打起了精神："秦老师！"

秦宋在电话对面笑了笑："回长宜了吗？"

"回了。"

"恭喜呀周应，拿到了 A+。"

"谢谢秦老师。"周应从床上爬起，坐在了书桌前。

"是这样的。"秦宋直入主题，"学校想让你在开学典礼的时候发言，你看有时间写稿子吗？"

周应看了看书桌上的日历，虽说过两天就是入学考试，但写个稿子应该也不会耽误什么时间，她就应了下来："好的。稿子我先写，明天下午之前发给您，您看可以吗？"

秦宋欣慰地说："当然，把事情交给我们周应，老师还是很放心的。"

周应笑了笑："谢谢秦老师。"

"我就不打扰你了，你好好休息，开学见。"

"嗯，秦老师再见！"

挂掉秦宋的电话，周应收到了李知予发来的信息，是一个荣誉栏的截图。周应点开那张图片一看，上面印着她和张亦然的校牌寸照。

第六章　热爱的夏天

　　蓝底的照片，白色的校服，红色背景的最顶端，写着"喜报"两个大字。她放大图片，看清了照片下分别写着的内容：

　　　　热烈祝贺我校高三（10）班周应同学在2023年全国中学生化学生物联合竞赛中获得A+级前五名！
　　　　热烈祝贺我校高三（10）班张亦然同学在2023年全国中学生写作大赛中获得小说组第一名、散文组第六名！

　　李知予发来了语音："今天上午刚出作文比赛成绩，学校就让我写喜报了！你俩真的是太强了！哎，秦老师有没有和你说让你写开学典礼的发言稿？"
　　"刚说了。"
　　李知予："你在家吗？"
　　周应："我打算一会儿去矢量书店写稿子。"
　　李知予停顿两秒："那我不打扰你，继续给喜报排版去了。"
　　"辛苦了荔枝。开学见咯。"

　　周应骑着小电驴往矢量书店去。书店里人不算太多，一如既往地安静。不一样的是，今天的矢量咖啡馆里没有放纯音乐，而是一直在小声地单曲循环着一首歌："能够握紧的就别放了，能够拥抱的就别拉扯……"
　　周应点了一杯冰美式，找了个靠窗的座位坐下，打开笔记本电脑。她下意识看了一眼手机，没有收到期待中的信息。她和张亦然的聊天还停留在前天。望着空空的聊天框，周应又想起了张亦然那张校牌上的照片，那张照片还是去年开学的时候她帮他拍的。

当时要做新校牌,又在分班破冰夏令营期间,宣传的事情不少。为了省时间,张亦然就直接找周应帮他拍了。

"拍好看一点啊。"张亦然站在相机前嘱咐。

"知道。"周应举着相机,"嘘,别说话。笑一下。"

张亦然听话地勾了勾嘴角,周应不由自主地跟着他笑了。照片里的他身穿白色的校服,是十六七岁青春期里永远都不会看厌的衣服。洁白的短袖上只写了学校的名字,其他什么都没有,却承载了很多很多回忆,和他们一起经过了高中的一天又一天。

一时半会儿写不出发言稿,周应打算到书店里走走。书店里没有音乐,周应拿出耳机继续听那首歌。听着轻柔的音乐,连步子都变得慢了些。路过书架上摆放整齐的书,周应把目光停在了一本名叫《也是冬天,也是春天》的散文集上。张亦然今年过生日的时候,周应送了这本书作为他的生日礼物。也不知道他看完了没有。

和张亦然没有见面的这两个月,她爱上了看书,从文字里感知作者的思绪,体验未曾经历过的一切。周应继续顺着书架一边挪动,一边找想看的书。她在茫茫书籍中,一眼看到了张亦然写的那本《夏至时会有风》,她快步走到那本书前。拿下那本书的时候,周应心里总有种久别重逢的感觉,像是见到了一位很久没见的老朋友。

自从去年夏天,看到了以"亦夏"为笔名的作者在杂志上刊登的文章,周应就喜欢上了这位作者,她总觉得这位作者的文章,字里行间透着种难以言说的熟悉。直到后来她发现这位作者就是张亦然本人,所有的熟悉都有了可以解释的原因。

周应把书合上,放回书架,准备继续往前走,脚步骤然收回,

第六章 热爱的夏天

人呆立在了原地。穿过书架的缝隙,对面是一双她无比熟悉的眼睛。

他回来了。

他们很默契地一起走到书架旁,张亦然自然地拍了拍她的脑袋:"你送我的那本书,我看完了。我算着时间,每天看五页,这样等我再次看完这本书的时候,我就能回来了。"

周围静悄悄的,周应朝张亦然挥了挥手,示意他弯下身子。接着,她凑到了他耳边,小声地说:"欢迎回家。"

9月1号上午八点,执礼附中举行开学典礼。通常,高一年级的学生会到报告厅参加典礼,高二、高三的学生则是在教室里收看直播。在学校的安排下,张亦然成了这次开学典礼的主持人。

他身穿校服正装,看上去和平时有点不一样,站在台上念串词:"下一项,学生代表发言。"

张亦然话音落下,同样穿着正装的周应拿起自己的发言稿,在掌声中走上了千人报告厅的舞台。一瞬间,所有的灯光都聚焦在了她的身上。刚入学的高一新生有着无限活力,不少胆子大的朝台上大声呼喊着"学姐好美"之类的话。

"老师同学们,大家好!我是来自高三(10)班的周应,很荣幸今天作为学生代表在此发言。"

今年执礼附中开学典礼的主题是"序章新启,凝力未来"。这个主题算是中规中矩,没有特别地标新立异,也不算俗气老套。

写稿的时候,周应曾想,自己的未来到底会是怎么样的?她似乎从来都没有好好思考过这个问题,这个主题看上去很空很宽泛。但人生至少不应该碌碌无为,未来的图景不应该是潦草几笔就能画完的,明白要成为一个什么样的人,好似才是"未来是怎样的"这个话题最本质的含义。周应觉得这个话题来得恰是时候，让她有机会能够在高三的开始，好好对自己的思绪进行一番整理。

发言稿不算太长，很快就来到了结尾："明天会发生什么，我们无从知晓。但我知道，太阳会照常升起，黑夜也会迎来新的天光。我们的未来拥有无限的机遇，每一个即将到来的明天，都有可能成为你生命之中最特别的那个篇章。未来坦荡，我们可以肆意奔跑。昔日的风雨淋不湿未来的我，我始终坚定地追逐明天的太阳。序章新启，一切正热烈，一切正当好。

"祝大家新学期快乐！我的演讲完毕。"

台下响起了热烈的掌声。风从报告厅的窗户吹进来，窗外的树上洒满了阳光，盛夏依旧，温度不减，属于他们的高三开始了。

第七章

奔向十八岁

高三有什么不一样的吗？在周应看来，好像只是多了两个字——累和困。这种感觉在身体上和心理上都有，并且伴随着接下来每一天的生活。

开学的第二天，摸底考试的成绩出来了。因为只有本校学生参与，不是什么大联考，所以学校也没有给学生进行赋分成绩的换算，直接公布的原始分数。有人欢喜有人忧，这是每次考试结束之后常有的事。

刚领到成绩单，张亦然就被秦宋叫去办公室喝茶了。在秦宋眼中，倒退十名以上，是要被列入红线名单的，张亦然原先又是年级前十名，所以考试结束后的谈话，他被安排在了第一个。张亦然这次排名是年级第二十一名，和上个学期期末相比退步了十五名。

办公室里，秦宋喝了口茶，对张亦然说："下一次考试有把握没？"

"秦老师，我找找状态。"张亦然诚恳道。

秦宋用手点了点桌上张亦然的成绩单："你这次数学拖了后腿，虽然语文是年级第一，但是你这个理科方面啊，还是要努努力，赶上来。600分出头，不像是你的状态啊。"

张亦然尴尬地笑了笑，手在脖子上蹭了蹭："这两个月没怎么刷数学题，拍电影去了。"

第七章　奔向十八岁

秦宋说："咱们班是历史和物理的混合班，理科好的同学多着呢。你同桌周应，是不是？你找时间和人家探讨探讨这个数学。不说像她一样次次考 130 分，能稳定到你原来的水平就行。"

"老师您放心。"张亦然顿了顿，"不过有件事，能不能麻烦您帮我一下？"

午后的蝉鸣声聒噪不止，虽说是在催人从午休中醒来，但效果好像是反的——越听越困了。张亦然倒是清醒，这会儿正在写数学题。

广播按时响起，开始播放今天的歌曲。周应睁开眼睛，张亦然逆光的侧颜闯入了她的视线。周应一下子就清醒了，她慢慢坐直了身体，想拿出一套化学试卷让自己冷静冷静，张亦然突然给她递过来一张小字条。

周应拿起小字条，缓缓打开，上面写着：*睡醒了吗？醒了和我去趟走廊。*

看完小字条，周应看向张亦然，用眼神问：你要干吗？

张亦然心领神会，歪头挑了下眉毛，没回答，只是示意她和自己出去。他起身往教室后门走去。周应早已困意全无，她将那张小字条折好，放进口袋，然后走出了后门。

音乐还在校园里回荡，洒满阳光的走廊上，人还不算太多。

两人靠在走廊墙边，面对面站着。

周应问："什么事？"

张亦然接话："今天我不是被秦宋老师叫到办公室谈心喝茶了嘛，秦宋老师建议我多找你问问题，让你教教我……"说话的时候，张亦然的眼神不自主地飘忽了一下，思绪闪回他在办公室里的最后一分钟：

"不过有件事，能不能麻烦您帮我一下？"

"什么事?"

"您帮我和周应说说,让她做我的数学补习老师呗。我一个人叫不动她。"

秦宋:"你先自己去和她说,就说是我让你去的。"

"就等着您这句话了!"

思绪闪回现在,周应听罢要求后问:"我们俩一个理一个文,怎么教?"

"数学。"

周应点了点头:"行。"

教张亦然数学,等同于让自己再复习一遍知识了。况且张亦然数学水平不低,教起来完全不费力。周应心里忽然闪过一个无比腹黑的想法:她能用教数学这件事来拿捏张亦然。

开学没多久,学校就发布了一条通知,建议大家组建学习互助小组,支持跨班组合,一起学习。学生们对这件事的兴趣不低,还没放学,执礼小分队就聚在一起凑了个四人小组出来。班上还有另外两名同学想参与到他们组,于是,他们变成了六人小组。

"你知道吗,我弟转到了许柠他们班。"李知予说。

"哦?这么巧?"

李知予点了点头:"所以,我拉他俩入伙我们的学习小组了。"

周应比了个"OK"的手势。

每天下午,学校都预留了时间出来给大家自习和研讨,每到这个时候,各个学习小组就会去学校图书馆楼上的小教室里做交流。他们在小教室里交流的时候,座位也是固定的。时间一久,李知予都在感叹自己和周应做同桌的机会是完全没有了。

周应这两天在准备礼物,听母亲大人陈雪蕴女士说,家里会来一位合租室友。为了迎接他，周应打算送点什么，毕竟是要相处将近一年的人。为了送出一个妥当的礼物，周应还问了张亦然和李知予的意见。

每天晚上放学后，张亦然都会把周应送到她家楼下，这已经成了他的习惯。多走一段路，早已刻在了他的记忆里。

每次到周应家楼下的时候，两人也不是立即说再见分别，他们总要聊上那么一会儿。短则五分钟，长则二十分钟，不超过半个小时。每次聊天，他们总是会用一道题来做开头，有时是语文，有时是数学。好像用一道题来开头，会显得不那么像闲聊。周应也不知道自己为什么会有这种想法，大抵是上高三之后上课有点累了吧。

今天到达周应家楼下的时候，一切照常，他们继续着回家路上的话题。周应在心里对自己说，这个聊天是很正常的。学习了一整天，和好朋友聊一聊，缓解压力，释放情绪，再正常不过了好吧？

停在经常驻足的路灯下，听着夏蝉的聒噪，他们面对面站着看向对方。

"每天帮我背书包，肩膀累不累？"周应问。

张亦然摇了摇头，说："看不出来吗？"

周应疑惑："看不出来什么？"

张亦然脸上带笑，说："我在讨好你。"

周应不解："为什么要讨好我？"

张亦然解释："因为……我怕你哪天就不教我数学了。"

周应露出一副意味深长的表情："哦——原来是这样啊！"

他们不想说再见，总想继续聊些什么，好像多待在一起一秒，疲惫感就能多减一分一样。

"对了，今天我们地理老师上课时说，今年有可能下雪。"

"哦？这么早就能预判吗？"周应感慨道，她打算逗逗他，"所以呢？你想说什么？"

"没什么。"张亦然故作傲娇。

"真的吗？"周应开始拿捏张亦然的小心思，"再给你一次机会。"她的脸上带着一种挑衅。

张亦然感觉心里有只小狗爹了毛：啊啊啊，搞什么啊！机会摆到面前，不抓住的话，好像有点不尊重"机会"这两个字。

"爹毛小狗"安静下来，说："好吧好吧……我就是想说……下雪的话，我们一起去看初雪吧！"

周应笑了一下："行啊，下次考试，数学考回 125 分，我就答应你。"

听到这句话，张亦然目光炯炯地看着周应，说："那说好了。"他把手放到周应的面前，要与她拉钩。

周应将视线移到张亦然的手上，假装嫌弃地说："多大了，还拉钩？"虽然话是这么说，但周应还是搭上了张亦然的小拇指，"骗人是小狗。"

"嗯。"

"虽然你本来就是。"周应补充。

张亦然低头看向柏油马路："那我还是那句话，小狗从来都不骗人。"说完他又用那双亮亮的眼睛看向她，问，"你如果睡不着的话，还会拨通我的电话号码吗？"

周应近来有些失眠，也不知道是不是高三带来的。按照之前说好的，要是失眠的话，她就给他打电话。

"嗯。"周应肯定地说，"你快回家吧。我要上去了。"

"那……晚安？"张亦然说。

周应点了点头:"嗯嗯!晚安!"她准备从张亦然那儿接过自己的书包,然而张亦然没有立即给她。

"书包。"周应再次伸手。

张亦然摇了摇头,说:"你不知道吗?"

"知道什么?"

张亦然走到周应家楼下,感应灯立即亮起:"从今天开始,我就住在这儿了。你的新合租室友,就是我。"

周应:"嗯?"过了一会儿,她才反应过来,"真的假的?"

张亦然笑了一下:"真的。都说了,小狗从来都不骗人。"

这个消息对周应来说,绝对是个意外。她怎么也没想到,新来的租客居然是张亦然同学。原先她还在和李知予讨论,估计是位女生,不然她母亲陈雪蕴女士也不会同意合租。所以周应买的礼物是个小玩偶。

想到小玩偶,周应陷入沉默。先不想怎么是张亦然这件事了,她心里生出了一个新的疑问,而且还是这件事情里的一大关键点——张亦然这家伙居然什么都没说,这保密工作做得可太好了。她忽然就想起了去年夏天他刚回来的时候,故意装作不认识她的那件事。

行啊,可以啊。张亦然同学,这是你自找的。

周应心里的小兔子撇了撇嘴:"又跟我来这一出?"周应说,"又想逗逗我?"

"不是不是!"张亦然的语气中带着明显的慌乱,"阿姨说让我先别告诉你,说要给你个惊喜。"说到后面,张亦然迟疑了一下。

周应:"少骗我!"

张亦然求饶:"真的!"

她假装生气,把手臂抱在身前,然后头也不回地走向前面。

离开张亦然的视线之后,她就偷笑了起来。其实方才再不走,她就快要压不住嘴角了。

说实话,张亦然成为她的新合租室友,她还挺高兴的。她没有执意拿过他肩上自己的书包,只在他追上来后收住了笑,心想,自己以后在家不能随意进出了……

家里,陈雪蕴正在准备夜宵,看见张亦然跟着周应进来,陈雪蕴脸上的笑容变得更灿烂了:"太好了,亦然来了,我就放心啦。"

张亦然换了鞋,说了句"阿姨好"。

把夜宵从厨房里端出来的时候,周应和张亦然已经在各自的房间里放好了书包。

"来来来。"陈雪蕴招呼着女儿和张亦然坐下。

"妈,您怎么还不让张亦然透露消息?"周应坐了下来,夹起一筷子肠粉。

"惊喜呀。"陈雪蕴说,"然然啊,用自己的积蓄租的房子。妈过两天又要去国外的分公司了,这次去估计要有一段时间才能回来。"

周应拿着筷子的手顿了顿:"好吧……"

在她的印象中,从记事起,父母就总爱出差,渐渐地她也习以为常了。所以现在听见陈雪蕴说自己要出差,周应也不会感觉很奇怪。

吃过夜宵,周应洗漱完就回了房。原先被改造成书房的房间又变回了卧室,成为张亦然的房间。之前的很多个失眠的夜晚,周应和张亦然都在通着电话。然而现在,他们只是一墙之隔,如果今晚继续失眠,该怎么办?

第七章　奔向十八岁

好不容易盼来了国庆，假期的第一天，周应睡了个懒觉，她是该好好休息了。张亦然也没像往常那样叫她起床，任凭她睡到几点。但他要保证一件事，周应起来肚子饿得有东西吃。

放假第四天，做好早饭，张亦然就拿着钥匙上了楼。

考虑到高三学生课程紧，学校在放假第四天开放了教室，供大家自习，学生们可以根据自己的需要选择是否去学校。周应和张亦然觉得休息三天已经很好了，决定从第四天起，每天都去学校刷题。

今天很奇怪，第一节自习倒还好，到了第二节课，周应写完作业之后，发现自己写不进习题试卷了，不知道是不是受到了放假的影响。一旁的张亦然正戴着耳机听英语听力，周应想到自己好久没练听力了，见他第一题还没动笔，便找他要了一只耳机过来。周应没有带听力书，于是，两人便共用一本，放在中间，把听到的答案写在草稿纸上。

其实，张亦然从第七段材料开始就听不下去了。好不容易撑到做完，草稿本上的东西基本是在乱写乱画。听力音频结束，张亦然感觉自己的正确率应该不怎么样，心虚地用书挡着眼睛，偷偷看了一眼周应的状态。

周应感受到一道炽热的目光，立马看了过去："你在看什么啊？"

张亦然把书往下放了一点，问："你又在看什么？"

周应不允许自己在拌嘴的时候认输，盯着他说："看你好看。"

张亦然一哽，"腾"地起身："我去洗把脸。"

水房里，张亦然洗完脸开始反思自己的行为，自从放假开始，他就很难找到学习状态，总想找周应说小话，他得想办法杜绝一下这个问题。

奔向热爱的夏天

张亦然洗完脸回到教室,看见周应坐到了自己前面的那个座位。他眨了眨眼,倾身向前问:"怎么了?"

"我是觉得……我们俩坐在一起有点相互影响……"

"明白了。"张亦然不禁想夸她一句机智。为了后续的自习能够正常进行,效率能够达到最大,不坐在一起是个不错且有效的方法。

假期结束后,学习进度日渐紧张,题目变得多起来,作业变得写不完,笔记背不到尽头,连闲聊的时间都少了。学校的老师反复强调,上课不要睡觉,可还是会有学生打瞌睡,脑袋像在"钓鱼";讲过的导数题,还是有学生一遍又一遍地问接下来该怎么写;每次周考,特别是数学,都会让学生们叫苦连天。

10月下旬,2024年高考报名正式启动。执礼附中的高三学生统一在信息教室报名的那天是10月25日。周应和张亦然拿着报名草稿表站在走廊上等待排到自己,有那么一瞬间,他们感受到,高考的脚步真的来到了身边。

拍摄信息采集照片的时候,张亦然原本有点面无表情,可就在摄影师按下快门前的几秒,相机旁的周应冲他做了个鬼脸,张亦然的脸上顿时露出了微笑,这个微笑恰好被拍了下来。

从教室出来,走在回班的路上,周应不禁问:"张亦然,你拍照的时候为什么不笑?"

张亦然回答说:"太累了,笑不动。你呢?"

周应用轻快的语气回复:"我还好呀?"

张亦然看了眼手表,说:"离午休结束还有一会儿,要不要一起去楼下便利店买椰子水?"周应喜欢上了椰子水这件事,是张亦然最近才发现的。

第七章 奔向十八岁

升到高三之后,周应时不时就会趁着短暂的休息时间往楼下的便利店跑,也不是很饿,就只是单纯地想下去走走,短暂地离开教室,脱离一下高三学生的身份,让自己休息休息。或是和朋友结伴而行,聊聊天,说说和学习没有关系的话题。

周应点了点头:"去!"

那天中午的太阳很大很大,像是在宣告着夏天永远不会结束一样。两人拿着刚买的冰椰子水从便利店出来,慢慢地走在树荫底下。

午休结束时,广播里开始播放歌曲,音乐回荡在整个校园里,带给人短暂的放松,他们在音乐里享受着片刻的惬意。

写不完的试卷,做不完的压轴题,一场又一场的考试接二连三进行,草稿纸堆积在桌角,试卷一张又一张……一晃眼,只剩下两百天了。再一晃眼,倒计时牌显示只剩下一百五十天了。时间就这样偷偷溜走,让人难以察觉。

2月28日这天,是百日誓师的日子。执礼附中的百日誓师大会向来是盛大的,又被称作成人礼。整个活动的规模不算小,热闹非凡。这几天的天气还算不错,都是晴天,气温宜人,如同初夏,很适合穿各种礼服。

早上七点左右,整个高三教学区里不再是往常早自习那样的安静。没有人在写题,大家都在想今天该如何去放松自己,如何展现自己最好的一面,去迎接高考倒计时一百天,去奔向自己的十八岁。

当然,或许有人还在因为长宜市适应性考试的失利而难过,身边的朋友会安慰还有时间,一次考试证明不了什么,高考只是一个阶段性的事件,人生不是高考这一件事所能够决定的,未来的时间里蕴藏着无数种暂未发现的可能,不必为一时的失利而过分伤心。况且还有一百天,时间充足,完全来得及让自己不在 6 月后悔。

青春期的伤痛终会在多年以后得到疗愈,终会在那时成为此生永远都会去追寻的记忆。曾经总以为十八岁还很遥远,而现在,它就在眼前!

广播里在放歌,学校为学生们选的是一首叫《淋雨一直走》的歌曲,深蓝色的成人礼门已经放在了绿茵场上,白色的座位在门后静待着,周围的彩旗迎风飘扬,一切都刚刚好。

教室里,秦宋站在讲台上看着全班同学笑着说:"今天是你们高中毕业倒计时一百天。"

秦宋没有说是高考倒计时一百天。在这个气氛如此轻松的时刻,她可不想给学生们上压力,让他们心里还总想着分数、成绩什么的。学了这么久,该放松就放松吧!

"走过成人礼门之后,不管你们有没有过十八岁生日,在执礼附中的眼里,在我们所有老师的眼里,你们就已经是成年人了。很荣幸能够看着你们奔向自己的十八岁。"

话音落下,高三(10)班的教室里传来了一阵掌声。紧接着,在热烈的掌声中,广播里传来了张亦然的声音:

"2024 届高三百日誓师暨十八岁成人礼即将在十八分钟后开始,请各班同学有序前往教学楼下各班的指定地点,'2024·执礼·奔夏'成人礼即将开始!"

上午九点整,成人礼正式开始。全年级的老师们站在成人礼门的两侧,给走来的学生们送执礼附中为大家定制的向日葵。向日葵象征着对光明和希望的追求,这是执礼附中为学生们送出的祝福。

整个成人礼的时间比较长,为了防止大家低血糖或者是肚子饿，各班的旁边还准备有瑞士卷和青柠汁。

张亦然站在台上念着各班的解说辞。每个人的脸上都洋溢着最自然的笑。不去想成绩和分数，不去想排名是升还是降，也不去想明天会怎样，只全心全意地享受着此刻所有的阳光、此刻的音乐、此刻的愉悦，以及此刻身边的人。

很快就到了高三（10）班，张亦然在台上念自己班的解说辞的时候，声音莫名增强了些许。解说辞里的一词一句都是他和周应一起写的，所以，这篇解说辞他是百分百熟悉的。因为一会儿还有其他流程，周应和李知予在走完成人礼门之后，就离开了自己班的区域。

"刚刚激动到我了，呜呜呜！"李知予说，"昨晚我激动得都睡不着！"

"为了出片，我刚刚在努力做表情管理！"周应挽着李知予的胳膊说，"终于可以放松一下了。"

"也不知道杜子奕这货去哪儿拍照了，根本找不到人。"李知予看了一眼手机，发现杜子奕没给她发信息。

"他也不跟你这个摄影组长报备一下？"

李知予摇了摇头："没发消息给我，一会儿再去找他吧。"

周应将视线放到了台上，远处的张亦然还在念着教师组的解说辞，操场两边的大屏幕上此刻是他的特写。这是周应第一次注意到这个大屏，有那么一瞬间，周应觉得这个大屏效果还挺好的。

屏幕中的人的眉眼间透露着一种十八岁独有的清爽感，阳光落在他的身上，包裹着他，风吹过身旁，温度刚好。李知予和杜子奕摄影去了，现在就只剩下了她停留在侧边舞台，很快就到了下一项流程——誓师。

周应走上台，拿着话筒站在了张亦然的身边："现在，请全体起立。"

说完,张亦然和周应就转身看向了身后屏幕上的誓词。

周应和张亦然齐声:"请举起右拳,跟我宣誓。"

"十年执笔,试问锋芒;百日朝阳,为我披光!踔厉笃行,昂扬奔夏;扬帆远航,乘风破浪!"

宣誓声回荡在学校里,发出热烈的回响。

成人礼结束的时候,张亦然说了句"我还没走成人礼门"。听到这句话,杜子奕才恍然想起来自己也没走。

"我去!"杜子奕说,"那门现在还在吗?"

李知予回答说:"应该还在。"

周应说:"那我们现在去!"

紧接着,几人放下手中的汽水,赶紧走出后台的控制室。操场上阳光正热烈,照在浅蓝色的跑道上。绿茵场上那个深蓝色的成人礼门还停留在原地,像是在那儿等候着他们。

男生帮女生提着裙子,他们一前一后,一路小跑在那空无一人的蓝色跑道上。

李知予拿着拍立得说:"我们还没有合照!"

那时阳光刚好落在他们的身上,落在他们的发梢,他们就这样一起携手走过了成人礼门。

忽然风起,似感夏至。

5月7日,一模第一天。这次考试是第二次市统测,所有时间均按照高考的要求来,考场设置也是每场三十人。当天下午考完后,学校给学生们放了假。老师要快速批改完试卷,方便做成绩分析。

一模通常都会设置高于高考的难度,最低本科控制线划出来只有四百多分。很多同学因为一模的成绩,感觉到自己被"重创"了一下。年级主任还在广播里鼓励大家不要丧气,别光看分数,要看排名。周应和张亦然的分数在六百出头,还排在市里的前面位置。

各科的复习进入二轮的中后期,专题复习结束,就要开始统一做套卷了。

执礼附中找当地一家很权威的名叫"言德联考"的文化机构,按照高考标准订购了一批本地区的优质模拟题,每科五张,成套成套地发给了学生们。三轮复习资料除了三十张卷子外,就是执礼附中的老师出的一些押题卷。执礼附中每年的押题卷质量都很高,还有不少外省学校专门找执礼附中出模拟题。

学校图书馆里,经常见到高三学生周末来自习的身影,教室里的灯每天都会持续到十一点多。最后一位在晚上离校的学生,会将倒计时牌往后翻一页。

上学的清晨,放学的公交车上,困意总会席卷身体。为了让自己能够有个短暂的休憩,周应的耳机里总会放喜欢听的歌。

5 月的最后一天,6 月的第一天,执礼附中安排了高三的三模。三模的难度较前两次的模拟考来说降低了些许,目的就是让学生们放松心情,好去迎接一周后的高考。

年级会议上,主任向大家强调,最近要注意休息,调整作息,注意饮食,避免剧烈的运动。6 月 2 号到 5 号的晚上,学校已经没再安排老师进班讲课了。每一堂课,都只有对应的科任老师进班守自习,学生们有不懂的问题,可以随时上去问。

周应和张亦然开始陆陆续续地往家里带书,一些写完的和没写完的资料,都不用放在教室里面了。

最后一次晚自习那天,下课铃响了之后,广播里传来《起风了》的旋律。紧接着，教学楼下的聚光灯全部打向了对面教学楼。在高三学生全体看向对面的瞬间，从顶楼处展开了六副高考对联。在老师的组织下，高一、高二的学生全部去到了高三教室的对面。有人在击鼓，有人在挥舞着手上的小校旗和写着"2024·执礼·奔夏"的年级旗。

"最高品质！附中高三！"

"执礼附中！全部高中！"

"金榜题名！附中必胜！"

高一、高二年级的同学们口号声此起彼伏，高三年级的学生们用掌声和欢呼声回应着来自全场的加油。

不知道过了多久，耳边的欢呼声还在继续，高三年级的老师继续敲响战鼓，年级的大旗帜仍然在鼓声、音乐声和欢呼声中不停地挥舞着。

周应听见耳边很近很近的位置传来一句"高考加油"。

她也给出一句回应："高考加油。"

"2024年普通高等学校招生全国统一考试今天正式拉开了帷幕，今年全国有一千三百四十二万名考生参加高考……"

6月7日清晨，各大考点的门外站满了学生、家长和老师。学生们一一和各自的语文老师握手，让老师握一下自己待会儿要用的笔。

时间一到，警戒线收起，学生们集体涌入考点。

上午九点，全国响起了统一的铃声。2024年高考的第一场考试，正式开始了。

每年高考，大家对语文最期待的就是作文题目。今年新高考一卷的题目借用人工智能的情景，以"答案能够很快得到，问题会不会越来越少"展开思辨讨论，相较于前些年的题目，不算太刁钻棘手。

下午的数学难度算是在意料之中,但又在情理之外的。前面的小题不算太难,解答题却陡然增加了难度,打了没有细心写题和慌慌张张的同学个措手不及。按照张亦然和周应的理解,这套数学试卷想考高分是有点难度的。

第二天的物理和历史绕了点弯子。但历史方向的学生们最终还是没逃过写三篇小论文的命运;物理题的阅读量很大,计算量也不小。下午的英语,听力材料还算清晰。厚厚的一本英语题目做完,还是有些许成就感在身的。

第三天的考试,周应和张亦然的学科恰好错开。上午第一堂是化学,第二堂是地理。下午第一堂是政治,第二堂是生物。没有轮到自己的科目时,学生们就在家里备考。

张亦然考完政治,他的高考也就结束了。周应手上捧着一束鲜花,在考点外等着张亦然出来。

张亦然接过鲜花,拥抱了一下周应,随后说:"刚刚考试的时候特别顺利,我把这份好运传递给你。考试加油。"

下午六点十五分,考点里响起了终了铃。周应考完了生物,她的高考也结束了。

等待清理试卷的集中时刻,考点内响起了《起风了》。场内场外的学生先是惊呼,而后三三两两地跟着唱了起来。歌曲放到副歌部分,警戒线正好放下。考生们伴着歌曲,冲出了考点的校门。迎接他们的,是耀眼的未来。

这一年,课桌上堆满了试卷、书籍和成堆的写满了字的答题卡,他们用完了一支又一支的笔。无数个备战刷题的夜晚,台灯下忙碌的身影,只为了那个重要的时刻。而如今,终于弄懂的圆锥曲线和导数大题、终于背完的古诗和文言文、终于记完的英

奔向热爱的夏天

语单词、背了一遍又一遍的政治、梳理了一次又一次的历史、理解了一本又一本的地理，连同令人抓狂的物理、难算的化学、知识点繁杂的生物，全部成为过去式，这场盛大的征途终于到达了终点。

高三！彻底结束啦！

高考结束后，全市的高三学生在城市里的大街小巷中过着热闹非凡的夜生活。经历了一年的磨难，考了无数场试，写完了厚厚的习题册，现在，是放肆发疯的时刻。

和班上的同学聚完餐，周应和张亦然决定去看一场午夜电影。来到离学校最近的一家电影院，发现这里的座位早就被订空，根本没有连在一起的双人位置，于是他们决定改去一家私人影院。

周应选好影片，张亦然起身去关灯。电影开场，女主在飞机上看见了男主的背影。想到执礼小分队今天没有一起行动，周应靠在沙发上，好奇地发话："李知予和杜子奕干什么去啦？"

"他们没跟我说，不过杜子奕说约我们明天一起去唱歌。"张亦然拉开一罐可乐，给周应递了过去，"你觉得呢？"

周应毫不迟疑地说："当然没问题。"

能在十七八岁的青春里遇到无话不谈的朋友非常可贵，即便是毕业了，周应依旧想要和在意的人一起度过之后的每一天。

电影来到女主和男主初遇的画面，两人安静下来，沉浸在电影情节中。

或许是受到电影的启发，周应突然想到了某天同李知予聊天时提到的一些话题。李知予断定男女之间没有纯友谊，只要相处得足够久，就一定会有心动的感觉。放在以前，周应绝对会脱口而出"不可能"，但是现在，她却不确定了。

第七章 奔向十八岁

电影结束后,两人聊着刚才的电影,张亦然忽然试探地问:"那你现在相信爱情了吗"

周应迟疑了一下,说:"我觉得得分人,不能一棒子打死。"

周应曾经无数次思考,和一个人相处久了,内心所产生的情感到底是心动,还是一种依赖和习惯?

周应看了看身旁的张亦然,张亦然感受到周应的目光,回头看向了她。两人的视线碰上的瞬间,周应回想起了十八岁生日那天。

那天下午下了课之后,自习课前,周应和张亦然忽然被秦宋老师叫到了办公室里,说是让他们整理一点班上关于毕业的材料。上课铃响起的时候,两人正好完成了整理,那时候秦宋不在办公室里。见状,他们把材料放在桌上,就往教室走。

走到一半,他们碰见了在走廊上徘徊的杜子奕。杜子奕看见他俩之后立即迎了上来:"正好要去找你们来着。"

"什么事?"张亦然看向杜子奕。

杜子奕揽住他的肩膀:"走慢点,走慢点。"

张亦然和周应听到杜子奕的话,有点不明所以。放眼望去,走廊上空无一人,安静得很。两人随着杜子奕的步伐慢慢走。终于在两分钟之后,挪到了教室的前门。

杜子奕走在他俩前面,偷偷地朝窗户看了一眼,然后站在门边,示意他俩推门。张亦然一脸莫名其妙。

"你俩先走。"杜子奕坚持。

还要赶着写作业呢。顾不上神经兮兮的杜子奕,周应和张亦然一起推开了教室的门。

两人刚踏入教室,"嘭"的一声,旁边绽开两束礼花,礼花彩带落在了被吓了一跳的张亦然和周应的眼前和身上。两人这时才意识到，班上的同学在给他们准备生日惊喜。

"生日快乐！"在李知予的带领下，班上传来了很大一声欢呼，两人在秦宋老师的提醒下看向黑板。

原本写满了数学公式和英文单词的黑板，在此刻全部变成了对张亦然和周应的祝福。大家都知道，这对青梅竹马的生日在同一天。且因为这一点，大家有的时候还会在心里生出些许不谋而合的感慨。

周应和张亦然向全班同学说了谢谢，又在秦宋老师的盛情邀请下走上台说了祝福。

全班三十位同学，每一位同学的生日，全班同学都会认真对待，只不过形式不一样。巧的是，张亦然和周应早就一起定好了一个蛋糕，这会儿已经到了。杜子奕和张亦然到校门口将蛋糕拿了上来，在李知予的帮助下，依次给每一位同学分完了蛋糕。

或许青春期的不谋而合就是这样的，他们在准备着惊喜，而他和她早就准备好了分享礼。

分完蛋糕，有同学在教室里架起一体机，杜子奕和李知予拉开了两束礼花，在礼花还未完全落下的时候，一体机上的快门倒计时结束，大家一起拍了一张照片。

那天晚上回家的时候下了点小雨，周应和张亦然只带了一把很小很小的透明伞，所以他俩几乎是完全靠在一起走回家的。和周应一起打伞的时候，张亦然总是习惯性地将伞往周应那边倾斜。路灯昏黄，惹人生出了困意，雨滴"啪嗒啪嗒"地落在透明雨伞上，像是在演唱一首关于晚安的催眠曲。

在车底躲雨的小猫爬了出来，走到树下。他们注意到了小猫，周应眼前一亮，跟上小猫的速度。

第七章 奔向十八岁

"这小猫怎么不躲雨啊？"周应指着那只小猫说。

"因为现在没在下雨了。"张亦然回应。

"那你还打着伞？"周应转头看了一眼张亦然。

张亦然耐心解释："因为我们现在在树下，风一吹，树叶上的水滴就会落下来。"

"哦。"

小猫停了下来，趴在了树边。周应也停了下来，蹲在了小猫的面前。张亦然站在她的身后，一只手举着伞，另一只手很随意地放在校服口袋里。伞下是周应和那只忽然到来的小猫，张亦然就这样看着正在摸小猫的周应笑。

"生日快乐。"张亦然说，"虽然今天已经说过了，但我还是想再说一句。"

周应站起身来，和小猫挥了挥手，然后转身看向张亦然，笑着说："生日快乐！"

"你猜我给你准备了什么礼物？"

周应说："猜不到，要不你来猜猜，我给你准备了什么生日礼物？"

张亦然模仿着周应的语气说："猜不到。"

周应接过张亦然手里的伞，把伞收了起来，说："雨停了，我们回家吧。"

"嗯！"张亦然笑着说，"快要到家了，很快我就能知道礼物是什么了。"

不知道从哪里吹来了一阵风，头顶的香樟树发出了沙沙的声音，过了两秒，雨滴噼里啪啦落在两人头上，使人根本来不及撑伞。他们相视一笑，很默契地一起往前跑，奔向了十八岁的青春……

眼前的电影结束，周应在心里再一次肯定了什么是心动。

房间里只有幕布上透出的光，但足够让她看清楚他的视线。张亦然朝她笑了笑，拿出一个小盒子摆在她面前。盒子打开，里面放着一条她关注了很久的项链。

张亦然说："送给你的。"

周应伸手从自己的书包里摸出来一个一模一样的盒子，放到张亦然的面前。打开盒子一看，居然是同款。

"其实……原本我是想送给你的。"周应感觉到自己的脸正在变热，她本来是想在高考结束后送他的，现在看来，和预想的有点不一样。

张亦然将自己手中的盒子放到周应手里，又拿过了周应手里的盒子。

周应做了个梦。在梦里，她回到了高三，回到了课桌前，眼前堆满试卷和草稿纸，一抬眼就能看见黑板上密密麻麻的英语单词。如果不是好闺密李知予的电话打了进来，周应估计还能在梦里给张亦然讲一道题。

"喂——"周应打了个哈欠，语气迷迷糊糊的。

"还没起呢？！"电话那头的李知予和此时的周应有着巨大的反差，李知予听上去可兴奋了，"你忘了今天是什么日子了？"

什么日子？周应把手机从耳边拿开，看了一眼时间和日期。

"差点忘了！"周应从床上"弹射起步"，"今天是毕业典礼啊！"

电话对面的李知予听到周应的反应不禁笑了一下："张亦然没叫你起来啊？"

"没。我们没住在学校旁边了，昨天就搬回来了。"周应揉了揉眼睛，下了床。

第七章 奔向十八岁

"你和他坦白了没有?"李知予八卦地问,"本军师可要上线啦!"

周应吐了一口漱口水:"没。"

她看向镜子中的自己,在思考痘印要怎么去掉。走出浴室,周应坐回书桌前,视线扫到桌上的那个盒子。她将盒子从台灯下拿过来,放在手心,打开它。项链再次出现在她的视线里,在暖色调的台灯下闪闪发光。

"我快要等不及见你了,周应应!快给我看看张亦然送了你一条什么样的项链!"李知予听说两人互送了项链,好奇得不得了。

"就是……"周应把项链放回小盒子,"我之前给你看的那款……一模一样的。"

"什么?!我去!你们这也太心有灵犀了吧!"李知予再次兴奋,"他是不是观察到了你经常看这条项链,然后觉得你喜欢,所以就买给你了!但是,重点是,这条项链可是你打算买给他,然后去攻略他的呀!有意思,有意思!"李知予都快要鼓掌了,现在一脸的姨母笑。

"打住!荔枝同学,你这也太自作多情了吧。"周应说,"矜持,矜持。也许就是很巧呢?正好买到了一样的款式……"好吧,说实在的,这话说出来,周应自己都有点不信。

"哇!那更甜了!这默契度,简直了!"

"恋爱脑"该治。难以想象李知予谈了恋爱之后会是什么样的。

"快点吧!我快要到学校了!"李知予在电话那边催促。

"好。"

挂完电话,窗外吹来一阵风,微热,但带有些许早晨的清新。夏蝉的声音在此时闯入房间,但并不让人觉得聒噪。就算很热也没关系,盛夏因为晴天而永远美好,永远明媚热烈。

周应刚准备关上窗户,一低头,就看见张亦然正站在楼下,抬头看向她。夏蝉的声音在这一瞬间停歇。

"在楼下等我！"这次是周应先开口的。

她坐回桌前，拿过手机，打开相机前置摄像头看了一眼自己的脸。还好还好，脸上没有什么其他的东西。她忽然想起了那张一直被放在书桌抽屉里的纸。不管是在租房里，还是在自己家里，这张纸永远都静静地躺在书桌中。

周应微微一笑，将那张纸从抽屉中拿了出来，放入校裤口袋。

青春里最好看的衣服是哪一件？面对这个问题，执礼附中的学生们会很默契地齐声回答：是执礼附中的白色短袖校服！

十七八岁，被阳光偏爱的年纪。那时候什么都不用想，不用考虑一切复杂、解不出来、没有答案的问题。偶尔失眠，偶尔失落沮丧，偶尔抱怨，十七八岁的少年喜欢幻想，偏爱无忧无虑的时光，追逐着新到来的每一个二十四小时。

张亦然的电影进入宣发期，大家经常能在媒体平台上刷到他参演的电影的预告片片段。一走进学校，周应和张亦然就发现，学校的公告栏里居然还张贴了张亦然电影的海报。

站在海报前，周应不停地调整着角度，试图拍一张最好的出来。

"我人就在你旁边，要不你直接拍我呗？"

周应无语地吐槽了一句："那能一样吗？这可是你的第一张电影海报！多有意义！"

张亦然说："回头我给你一堆，带签名的那种。"

周应："谢谢哈……"

到达报告厅的时候，人不算太多。报告厅里正在放着歌。周应按照李知予发的照片，和张亦然找了过去。位置比较靠前，能看清舞台上表演节目的人的脸。

"周应应!"李知予朝周应这边飞了过来,她一把抱住了周应,然后很"心机"地看了一眼周应的脖子——没有项链……李知予赶紧趁机到周应的耳边说:"没戴项链?"

周应抿着嘴:"没戴。"

张亦然一会儿有要表演的节目,已经去后台了。

报告厅里还在回荡着歌声:"故事的发展有很多意外……"

送出相同的礼物算不算意外呢?周应想到这儿笑了一下,沉入了忽然冒出来的粉红色泡泡中。

"杜子奕说他快到了,我去校门口找他!"李知予刚接完杜子奕的电话。

"好。"座位上只剩下了周应一个人。

坐了一会儿,周应站起身来往报告厅外走,她打算现在去一趟教室,把一会儿要带走的东西再整理整理。高考结束的那天没有回学校,她直接玩去了。昨天忙着搬家,也没有时间来学校,所以这一小堆存放在柜子里的东西,便很自然地留到了举行毕业典礼的这天。

刚好,今天带走所有书本,高中时代算是真正落下帷幕了。她想着想着便走到了教学楼。现在还没放暑假,高一、高二年级的同学还在学校。现在是下课时间,周应刚踏入教学楼,就听见了熟悉的喧闹声。

高考就像是人生的一个节点,经历过之后,就算是真正成年了。

旧高三的走廊里空无一人,安静无比,和楼下的喧闹声全然不同。阳光洒满整个走廊,照着窗棂发着光。和好友手挽着手并排走的时光好像还在前天,今日说了再见,将不再是朝夕相伴。

奔向热爱的夏天

十六七岁的雨季终究是会走到终点的，雨不会一直下，晴天总是在等待着的。

走廊上的窗户旁不只有聊天的好友。也许还会有在半路上遇见的老师，然后停下来一起讨论题目；或许会有假装去水房的人路过，只为在课间偷看他或她短短几秒；还会有晚自习放学后的走廊，因为断电而彼此靠近的瞬间……

走到高三（10）班的前门，周应如往常那样推开了门。空荡荡的教室里装满了盛夏，装满了阳光。即使现在是白天，周应还是下意识地想起了最后那晚。

那天晚上的最后一节晚自习，整个年级都没有在学习，老师给学生们准备了寓意为"高中状元"的粽子。后来粽子发完，秦宋让大家拉上了教室里的窗帘，关上了灯。

秦宋说："大家一起唱首歌吧。"

一开始大家不知道要唱什么，最后秦宋决定，大家一起唱《起风了》。也许会跑调，也许会唱不齐，也许会不记得歌词，但没有人在意这么多，他们都在尽情地唱着。大家把手机拿了出来，打开了后置灯。整个教室里只有MV和手机的光，像是来到了演唱会的现场。

曲终的时候，下课铃正好响起，教室外传来喊楼加油的声音，全班顿时沸腾。漆黑的教室里，周应还没来得及向张亦然发出邀请，她的手就被他牵住了。

一起经过教室前门的记忆闪过脑海，一眨眼，周应的眼前出现了盛夏里光晕渲染着的教室。夏蝉的声音穿过未关紧的窗户缝隙溜了进来。周应走过自己的课桌，停在了自己的柜子前。

柜子里还剩下一本日记和两三本书。她拿起那个日记本，把它放在手中，翻开了第一页。其实她主要是为了来翻翻这个日记本。她选择把这个本子放在最后再带走，是因为里面装了她所有的高中记忆。把它带离学校，高中时代也就在真正意义上结束了。

还没翻到日记本的最后一页，门口忽然传来了响声。周应顺着声音传来的方向看了过去，门口站着的人是张亦然。就像那年夏天他闯入她镜头时那样突然。

周遭夏蝉声依旧，手中的日记本在风中往后翻了一页又一页……

第八章
夏至时风起

周应早已经不记得，自己是从什么时候开始写这个本子的了。一开始，这个本子只是记一些句子和一些待办事项，后来上面才渐渐有了日期、天气和心情。

坐在座位上，周应翻到了第一篇带有日期、天气和心情的日记，是在她和张亦然重逢的那天写下的。

看到这儿，周应不禁把日记本盖在了自己的脸上，来掩盖忽然泛上的害羞。

坐在一旁的张亦然笑了笑："我还没看完呢。"

周应把本子从脸前拿开，扬着一张害羞的脸看向同桌张亦然同学，说："早知道就不让你跟我一起看了。"

张亦然还是在笑："那怎么办？说话要算话。"

"谁叫你求我了……"周应提起了几秒前发生的事，"我这人容易心软。"

"我知道啊。"张亦然说，"所以我求你了。"

周应随意翻开手中日记本的一页，是一张拍立得照片。在看见照片的瞬间，两人都笑了。那是在新年会的那天拍下的。

元旦假期前，学校组织开展迎新年活动。各班在自己的教室里办新年会，自行出节目，或者策划游戏环节。

在秦宋的安排下，宣传委员李知予成了这次活动的组织者，整个新年会都由她来策划安排。在新年会到来前,为了带动班上的同学报节目,李知予先把目光投向了自己的好朋友们。

"我保证,新年会结束之后请你们喝奶茶!"李知予拿着小本本站在小分队另外三人的面前。

"没关系啦。"周应说,"你不请我们喝奶茶,我们也会帮你的呀!"

于是,周应和杜子奕两人就成了李知予的小助手,张亦然则在全班同学的呼声中,报了个唱歌的节目。

很快就到了新年会的那天。中午,整个学校里热闹非凡,一个下午都不用上课,各班热火朝天地准备着。杜子奕和张亦然到校门口把秦宋给大家买的奶茶提了上来。分发完奶茶之后,新年会也就开始了。

没有人报名主持人,最后,周应顶上了。张亦然的节目被安排在开场,用来给大家调动气氛。念完串词之后,周应就走到台下,坐在了一旁。整个教室的灯被关掉,大家举起开了手电筒的手机。

在那些灯亮起来的瞬间,周应忽然恍惚了一下,像是回到了一年前开新年会的时候。上次新年会,他唱了周杰伦的《暗号》。

很快,张亦然在掌声中走到教室中间。周应心里惊喜了一下,张亦然居然带了他的吉他。

杜子奕帮他摆好了椅子和谱架。张亦然坐在椅子上,从谱子前抬起头看向前方的同学们。他下意识在人群中寻找着周应的身影,但没找到,才反应过来周应今天是主持人,现在应该是坐在侧边的。他嘴角微微一笑,开始了弹奏。

吉他弦轻颤,声音回荡在整间教室里——

奔向热爱的夏天

"第一次见你的我,找不到什么话要讲。"

是《April Encounter》,刚看到节目单的时候,周应没想到他会选择唱这首歌。她第一次听到这首歌是在半个月前,他们一起上学的路上。当时两人正在等红绿灯,站在彼此的身旁,戴着同一副耳机,这首歌是随机到的。

"这首歌还不错。"周应感叹了一句,"安安静静的,我喜欢。"

张亦然低头说:"听一秒就喜欢上了?"

周应点了点头:"嗯。有些歌,是会让人在一瞬间心动的。"

教室里的灯光随着张亦然弹奏出来的吉他旋律摇晃,温柔的声音回荡在房间里,钻入耳朵。轻颤的不只是吉他弦,周应感知到,似乎还有别的什么也在轻颤着。

一旦陷入他的歌声里,似乎很难从其中抽离。光晕中,歌曲来到尾声。周应整理了一下手中的稿件,准备起身上台。抬起头的时候,周应忽然撞上了张亦然的视线。他转头看向她,那时候他正在唱最后一句歌词,他在笑,很温柔。周应嘴角扬起,回应着他的视线。

最后一个音符落下后,张亦然看向全班同学,教室里响起了掌声。正在拍照的秦宋老师带头说"好听",紧接着全班同学也纷纷说"好听"。

"再唱一首!"人群中,杜子奕忽然提议。

接着,全班的声音又起来了:

"还想听!"

"张亦然!张亦然!"

在全班同学的欢呼声中,张亦然盛情难却,将吉他放到了一旁的架子上,轻轻说了句"好"。

第八章　夏至时风起

班上再次响起掌声和欢呼声。

"谢谢大家的喜欢。"张亦然站在灯光的中间,"最近新学了一首歌,我试一下。"

"哇哦!"杜子奕捧场高呼,"祝你爱我到天荒地老!"

张亦然接话:"对,颜人中的《祝你爱我到天荒地老》。"

前奏响起,灯光重新开始跟着旋律摇晃,周应从侧边走到人群中,站在了好闺密李知予的旁边。李知予站的位置还算不错,虽然在最后一排,但是在中间位置,前面的同学又都是坐着的,周应站过去能很容易看见张亦然。

像是心有灵犀,最出圈的那句歌词出现的时候,周应撞上了张亦然的视线。在摇晃的光晕中,在温柔的声音中,在心脏"扑通——扑通——"加速中,周应不自觉地勾起嘴角。

看见他,自己就会笑,心情也会变好。

那张被夹在日记本中的拍立得照片是李知予拍下的。画面里,台上的张亦然转头看向周应,那时周应也在看向他。是视线交汇,歌词唱到最后一句的瞬间。

后来,周应很庆幸李知予那天拍下了这张照片,否则,多年以后回想起来那个瞬间,想到没有留下影像,找不到心跳的证明,她可能会后悔。

短暂的元旦假期过后,即将迎来期末考试,也是长宜市的统考,叫作"新高考适应性考试",又叫小高考。

"各位,小高考就要来了啊,打起精神来!"秦宋在下课铃响了之后强调,"小高考很重要,题目最接近高考,赋分人数多,参考价值极大。"

下课后的教室安安静静的,大家要么在埋头写作业,要么趴在桌子上补眠。而周应和张亦然还在算着前一节数学课留下来的圆锥曲线大题。他们在比谁先算出来。

一分钟后，两人同时停笔，看向对方的试卷——他们算出了一模一样的答案。

张亦然指了指试卷上的题目，他在自己的试卷上写：平局。

周应看到后，在自己的试卷上写下了回复：耶。

后面还跟了个微笑的简笔画。

刚才两人在打赌，看谁先写对这道题。后写对的人，要给先写对的人买礼物。这下好了，没有输赢。

张亦然在试卷上写：要不……我们比市联考在校的排名百分比怎么样？

周应回复：成交！

市联考到来前那天晚上的晚自习，周应和张亦然正在做同一道数学题。写到后面，两人都卡住了。那时，前桌的杜子奕和李知予正在英语陈老师的办公室里面对面批改作文，不在教室，没法儿问他俩写出来了没。所以，周应和张亦然决定到教室外找个地方讨论一下这道题。

执礼附中的晚自习比较自由，学生不需要完全待在教室里，可以去走廊上讨论题目，去办公室找老师问题，也可以去图书馆的自习室。

两人拿着试卷和草稿纸，揣着笔，从教室后门轻轻地走了出去。

走廊上的风很大，南方的冬天给人一种刺骨的感觉。就着夜色，张亦然和周应走到了走廊的尽头。他们打开走廊尽头的灯，在风中看着手中的数学题，而后将手藏在衣袖里，慢慢地在草稿纸上写着计算。

第八章　夏至时风起

"你用的什么方法？"

"平移构造齐次化方程。"

"我再算一遍。"

"我再检查检查我的草稿，也许是数据看错了。"

不知道过了多久，两人重新计算完了第三小问，把计算结果放在一起，这次是一样的。翻开答案，是对的。两人长舒一口气，心里松了下来。

还没等他们交流这道题，头顶的灯忽然黑了。两人抬头看了一眼天花板，从口袋里拿出手机，打开了手电筒，试卷上的题目和笔迹重新出现在了眼前。

顺着手机灯的光线，张亦然看向走廊外。那一瞬间，他看见了黑夜中落下的雪，他立即看了一眼手机里的天气预报，确定这不是自己的错觉。

这是今年的初雪。张亦然没有说话，一旁的周应觉得奇怪，便转头看向张亦然，轻轻扯了扯他的校服衣袖。

张亦然笑着低头看向周应，说："下雪了。"

周应："嗯？别骗人了，快点把题目讨论完。"

张亦然的嘴角上扬，他轻轻地摸了摸周应的头，然后蹲下身子，指向自己手机灯照到的地方，温柔地说："你看。我没骗你吧。"

两人凑得很近很近，都快要脸贴着脸了。他们什么话都没说，只是静静地看着眼前正在落下的雪，就着这样的情境，留下了一张合影……

"喂！你看够了没有？"耳边传来周应的声音，张亦然的思绪回笼，视线从过去移开，转而看向她。

盛夏已至，光晕洒满教室，耳边是声声蝉鸣。将手中的照片放下，重新夹回日记本上写着"初雪"的那一页。那是他们在初雪那天拍下的合照。

张亦然合上日记本，把它放到课桌上："其实这是我们夏天就说好的约定，不是吗？"

去年夏天，张亦然和周应约定，如果张亦然下一次考试数学考到 125 分，周应就答应和他一起看初雪。后来，张亦然考试超常发挥，数学考了 135 分，成绩再次回到原先的水平。

约定落下，带着盛夏的余温，由夏蝉做证。忽而又一年的盛夏，阳光落在白色的校服上。他知道她会去教室，所以，他毫不犹豫地再次奔向了她。

张亦然的视线落在课桌上，那是她的日记本。

毕业典礼结束之后，大家回到自己班上领毕业照，或是去找朋友和老师们拍照，完成高中落幕时的留念。

收完最后一本书的时候，张亦然正好从办公室回来。那时教室里的人不算太多，周应抬头的时候刚好撞上了张亦然的视线。

在她的印象里，他见到她的时候似乎总是笑着的。

"东西收完了吗？"张亦然走了过来。

"嗯！"周应点了点头。

张亦然挑了一下眉，露出一脸坏笑："日记本带了吗？"

说这句话的时候他还很刻意地放慢了语速，像是在强调什么一样。

周应故意冷冷地回答："带了。"

"哦——"张亦然轻声回应，然后点了点头，一脸傲娇的样子，"那就带了吧。"

周应一下子有点捉摸不透他的心里在想什么，只是说：

第八章　夏至时风起

"回家！"

"嗯。"

教室外的阳光很大，炙烤着在微风中缓缓摇曳的香樟树叶。柏油马路上翻涌着热浪，夏蝉趴在枝头奏响夏日的乐章。这条路，他们走过很多遍，也许这是最后一次穿着校服走这条路了。回首无数个她和他在这条路上经过、驻足、说话的日夜，周遭的小草小花随着年岁更迭生长，但依旧留存着他们的秘密。有些秘密不会随着时间的推移而被忘却，那些刻在他们心底的点滴，会永远藏在那个名为青春的地方。

"对了！"周应忽然开口，"部分试题的答案已经公布，要不要一起估个分呀？"

估了分，就能大概清楚自己能不能和他报同一所学校。想到这儿，周应的心里忽然泛上一阵忐忑和紧张。她在害怕，怕自己不能和他报同一所学校。

"好。"张亦然答应下来，"去你家还是我家？"

"都可以，石头剪刀布，谁赢了，就去谁家。"

张亦然依旧说"好"。虽然石头剪刀布这种决定方式有点幼稚，但是有用呀。

他们停在十字路口，比画石头剪刀布，结局是男生赢了。嗯，那就去他家估分，反正两家楼上楼下，很是方便。

周应先回了趟家，整理一下刚从学校带回来的书。在书房整理书本的时候，心中总有种不安和忐忑，既有害怕，也有期盼。

周应只带了手机，其他什么都没带，就上了楼。因为只有一层楼，周应索性走的楼梯。刚上楼，周应就听见了一声很重的关门声。她下意识地停在楼梯口的门后，紧接着，一个身影掠过，停在了电梯前。

奔向热爱的夏天

　　周应知道，那是张亦然的父亲张远声。等张远声进了电梯，周应才从楼梯间那儿出来。走到张亦然家门口的时候，周应就听见了稀稀落落玻璃碎片发出的碰撞声。她顾不上敲门，直接输入了张亦然家家门的密码，打开了门。

　　"张亦然！"周应几乎是"闯"入张亦然家的。

　　映入眼帘的是满地的碎玻璃碴。烟灰缸里，张远声没抽完的半支烟还在微微燃烧。周应走到张亦然的面前，张亦然停下了手上清扫玻璃碎碴的动作。

　　她知道他和他父亲关系不好，经常意见不一。张亦然没有按照张远声规划好的路线走，让张远声时常觉得，自己的教育是失败的。

　　张亦然出书不告诉他，去拍电影没有和他说，他知道的时候，心里的挫败感便更强了。在他的计划中，张亦然未来应该在他的引导下成为一个成绩斐然的商人。

　　今天是张远声从国外回来的第一天，他一下飞机，就来了这里，不为别的，只是为了发泄情绪。在停掉他的卡之后，张远声发现，他不但没有去求自己，反倒活得更滋润了，挫败感再一次加深。等他知道那张卡上面的钱他一分未动时，愤怒的情绪更是达到了顶峰。

　　坐在客厅里，张远声本来想好好讲话，奈何他根本就压不住自己的火气，直接把桌上的杯子一摆，说："我都是为了你好！"

　　力度没控制好，杯子滚落到地上，碎了。和张亦然那原本就不怎么完整的童年一样，破碎了一地。

　　"你走吧。"张亦然的情绪没什么波澜，似是早已适应了父亲这种阴晴不定的情绪，"一会儿我还有事。"

　　张远声见张亦然是这般态度，便从沙发上站起身来准备离开。

第八章 夏至时风起

走出门前,他对正在扫玻璃碴的张亦然丢下这么一句话:"你和你妈一样,永远不知道我的良苦用心。"

张亦然依旧什么话都没说,只是低头收着地上的东西。

自己的情绪再怎么平静,在见到她的那一刻,也变得不平静,泛起了涟漪和波澜。

等地上的玻璃碴扫完,周应一把抱住了站在她面前的张亦然。像春天那个雨夜,她在那间出租屋外,和他在走廊上一起听春雨的时候一样。

那天晚上他们都失了眠,躺在床上,无论怎么数小绵羊都睡不着。即便他就在隔壁,周应还是像原先那样,拨通了他的电话。

对面很快接通。他的声音很温柔,让她像是在一个漆黑的房间窥见了一束月光。

"我睡不着。"失眠者的电话,通常都是以这句话作为开头。

"我也是。"张亦然说,"要不要下去走走?"

她还未曾见过长宜凌晨时的街道,听见这个提议,心底不免染上兴奋。她立即说了句"好",答应了下来。

凌晨的城市街道笼上了一层静谧,昏黄的路灯灯光照得柏油马路变成了橙色。虽然是春天,但依旧会有树叶被风吹得缓缓落下。长宜的春天多雨,地上时不时会有小水洼。路过的小猫、小狗迈着轻快的步子从旁边经过,然后找一处地方睡觉去了。

这里远离闹市,人不算太多,周应和张亦然直接穿着略显松垮的校服外套,松弛地走着,听树叶的沙沙声充斥在耳边。

至于为什么睡不着,答案也很简单。还剩不到一百天的时间,考卷不停在脑海中纷飞。高三学生总有那么几天会陷入无限的焦虑,会思考明天要做什么,思考未来。单一反复的生活是无聊的,要允许自己的思路在某几天乱飘一下。不妨借着这段思绪,从日

奔向热爱的夏天

复一日中抽离出来，换换心情。

温度不冷不热，刚刚好，两人听着轻松的曲调，在这春风吹个不停的凌晨，连步子都变得轻快了起来，或许这就是春风沉醉的感觉。

他们不止一次一起经历着这样的长夜，在低谷相伴，在黑夜相拥，从小便是如此。

走到一棵树下，周应慢下脚步，抬头看向天空。张亦然随着她的脚步缓了下来，跟着她的视线抬起头。头顶飘来几滴水。树荫外的水坑里泛起涟漪。

周应说："下雨了。"

张亦然下意识地伸出手："好像是的，那我们回家吧。"

两人朝着出租屋的方向一路小跑，在大雨落下之前，成功走进了那幢楼。往楼上走的时候，外面的雨越下越大，淅淅沥沥的声音充斥在耳边，夹杂着春风的耳语。

走廊里，周应再次慢下自己的脚步，牵住了走在前面的张亦然的衣袖："我还是不困。"

张亦然停下，看向身后的周应，笑了一下说："据说雨声能够助眠。"他把脸转向走廊外，"要不我们一起听听雨声？"

周应的心里忽然闪过前几天看的余光中的那篇散文。现在不是冷雨，所以此刻和他在一起，是听听那春雨。

就这样，他们站在走廊边，视线里都是大雨落下的瞬间。这个雨夜，他们没再说什么别的话题，但周应心里感受到了一种前所未有的平静感。

落雨的夜，周应在吹进来的风里忍不住打了个哆嗦，张亦然伸出手臂半圈住她，挡住了一大半的风。周应在突如其来的相拥中听到了来自心底的声音。她会一次又一次地拥抱住他的破碎，

第八章 夏至时风起

他也一样。

思绪从春雨那晚抽回,拥抱让周遭的空气变得暧昧了起来。耳郭的温度越来越高,呼吸也不由自主变得急促。

"估分吧。"张亦然不舍地说,"估完分,我有话想对你说。"

听到这话,周应心里一怔,又陷入先前在自家书房里的紧张感。

"其实……我也有话想要对你说。"

估完分,窗外的蝉鸣声忽然变大。书房台灯下的桌子上摆着周应和张亦然分别按照"松、中、紧"原则估好的总分。

周应长舒一口气:"总算是完成这个大工程了!"

一旁的张亦然微微笑:"怎么样?"

周应迅速遮住桌子上写着分数的纸,转头看向张亦然说:"秘密!"

张亦然挑眉,做出一副欠欠的表情,然后拉长声音"哦"了一句,说:"秘密。"他边说边点头,"那你叫我来估分,是……"

"是……"周应接话,迟疑住了,她在心里编着理由。

张亦然忽然凑近了一些:"你没忘记吧?"

周应眨了眨眼,心里闪过那个关于一起考同一所大学的约定。她点点头:"没忘记。"

张亦然往后退了一些,和她的距离不再像方才那般近,他依旧是在笑着的:"原来你叫我来估分的原因,不是这个?"他又继续意味深长地"哦"了一声,说,"那是我多虑了。"说完,张亦然就把桌上自己的那张分数纸对折,收进口袋,准备走到书房外。

刚站起身,还没从桌前离开,张亦然就感觉到自己的衣服被周应牵了一下。他在转过身前,暗自勾了勾嘴角。

"你不好奇那张纸上写的是什么吗？"周应说。

听到这话，张亦然坐回到书桌前的位置，他眼睛亮亮的，好奇地看着周应，说："什么？"

紧接着，他就看见周应从口袋里面拿出一张满是折痕褶皱的纸。那张纸已经泛黄，看上去有些时日了。

张亦然有点不明所以："这是……"

周应笑着将这张纸放在了张亦然的手心："去年这个时候，你去外地拍电影之前，我说等你回来，如果我还记得的话，就给你看一张纸。"

张亦然捧着那张纸，并未打开，他说："我当然记得。"他抬头看向周应，"只是，我见你没提起这件事，还以为你忘了，所以也没再提。"

"真的？"这次换成周应凑近了，"我还以为你忘记了，所以我也没提。"

"我能打开看吗？"张亦然问，"不会是……"

情书之类的吧……后半句话张亦然没有说出来，只是在心里偷偷地猜测，悄悄地想。

"你打开看看不就知道了？"周应说，"和你有关。"

听完周应的话，张亦然感觉到自己心跳瞬间开始加速，连呼吸都变得急促了起来。他努力压下"扑通扑通"的心跳，缓缓打开那张纸。下一秒，他就看见周应的名字出现在那张纸上。他一眼就认出来了这是他的笔迹，然后很快想起来这张纸上为什么会有周应的名字。

具体是在什么时候在草稿纸上写下了她的名字，他早已经不记得，只是没想到，当年扯纸做纸团的时候，正好选的是这张纸。

张亦然笑了，笑容带着羞涩。周应看见张亦然的反应，知道他已经明白了这张纸为什么会出现在这里。

　　他们不说话，只是看着台灯下泛黄的纸张。周应拿起笔，又拿过张亦然手中的纸，把它放在了桌上，在上面写下了他的名字……

　　"喂喂喂！"
　　"毕业旅行去哪儿！"
　　杜子奕和李知予在执礼小分队的群里发了两条语音。
　　周应：想去看海。
　　张亦然：那就去看海，@杜子奕@李知予，你俩有没有意见？
　　李知予：不愧是我的好姐妹，想到一块儿去了。
　　杜子奕：去江厦怎么样？
　　张亦然：江厦海边的日出超级好看。
　　周应：行啊。
　　李知予：我做攻略。
　　周应：我订机票。
　　张亦然：那我负责住宿。
　　杜子奕：什么玩意儿，你们怎么这么快？留我打酱油？
　　张亦然：笨死了，你去帮你女朋友做攻略啊。
　　杜子奕：是哦，收到。

　　在江厦的最后一天，凌晨四点，一行四人来到听夏海滩，他们要在这里看一场日出。夜幕还笼罩着海边，海浪一声又一声，似乎在唱着夏日夜晚的安眠曲。

　　他们找了一个相对不错的位置，在沙滩上铺好了野餐垫，中间放了些零食，然后打开手机的手电筒，面对面围坐在了一起。

奔向热爱的夏天

张亦然拿了两罐可乐，朝对面的杜子奕抛了一罐过去。杜子奕双手接住。一打开，可乐喷涌而出，洒在了沙子上。他们隔空举起了可乐罐。

李知予喝了一口手中的饮料，问："大家想好要选什么学校了吗？"

周应咽下一口椰子水："到时候看成绩。"

张亦然："嗯，我也是。"

杜子奕对李知予说："你在哪儿，我就在哪儿。"

李知予："算你识相。"

甜蜜的泡泡在升腾，大家都笑了。

周应："我从未想过，高中就这么结束了。我想，以后，我们至少要做个有用的人吧。"

张亦然："我们还要成为带着热爱的人。"

李知予："以后，不做一个碌碌无为的人。"

杜子奕："你们说完了，让我说什么？"

张亦然："有点好笑。"

李知予拿出手机，把他们的毕业照摆在众人的面前："我还没好好看过这张照片。"

周应凑上前来，一下子就找到了张亦然。

"张亦然，你的脸怎么不是正的？"周应疑惑，"偏了点。"

"我看看。"杜子奕也凑到李知予的旁边，"是有点欸，秦宋老师怎么选的这张？"

一旁的张亦然双手抱在身前偷笑，等众人回过头看向他的时候，他又立即收回了方才那暗爽的表情。

"你在笑什么？"周应说。

"没……没笑什么呀。"张亦然故作无事发生。

第八章　夏至时风起

拍毕业照的时候，张亦然一直在找周应的身影，眼前人影交错，在快门按下的前一秒，他终于在人群中找到了她，离他不算太远。这一刻也刚好被拍了下来，成了永恒。

四人坐直身体，周应还在拿着手机看那张毕业照。周应把照片中的张亦然放大，把手机摆在他的面前，小声说："所以你刚刚在笑什么？"

"我想起来我为什么会没看镜头了。"

周应收起了照片："为什么？"

他笑了笑说："因为……我在找你。"

杜子奕把可乐罐放在沙子上，看向旁边的李知予，两人正拉着手。周应和张亦然那时还在低着头，和对方耳语。

"喀喀……"杜子奕咳嗽几声。

李知予接上杜子奕的话："对面的，注意一下，太甜了。"

张亦然的脸上闪过一丝害羞的表情，他拿起一包薯片，朝杜子奕扔了过去："吃你的东西。"

杜子奕接过薯片，在李知予面前打开："来，我们一起吃。"

"好的，谢谢男朋友。"

"啊！我受不了了！"周应站起身来，"张亦然，我们快走，这里留给他们两个甜甜蜜蜜！"

"好。"

两人没有走远，只是去到了海边附近。沙滩上，他们遇见了同样来看日出的人。

首先遇见的是一对满头白发的老夫妻。路过时，老爷爷叫住了张亦然和周应，请他俩帮忙拍张照。老夫妻看着照片，似乎回忆起了往昔的年华。

再然后遇见的是一对新婚的夫妻，路过他们时，张亦然和周应看到他们手中名叫"许愿棒"的手持烟花，感慨好美。小夫妻叫住他们，送了他们几支烟花。在火光的指引下，烟花在他们手中绽放开来，夺目而又耀眼。

告别新婚夫妻，周应和张亦然继续向前走，第三次遇见了同看日出的人。他独自一人，身旁只有几架摄影机陪着。张亦然和周应好奇地走上前去。那人告诉他们，自己正在完成一幅日出的延时摄影作品。周应问他孤单吗，他说不，说追逐自己热爱的事物的人在路上永远不会孤单。

后来不知道走了多久，夜色渐渐褪去，天空开始变成深沉的蓝。太阳从海平面上缓缓升起，照得蔚蓝的海水熠熠生辉。

周应站在海边，看着远处的海平面。那是她第一次在海边看日出，第一次和他一起在海边。虽然早已不是第一次一起看太阳升起。

周应转头看向身边的张亦然，准备邀请他一起拍照。然而她刚转过头看向他，一束花就出现在了她的眼前。那束花以白玫瑰和粉玫瑰为主，周围点缀了些许洋桔梗。

周应完全没注意到张亦然是在什么时候拿的这束花，跟变戏法一样。

鼻尖嗅着洋桔梗的味道，心在"扑通扑通"狂跳，海浪声环绕在耳边，逐渐和心跳同频共振。海岸线附近的天空变得越来越亮，似乎有微微的气泡正在慢慢上升。

不远处，李知予和杜子奕正拿着手机录像。

镜头里，张亦然捧着花，脸颊微红，嘴角却是上扬着的。周应和他一样，也在害羞地笑。

时间跳到五点二十，张亦然深呼吸了一下，完成了最后一次心理准备。他鼓起勇气看向眼前的周应，说："周应同学，我喜欢

第八章　夏至时风起

你，做我女朋友好不好？"

短短几个字，他准备了很久很久。从高考结束开始，他每天都在心里反复默念好几遍，想要预演一个最好的语速、语气，去和她说出这句话，虽然真的到了这一刻，仍有些颤抖。

在周应看来，张亦然方才说出这句话的时候，很像只正在撒娇的小狗，请求和询问的语气温温柔柔的，眼泛桃花，让人不忍拒绝。

周应接过张亦然手中的花："我也喜欢你哦。"

喜欢是一种什么样的感觉？这是世界上最难回答的一个问题。关于喜欢一个人的答案，似乎就藏在每一天的每一分一秒里。上课时不经意间回头看向对方，视线交会时自己的心跳会漏跳一拍；在广播中听见对方的声音，会停下手中正在做题的笔，然后凝神倾听；看成绩单的时候，总会留意对方的分数，进步了，会和对方一起高兴，排名往后了几名，心情也会忽然低落。

或许这就是年少时的喜欢，思绪被和对方有关的一切牵扯着，然后将这种思绪悄悄地放在心底。当风经过的时候，思绪就会被带往对方所在的方向。

周应确定，当张亦然说出那句"我喜欢你"的时候，自己的确感觉到了一阵风经过，这是心中的感觉，心脏会跟着轻颤。然而周应并没有想到，他的表白来得这么突然，毫无预兆，让她毫无准备。尽管这个场景曾在她的梦里出现，但当这一刻真的来临的时候，周应心中忽然又泛上了一阵不真实的感觉，她怕自己又是在梦里。

好在没过几秒，她就确定了，这不是在做梦，毕竟拥抱是有温度的，张亦然那时埋在她肩膀上的脑袋，使她感受到了一种从未感受过的温热。

奔向热爱的夏天

"我感觉像是在做梦。"张亦然趴在周应的肩膀上,"梦里,我见过你很多很多次。"

我会彻夜想你,然后带着想你的思绪进入睡眠,默默期待着第二天的见面。不管是楼上楼下,还是在你房间隔壁。

周应的心一直在怦怦狂跳,她不想离开他的怀抱。她说:"好在这不是在梦里。"她的声音很轻很轻,很柔很柔。

李知予和杜子奕不愿打扰他俩,便牵着手到一边散步去了。

太阳彻底跳出地平线,粉色的天空和蓝色的大海混在了一起。

他们都很感谢这个盛夏,庆幸风吹过树枝,带来夏蝉的声音。更庆幸,有一个喜欢我的你。

从江厦回来之后,张亦然就投入到了工作中。第二本书的交稿日期近在眼前,参演的电影即将上映,需要配合剧组的宣发人员一起发物料。大大小小的事情堆在这个时候,张亦然忙得不可开交。

周应和李知予在附近的矢量书店找了份兼职,每天整理整理书本,做做咖啡。听李知予说,杜子奕在熟悉的老师那儿做助教。

张亦然写稿子的时候会去周应在的那家矢量书店,坐在矢量咖啡店里靠窗的位置,点一杯冰美式或生椰拿铁,一坐就是一整天。

那天兼职结束得比较早,李知予说要去找杜子奕,便先行离开了矢量书店。周应走到张亦然旁边的时候,他已经趴在电脑前睡着了。

周应笑了一下,给他拍了张照片。

他睡着的样子很乖,像学校里那只经常趴在香樟树下打盹的小白猫。

第八章　夏至时风起

　　周应悄悄坐在了他旁边的椅子上，也趴了下来，看向他面朝的方向。仅仅是这么一个动作，她就感觉自己像是回到了高中，回到了他们还在做同桌的时候。

　　想到这儿，周应不禁一笑。高中时代的中午，周应和张亦然最喜欢做的事情，就是趁着全班关灯睡觉的时候，拿出耳机偷偷听歌。耳机是有线的，不用担心没电的问题。那时候他们面对面趴着，听耳机里的旋律，在对方的视线中陷入午休的瞌睡。

　　安静的书店，翻书的沙沙声成了催人入眠的最佳白噪声。周应从口袋里拿出那副有线耳机，给自己戴上了一只，把张亦然的那只放在桌上，然后点开了手机里的第一首歌。

　　不知道怎么回事，周应很快就听着歌睡着了。等她再醒来的时候，没戴耳机的那只耳朵听见了轻轻的敲击键盘的声音。放在桌上的那只耳机被戴在了张亦然的耳朵上。

　　见周应睁眼，张亦然合上电脑凑了过来，小声说："醒了？"

　　"我怎么睡着了？"

　　"我的瞌睡传染给你了。"

　　"稿子写完了？"

　　"嗯。"张亦然点点头，"刚刚落下'全文完'这三个字，今晚写完后记，明天就能给编辑交稿了。"

　　"小张同学，辛苦啦。"周应摸了摸张亦然的头发。

　　"不辛苦呀。"见到你，怎么样都不辛苦了。

　　张亦然从包里拿出三张票给周应递了过去："明天首映，一起来吧，首场路演就在长宜。"

　　周应接过张亦然递过来的电影票，说了句"好"。

　　这是第一张和他有关的电影票。

首映礼举行的那天,影院人山人海。张亦然给他们的票座位在第二排中间的位置。

电影院的灯暗了下来,准备开场。就在电影即将放映的那一秒,周应旁边迟迟没有人坐的座位忽然落下一个人的身影。是张亦然。

这下,周应不确定自己是否能集中注意力看电影了。

如果说手同时碰到爆米花是巧合,那一不小心拿到同一杯可乐,是否可能是蓄谋已久?

周应不清楚张亦然是不是这么想的,反正她留意了一下,看见他的手过去的时候,自己也把手伸了过去。当然,张亦然也有他自己的"蓄谋已久",只不过把目标放在了可乐杯上,等着她不小心碰到。

昏暗的电影院里,小心思在蔓延生长,悄悄地跑进了十八岁少年的记忆里。

周应不得不承认,张亦然的这张脸还是很适合大银幕的。如果不是在公共场合,周应看见张亦然脸的那一瞬间,真的想尖叫出来。他最适合的就是站在阳光下,很巧,电影里的他有很多镜头就是在阳光下。

周应喝了一口冰可乐来缓解心动,她已经顾不上电影里在进行什么剧情了。

一旁的张亦然时不时就会偷看周应一眼,想要通过她的表情,猜测她对这部电影的实时评价。看到她一直在笑,他也就笑了。

电影结束前,张亦然和周应他们打了声招呼,提前离席去后台做准备工作。

电影结束的那一刻,全场响起了掌声。字幕出现,除了演员那一栏有张亦然的名字,周应看见编剧那一栏的最后一个名字也

第八章　夏至时风起

是他。

很快就进入了采访的环节。轮到张亦然，主持人说："请问张亦然同学，作为本部影片第一次出现的新人，你在拍这部电影的时候还在读高中，你在角色方面有什么想说的吗？"

张亦然先简单地做了个自我介绍，然后说："会有一些我高中生活经历过的点滴，运用到这部作品对角色的理解中。我觉得我不是在演这个角色，而是在诠释一段别人的青春。"

主持人："在电影中，你是唯一一个没有被'CP配平'的角色，你自始至终都是那个暗恋者，在人物塑造上，你有什么巧思呢？"

张亦然想了一下，说："走入十六岁的时候我在想，青春期也就这样，平平无奇，没有什么轰轰烈烈的地方，每天上课、下课、放学、上学。但当我来到十七岁的时候，我在某一天发现，好像有点不一样了。"

说到这儿，张亦然把视线挪向周应。目光碰上的瞬间，周应还在想自己有没有误接到他的信息。

他继续说："青春期会有雨季，有时风雨有时晴。我无法预料下一秒会是什么天气，会触碰到什么样的思绪。但我知道，原本平平淡淡的生活有了涟漪，青春期，好像开始变成了我想象中的那样。"他停顿了一下，视线依旧没有收回，"这或许就是我对暗恋者这个人设的理解。谢谢。"

话音落下，影厅里响起了掌声。周应在光线中恍惚了一下，似乎想到了那些和他在一起的晴天和雨天。大雨落下的瞬间，他在；有微风的晴天，他在。

回望自己的十七八岁的青春期，确实像张亦然说的那样，周应心里忽然泛上了一阵涟漪，他是晴天里的微风，也是小雨天气……

奔向热爱的夏天

高考出分那天,班级群里热闹非凡,持续刷屏锦鲤表情包,周应和张亦然是被李知予和杜子奕的电话给叫醒的。

执礼附中小分队互通了语音,他们打算一起查分。上午十点,成绩发布会结束之后,会率先公布今年的分数线,随后立即公布今年的考生成绩。

"出分了!"最先反应过来的是杜子奕,"提前公布了!"

听到这句话,众人瞬间感觉心里一紧,心都快要提到嗓子眼了。他们只得强行镇定,点进查分官网。紧接着,电话对面的李知予传来了一声惊呼:"我天!632分啊!"

听完李知予的分数后,杜子奕也兴奋了:"真的?我也是632分啊!"

李知予立即就在电话里哭了,总算没有辜负那些晚睡的夜晚,没有辜负每天只有四五个小时的睡眠!

"你们呢?"杜子奕说,"不会被卡出网站了吧。"

"没有被卡出网站。"周应和张亦然的声音同时响起,"被屏蔽了。"

杜子奕和李知予:"我去!"

后来他们得知,周应以物理方向"文化总分699;排名第二"的成绩,加上先前"化生联合竞赛"的获奖履历,成功被PKU大学医学部录取。

张亦然以历史方向"文化总分682;排名第二"的成绩,成功被PKU大学中文系录取。

李知予和杜子奕则选择了沪城大学各自喜欢的专业。

未来过去,一直都会是我们。我们一起,全力以赴,奔向热爱的夏天。

第八章 夏至时风起

十八岁青春期里的那个盛夏，没有留下遗憾，记忆里都是关于那年夏天的绚烂。阳光透过云层，穿过树叶交织的罅隙洒在路面，炙烤着大街小巷里的空气。走过树影斑驳的路，能听见夏蝉趴在树上不停诉说炎热的声音。

微风吹起放在书桌上的日记本，写满字的一页在盛夏里轻颤——

2024 年 8 月 21 日 天气：晴 心情：超级超级好
　　我会永远记得那年你闯入我镜头时的身影。
　　你穿着白色的校服，整个人很清爽。风吹起了你的头发，不乱，刚刚好。
　　在我按下快门的那一秒，你看向了我在的方向。

张亦然从日记本上收回目光，轻轻一笑，随即看向坐在他身边的周应。

周应抬头看向张亦然，问："所以，当时就是这么凑巧，你刚好走进了我的视线。"

张亦然低头与周应对视了一会儿，直到夏蝉的声音被画上了休止符，他才缓缓开口，说："或许，那不是凑巧呢？"

周应不明所以，露出疑惑的神情。

张亦然嘴角上扬，伸手拿过静静躺在书桌上的笔，在日记本的扉页留下一行字迹：

不是凑巧，是蓄谋。

那天，他在一旁徘徊了很久，再次见到她的时候，心跳立即

奔向热爱的夏天

给出了反应。他站在不远处，一直在找一个能自然地出现在她视线里的机会。

周应笑了。

日记本的扉页不再空白，青春里那些懵懂思绪有了答案。他们视线交叠的那一秒，又一阵风经过。

你知道吗？夏天到来的时候会有风。

因为，是我在奔向你。

夏至时风起。

"我喜欢你。"

（正文完）

番外

我听见树上夏蝉的声音

当记忆开始变得模糊，当年岁开始渐长，高中时代发生的故事，人们还会记得多少？

大学毕业那年，周应和张亦然一起回来的第二天，就叫上了李知予和杜子奕，四人一起去了执礼附中。

那天是周末，盛夏的太阳很热，炙烤着每一寸空气，学校里的树在微风中慢慢摇曳，在墙上留下斑驳的影子。夏蝉的叫声回荡在学校里的每一个角落，像是永远不会停下来一样。

门卫事先已经接到过秦宋的电话，在查验了小分队的学生卡之后，就放他们进了学校。

一进校门，李知予就打了个哈欠："一进学校就想打哈欠的毛病什么时候能改？"

杜子奕接话："你也知道你上课喜欢睡觉啊？"

"叫你上课少看我，专心一点……"

杜子奕笑笑："谁看你了？你少看我才对。"

一旁的张亦然和周应没说话，只是在笑。这么多年，他们还是和以前那般，什么都没有变。

道路两旁的香樟树总是枝繁叶茂，那条路像是永远都走不到尽头一样。天很蓝，有白云经过，深蓝色的旗帜跟着云朵在空中飘扬。

沿着那条路一直走，经过名叫"未名湖"的小湖，就走到了教学楼前。

因为是周末，学校里没有学生。蝉鸣声在此刻显得更加热烈。四人走过那个走了很多次的楼梯，穿过走廊，一直来到了那年高三（10）班所在的教室。

"这间教室早就不用了，已经成了培优课教室和备用教室了。"杜子奕站在门口说。

李知予指了指门口的班牌："还是2024届高三（10）班欸！看样子，我们走后这间教室就另作他用了！"

"进去看看？"周应提议。

大家点头说好，张亦然推开了教室的门。

教室里的陈设依旧。窗外的阳光透过玻璃窗，被窗棂切割出形状。

"我们几个的座位！"李知予率先一步走到最后排，向他们招手，"快来！"

拉开教室最后排的座位，像高中时那样，再次成为同桌。虽然大学期间，张亦然没少去陪周应上公共课，但总归是不一样的，大学没有高中那时的感觉。

李知予和杜子奕在抽屉中找到一张纸，打开一看，里面居然是一道数学压轴题。笔迹很明显，就是他俩的。小字条已经泛黄，笔迹也变得淡淡的，但过往的记忆并没有消失不见，一瞬间涌上了脑海。

周应下意识把手伸向抽屉，她记得自己当时把所有的东西都带走了，不会留任何东西在这儿，但她还是想找一找，就当作在空气中找寻当年的记忆了。

没承想，还真让她碰到了一张纸，她拿出那张意外碰到的纸看了一眼，纸张对折了两下，折痕有点旧了。周应一怔，心脏漏

奔向热爱的夏天

跳了一拍，然后不可置信地看向另外三人。张亦然在笑，李知予和杜子奕忽然说想去趟小卖部，赶紧跑出了教室。少了两个人，教室里的声音变小，夏蝉在此刻开始鸣叫，一声又一声闯了进来。

"打开看看？"张亦然说。

伴随着蝉鸣声，那张纸上写着的字迹出现在了周应的眼前——$f(x)=x^{\frac{2}{3}}+(10-x^2)^{0.5}\sin(k\pi x)$。

是曾经被写在信里的心形函数公式，周应仍旧记得，自己寄出最后一封匿名信的时候，在信纸上写下的内容，她这样写道——

在这封信的最后，我还是想对你说一句"见信好"。其实我早就知道你是谁了，只是一直没有告诉你而已，因为那样就失去这个游戏的意义了。

$f(x)=x^{\frac{2}{3}}+(10-x^2)^{0.5}\sin(k\pi x)$。

这是我送给你的结尾，如果你愿意的话，可以去试一试这个公式。

This is the code word I want to give you about you.（这是我想给你的关于你的暗号。）

张亦然从口袋里拿出另外一张纸，说："其实我早就找到了答案，只不过一直没有告诉你。在我寄出最后一封信的那一刻，我就将这个公式刻在了我的记忆里。"

周应接过张亦然手中那张画着心形函数图像的纸，笑了笑，没有说话。然后她从口袋里拿出了一副有线耳机，放在了张亦然的眼前。

"我今天回学校，想和你再趴在课桌上听一首歌。"

这其实也是张亦然的计划，他的口袋中也放着一副有线耳机：

"和我想到一起去了。"张亦然笑着接过周应手中的耳机,和以前一样,戴在了耳朵上。

两人像原来那样,趴在课桌上,等待音乐响起,是张亦然唱的《暗号》。听到声音,他们会心一笑,然后闭上了眼睛。

窗外的夏蝉声像是催眠曲,周应感觉自己仿佛又回到了那年夏天。试卷堆积在书桌上,空调在吹着冷气,头顶的风扇也在悠悠地转呀转。

尽管闭着眼睛,周应却并没有睡着,她在脑海中回溯着那些岁月的记忆。等到那首《暗号》结束的时候,她缓缓睁开了眼。刚好那时,窗外夏蝉的声音也停止了。

旁边的座位上没有了张亦然的身影,周应下意识坐直了身体。有声音从她的身后传来:"回头看。"

和那年他和她共同奔向曾经的约定时说的话一样。

周应从座位上站起身来,走向张亦然在的方向。他的身后是盛夏,是阳光,是在空气中慢慢摇曳的树叶。

四周忽然陷入安静,心跳再一次被察觉。窗外的风吹进教室。在风起的时候,他将一枚早已准备好的钻戒摆在了她的眼前。

阳光落在发梢上,在夏蝉声再次响起之前,周应笑着说:"我愿意。"

时间还在继续,一年又一年,夏天的风好似永远不会停歇。

在风来临之前,我会看向你。

因为我喜欢你,所以风会起。

因为我爱你,所以夏天的风,永远没有止息。

后 记

或许青春和岁月会停留

周应和张亦然的故事最初动笔是在 2022 年的冬天，那时我正在读高二，十六岁。

　　我记得那是节数学课，草稿本上堆满了公式和算式，看得我头晕眼花。安静的教室里，大家都在写着题，我恍惚了一下，在草稿本上写下一段开头。明明是冬天，我却写出了一段与夏天有关的描述，这让第一次落笔的我感到很意外。

　　那天晚上，我坐在书桌前，在昏暗的台灯下，敲下了这部作品的"Chapter 1"。那时候我的心里只有一个想法——不想让我在数学公式里忽然冒出来的灵感就这样被放弃。

　　于是，我开始写作。

　　每天，我会趁着课间午休的时候，在草稿纸的空白页上写下手稿；在晚自习放学回家后，坐在书房的电脑前完成今日的修改，然后再偷偷溜回自己的卧室——我的生活逐渐被写作填满，只要一写完作业，我就会毫不犹豫地去写我的文字。

　　或许我会爱上写作。

　　从 2023 年开始，这已经渐渐成了我生命中的一部分。在我看来，这是一件能够让我在繁多的试题中得到短暂休息的事情。

　　也许其中不乏有一些逃避的因素——在月考出现退步失利的时候，我会写一个短篇来调剂一下心情。不得不说，这确实是个不错的办法，对我心情的缓解起到了很大的作用。

后　记　或许青春和岁月会停留

我在文字的渐生中窥见了岁月、时光的痕迹。这是我认为最重要的东西。

我曾在我的微博里和读者朋友们这样分享：

> 那些我曾认为很漫长的时间，却在结束后的某一天里，让我感到无比怀念和想念。能够用文字的方式留下我的青春印记，我想，这就是我写青春文学的意义。

时间不会随意为谁停留，记忆的流失也是。我们总会在某一天忽然忘记青春期里出现的某一场雨，而这种"某一天"变多了，对青春的感受也就渐渐消逝了。那些已经走过的十七八岁，在这种消逝中一去不复返。

我很珍惜我的十六七八岁，我是一个容易因为一张照片、一句话就陷入对曾经的追忆中的人，所以，我很庆幸，我在十六岁那年的那节数学课上拿起了笔。也许我的文章存在些许稚嫩，也许我的故事不够跌宕起伏，但至少有一点我能肯定，那篇落笔于我十六岁的故事，是那时候最真实的我的所思所想，是饱含了我的青春记忆的。

我喜欢在深夜时分写小说，因为那时候很安静。夜晚无声，我可以听一首歌，或者什么都不听，然后沉浸在我的故事里。我渐渐习惯于晚睡，从原来的凌晨一点到现在的凌晨三点半。当灵感出现在我的脑海，如果我不把它写出来，我是睡不着的。

我愿意废寝忘食地去完成我的每一部作品，因为里面融入了我所有的青春期岁月。我偷偷地将过去那些年的碎片拾起，拼凑，形成我的文字记忆。

小说里的故事虽然都是虚构的，但一些环境描写都是真的，

奔向热爱的夏天

所说的思想都是真的，所写的感悟都是真的，我会在我自己的小说中融入一些我自己现实的记忆。

我想，这也算是我对青春期的一种纪念吧。

2024 年 6 月 9 日下午十五点四十五分，我的最后一科高考考试科目终考铃响起。高考就这样结束了，这意味着青春里会发生很多故事的高中时代的落幕。

我记得这是我写得最快的一张语文试卷，作文写完，落笔的时候，十五分钟提醒哨还没在教室里响起；我依旧没有写完那道圆锥曲线试题，英语听力依旧没有听清楚；历史选择题依旧不确定，但好在没有让我们写三道小论文题；政治试卷写到了最后一秒，地理依旧让人捉摸不透。

毕业典礼那天，老师们在报告厅里一起合唱《祝你一路顺风》，我忽然间就湿了眼眶。曾经我无比期盼的结束终于到来，不舍的情绪却开始翻涌，一种难以言喻的感觉在我全身蔓延。

一千多天的时间转眼而逝，我继续往前走，却又时不时地会想起那些日子，然后陷入怀念。

或许我会想起，下课后趁着课间和朋友去楼下小卖部买零食的时候，就算时间不够，就算需要一路小跑；或许我会想起，某天中午忽然更换了起床铃歌曲，心里泛上的那种惊喜感；或许我还会想起，晚自习下课后和朋友一起留在教室，写完未完成的题目和作业，然后去将倒计时牌往后翻一页。我见过空无一人的教室，我曾关掉过教室里已经亮了一整天的灯；走在走廊上，我看见还有教室在亮着灯，然后在这样的灯光中和朋友一起下楼。我们随便聊天，在漆黑一片的校园里，抬头去看今夜的月色和星星……

后　记　或许青春和岁月会停留

　　时间终会远去，写过的那些试卷早已忘却，记忆也会慢慢消逝。但我用笔，写下了这所有的一切。

　　然后时间开始停滞，记忆开始变得永远不会消散。我十六岁那年写下的文字会停下来等候，等候十八岁时现在的我，等候二十二岁大学毕业那年的我，一直到很多很多年以后。

　　多年以后的我再翻开我曾经在多年前写下的故事，也许会感觉，仿佛见到了十六七岁时在台灯下舍不得睡觉的自己。

　　可能在某一天，我会忽然找到那节数学课上的草稿本，翻动泛黄的纸张时，轻叹一句："原来盛夏也会出现在冬天。"

　　那时，风也会翻动我手中的草稿本，吹皱上面的笔迹，将我的思绪重新带回到这个故事开始的夏天。

　　夏至时风起。十七八岁不会迎来终点。

　　因为，青春和岁月或许会停留。

　　再会。

周至川

2025 年 3 月 5 日